Uwe Reiner Röber

memento mori

Würzburg-Krimi

W0330768

Uwe Reiner Röber

memento mori

Würzburg-Krimi

TRIGA – Der Verlag

Bibliografische Information der Deutschen Nationalbibliothek
Die Deutsche Nationalbibliothek verzeichnet diese Publikation in der Deutschen Nationalbibliografie;
detaillierte bibliografische Daten sind im Internet über http://dnb.d-nb.de abrufbar.

Die Handlung dieses Romans ist frei erfunden.
Ähnlichkeiten mit lebenden oder verstorbenen Personen wären zufällig und sind nicht beabsichtigt.
Die verwendeten Ortsnamen, Straßennamen, Werke und alle sonstigen Bezeichnungen stehen in keinem tatsächlichen Zusammenhang mit diesem Roman.

1. Auflage 2015

© Copyright beim Autor
Alle Rechte vorbehalten

Herstellung: TRIGA – Der Verlag
Leipziger Straße 2, 63571 Gelnhausen-Roth
www.triga-der-verlag.de

Coverfoto: © WernerHilpert - Fotolia.com

Druck: winterwork, 04451 Borsdorf
Printed in Germany
ISBN 978-3-95828-028-1 (Print-Ausgabe)
ISBN 978-3-95828-029-8 (eBook-Ausgabe)

Dieses Buch widme ich meinem Schwiegervater,
dessen Geburtstag sich in diesem Jahr zum einhundertsten
und dessen Todestag sich zum fünfzigsten Mal jährt.
Ich danke dir vielmals für das Beste, das ich jemals
geschenkt bekam. Deine Tochter.

Ich habe niemals von einem Verbrechen gehört,
das ich nicht hätte begehen können.

(Johann Wolfgang von Goethe,1749–1832)

Prolog

Den Kragen seines Wintermantels hochgeschlagen und den breitrandigen Hut tief in die faltige Stirn gezogen, stemmte sich der kleine, schmächtige Mann kräftig gegen den immer heftiger werdenden Schneesturm. Auf dem uralten, abgenutzten Kopfsteinpflaster, über das er unsicheren Schrittes ging, bildeten die langsam, aber stetig fallenden Schneeflocken den ersten geschlossenen Schneeteppich dieses Winters. Die schon seit vielen Monaten durchgelaufenen Sohlen seiner handgearbeiteten Lederschuhe, konnten der Feuchtigkeit nicht länger standhalten. Die eisig nasse Kälte kroch ungehindert durch seine fadenscheinigen Socken und so, wie es sich anfühlte, von dort aus direkt in seine alten Knochen. Er konnte bereits die ersten Taubheitsgefühle spüren. Sie breiteten sich unbarmherzig in seinem hageren Körper von den Füßen langsam nach oben aus. Er hatte sich die durch langen Gebrauch stark abgewetzte Lederaktentasche unter die Achsel seines gesunden, linken Arms geklemmt. Mit einer unbändigen Kraft, die man dem kleinen Mann, noch dazu zu dieser fortgeschrittenen Tageszeit, gar nicht mehr zugetraut hätte. Wer ihn hier so sah, hätte beinahe mutmaßen können, dass er in dem unansehnlichen und selbst so viele Jahre nach Kriegsende immer noch außergewöhnlich unzureichend beleuchteten Durchgang dieses Häuserblocks einen brutalen Überfall auf sich befürchtete.

Es war fraglos ein Kardinalfehler gewesen, wie sich der frierende und übermüdete Alte inzwischen konsequenterweise selbst eingestehen musste, sich ausgerechnet den Posten des Kassierers dieser Partei aufhalsen zu lassen. Nicht genug, dass er ständig den vielen unwilligen Beitragszahlern hinterherlaufen musste, nein, er wurde von ihnen obendrein auch noch ständig angepöbelt und nicht selten genug ernsthaft bedroht. Es war auch schon mehrfach zu brutalen Tätlichkeiten ihm gegenüber gekommen. Es gehört schließlich nicht viel dazu, einen alten Mann wie ihm, noch dazu mit einem verkrüppelten rechten Arm und einem viel zu kurzen und obendrein auch noch steifen Bein, körperlich haushoch überlegen zu sein. Er zog ein paarmal genussvoll an dem kurzen, durch seinen Speichel aufgeweichten Stummel seiner Zigarre, um sie bei diesen katastrophalen Witterungsbedingungen ja nicht ausgehen zu lassen. Die Zigarren waren der einzige Luxus, den er sich, dank der Partei, mittlerweile wieder leisten konnte.

Alles im Leben hat bekannterweise nun mal zwei Seiten. Das musste auch er in den vergangenen Jahren an seinem eigenen Leib erfahren. Es ist, so hat er leidvoll erst lernen müssen, unerlässlich, sich rechtzeitig für die Richtige zu entscheiden! Er hatte zu Anfang des Jahres 1933 die Zeichen der Zeit allerdings nicht richtig gedeutet. Als er dann endlich bereit war, sich der großen Masse anzuschließen, um, wie die vielen anderen Bürger dieses Staates auch, auf der richtigen Seite zu stehen, da hatten die ihn plötzlich um ein Haar gar nicht mehr haben wollen. Ihn, den verkrüppelten Zwerg, wie ihm diese Kanaillen und allen voran deren ›dreggs Bangerde‹ damals verächtlich hinterherriefen!

Diesmal, so hatte er sich unzählige Male geschworen, sollte ihm der gleiche Fehler nicht noch einmal unterlaufen. Dieses Mal war er daher einer der Ersten, die ein Parteibuch besaßen. Obendrein war er nicht nur ein einfaches Parteimitglied, sondern gehörte schließlich, allerdings erst seit Kurzem, dem Bezirksvorstand der nach dem Krieg neu gegründeten Deutschen Reichspartei an!

Dessen ungeachtet musste er sich frühzeitig darum kümmern, dass er den mehr als ungeliebten Posten des ›unerbittlichen Geldeintreibers‹, schnell gegen den des kultivierten Bezirksvorsitzenden eintauschen würde. Allein dessen großes elegantes Büro waren die arbeitsintensiven Bemühungen im Vorfeld der Wahlen mehr als wert. Die dazugehörende schnucklige Sekretärin war es nicht minder.

Aber jetzt, so ging es ihm durch den Kopf, wollte er jedenfalls nur noch den Parteigenossen mit der Mitgliedsnummer 128 aufsuchen und den ausstehenden Beitrag für die letzten beiden Monate von ihm kassieren. Schon allein der Gedanke an diesen rabiaten und gewaltbereiten Proleten, ließ ihn vor Angst noch mehr frösteln, als er es des Wetters wegen ja eh schon tat. Vier Mal hatte er es in den vergangenen Tagen versucht, aber außer ein paar blauer

Flecke und schwersten Beleidigungen hatte er nichts bekommen. Andererseits hätte er sein immenses Tagespensum letztendlich doch noch erfüllt und er könnte im Anschluss daran mit ruhigem Gewissen nach Hause gehen. Allein die Vorstellung, sich bei einer schönen Tasse heißen Tees, verfeinert mit einem kräftigen Schluck seines gehaltvollen Whiskys, aufzuwärmen, entlockte dem übermüdeten Mann ein kurzes, schwaches Lächeln.

Den Whisky hatte er von dem jungen amerikanischen GI erhalten, der seit mehreren Monaten der sehr zuvorkommende Liebhaber seiner Nichte war. Wer hätte das vor einigen Jahren gedacht, dass ausgerechnet seine Nichte eine ›Amihure‹ sein würde? Sie sah den GI durch die berühmte rosarote Brille der Verliebten. Er ließ sich jedoch nicht von ihm täuschen. Er nicht!

Das Lächeln stand noch immer in seinem ausgemergelten Gesicht, als ihn mehrere Stunden später drei Buben fanden, die auf dem Weg zur Goetheschule die jede Menge Zeit sparende Abkürzung durch den Durchgang des Häuserblocks zwischen der Brettreichstraße und der Jakob-Riedinger-Straße nahmen.

Der erste Gedanke, der ihnen beim Anblick, der sich ihnen bot, in den Sinn kam, war, dass hier ein später Zecher von dem Unwetter, das die Nacht über getobt hatte, überrascht und von Müdigkeit, die übermäßigem Alkoholkonsum geschuldet war, blitzartig überwältigt worden war. Schließlich war der alte Mann dann offensichtlich in einen Tiefschlaf gefallen.

Als einer der drei Schulbuben dem vor ihnen an die kalte Hauswand gelehnten Mann den ins Gesicht gerutschten Hut abnahm, kam exakt einen Finger breit über seiner Nase, ein kreisrundes, pechschwarzes Loch zum Vorschein. Auf seinen schmalen Lippen und seinem spitzen Kinn war ein kleines, dünnes Rinnsal eingetrockneten Blutes zu erkennen. Sie hatten plötzlich das gruselige Gefühl, als würde der aus dem Leben Geschiedene jeden Einzelnen von ihnen mit einem äußerst vorwurfsvollen Gesichtsausdruck anstarren. Dieser erschreckende Anblick ließ die drei zutiefst entgeisterten Schulkameraden augenblicklich von ihrem zuerst gewonnenen Eindruck Abstand nehmen.

1. Kapitel
Donnerstag, Januar 1959

Vier Wochen zuvor

Bei einem der vielen Weihnachtsbaumverkäufer, die sich seit Jahren in der Adventszeit auf der Balthasar-Neumann-Promenade breitmachten, hatte sein Vater in den vergangenen Jahren, so weit er sich erinnern konnte, immer einen passenden und vor allem auch bezahlbaren Baum gefunden. Außer dem einen Mal, als eine alte Blechtonne mit glühender Holzkohle umfiel, an der sich die frierenden Händler, von Zeit zu Zeit, ihre eiskalten Hände wärmten. Einige Kohlestücke landeten in einen Haufen Harz getränkter Späne, die beim Anspitzen der Baumstämme entstanden. Der Brand, der in Windeseile entstanden war, fraß sich binnen weniger Minuten die ganze Promenade entlang. Kein einziger Christbaum wurde von den wild lodernden Flammen verschont. Die vielen Kameraden der Würzburger Feuerwehr, die relativ zügig aus den einzelnen Stadtteilen eingetroffen waren, hatten jedoch alle Hände voll damit zu tun, den unmittelbar an die Promenade angrenzenden Hofgarten der Würzburger Residenz, vor einem Übergreifen des Feuer zu schützen.

Dieses eine Mal war das Weihnachtsfest bei Weitem nicht so schön wie die Jahre zuvor. Sein Vater hatte, quasi über Nacht, eine wunderschöne Tanne im Wohnzimmer an die Wand gemalt, schließlich war er ja Maler von Beruf, und zwar genau dort, wo sonst üblicherweise der echte Tannenbaum stand. Einige frische Tannenwedel, die er in Löchern befestigte, die er einzig zu diesem Zweck in die Wand gebohrt hatte, waren mit bunten Kugeln, silbernen Lametta und echten Honigwachskerzen, die gar nicht so einfach zu bekommen waren, geschmückt. Diese Maßnahme sorgte unter anderem für das von allen Kindern heiß ersehnte typische Bouquet der Weihnachtsfeiertage. Obwohl sein Vater also wirklich sein Bestes gegeben hatte und er ihnen, im wahrsten Sinne des Wortes, über Nacht den formvollendetsten Weihnachtsbaum bescherte, den sie jemals gehabt hatten, war es kein wirklich liebreizendes Weihnachtsfest gewesen. Darüber waren er und seine Geschwister sich einig. Es fehlte ihnen damals allen schlicht und ergreifend ein echter Tannenbaum!

Während der kleine Junge, der eine braune Lederkniebundhose, dunkelrote Kniestrümpfe und schwere Winterschuhe zu einer dick gefütterten Lodenjacke trug, immer noch darüber nachdachte, dass es trotz allem damals doch gar nicht so schlimm gewesen war, erkannte er aus seinen Augenwinkeln plötzlich zwei katholische Ordensschwestern geradewegs auf sich zukommen.

Das durfte doch jetzt nicht wahr sein! Seit über zwei Stunden arbeiteten sie sich nun schon von einem Weihnachtsbaumverkäufer zum anderen durch. Die Mutter wartete zu Hause bestimmt schon mit dem fertigen Mittagessen auf sie. Sein alter Herr konnte sich, wie dummerweise so oft in der letzten Zeit, wieder einmal zu keiner Entscheidung durchringen. Der eine Baum war ihm leider viel zu klein, der andere dafür aber einfach zu groß für das kleine Wohnzimmer. Wieder ein anderer war in seinen Augen nicht gleichmäßig genug gewachsen. Viel zu teuer waren sie obendrein sowieso alle miteinander!

Wenn ich meinen Vater jetzt nicht schnell genug von den beiden Schwestern ablenken kann, dachte der Junge und zog sich seinen grünen Filzhut noch tiefer ins Gesicht, dann haben wir den weiten Weg von der Erthalstraße, durch die Unterführung am Südbahnhof, hierher zur Balthasar-Neumann-Promenade, ja völlig umsonst gemacht.

»Papa, sieh mal, hier! Das ist doch jetzt ein sehr schöner Baum!«, rief er also geistesgegenwärtig und zog seinen Vater am Ärmel blitzschnell in die entgegengesetzte Richtung.

»Grottenhässlich ist der, Junge! Absolut grottenhässlich«, lachte sein Vater gut gelaunt und nickte dem verärgert dreinschauenden Verkäufer entschuldigend zu. »Tut mir ja wirklich leid«, fügte er schulterzuckend an, »aber es ist halt mal ein extrem hässlicher Baum!« Dann drehte er sich der anfangs eingeschlagenen Richtung zu. Hierbei fiel sein Blick zwangsläufig auf die beiden Nonnen.

»Bitte, Papa, lass uns jetzt schnell weitergehen«, bettelte der Bub und nahm seinen Vater sogleich an die Hand. »Wir brauchen unbedingt noch einen Weihnachtsbaum und es ist doch schon so spät!« Aber er spürte auf Anhieb, dass er nun keine Möglichkeit mehr haben würde, die Aufmerksamkeit seines Vaters von den Klosterfrauen abzulenken. Wie er seinen Erzeuger in diesen Momenten doch dafür hasste! Der würde ihn nunmehr wieder einmal bis auf die blanken Knochen blamieren! Der nicht nur vor lauter Kälte zitternde Knabe hoffte inständig, dass ihn nur keiner der potentiellen Weihnachtsbaumkäufer oder gar eines der vielen ausgelassen herumtollenden Kinder erkennen würde. Er konnte sich ansonsten das boshafte Getuschel, das am nächsten Morgen in der Schule wieder einmal hinter seinem Rücken stattfinden würde, bildlich ausmalen.

Fred, wie der Junge hieß, sah seinem Vater hinterher, als dieser auf die beiden Nonnen zuging und sie mit einem salbungsvollen ›Gelobt sei Jesus Christus‹ begrüßte. Er konnte und wollte weder sehen noch hören, was sein Vater mit den Nonnen zu bereden hatte. Er suchte lieber auf eigene Faust nach einem für das kommende Fest geeigneten Baum.

Nach einer Weile, als er nachsehen wollte, ob sein Vater das Gespräch bereits beendet hatte, sah er eine Gruppe Neugieriger, die dicht aneinandergedrängt um ihn herumstanden. Sie verfolgten glühend vor Begeisterung den Disput, der indes zwischen seinem Vater und den beiden Nonnen entbrannt war.

Fred schob sich durch die nur widerwillig Platz machenden Menschen und sah gerade noch, wie sein Vater tatsächlich die beiden ehrwürdigen Schwestern weihevoll segnete. Gerade so, als wäre er ein geweihter Priester der katholischen Kirche.

***

Fritz Sauerhammer, ein groß gewachsener Mitvierziger mit sportlicher Figur und unfreundlichem Gesichtsausdruck, welcher aber allein der unchristlichen Stunde geschuldet war, traf kurz nach dem Polizeiarzt am Fundort der Leiche ein. Bei der herrschenden Kälte wäre er ausnahmsweise viel lieber in seinem warmen Büro geblieben. Bei einer Tasse heißen, frisch aufgebrühten Bohnenkaffees hätte er sich sogar vorstellen können, den Bericht, auf den sein ungeduldiger Vorgesetzter schon seit mehreren Tagen wartete, endlich fertigzustellen. Das hätte der sehr erfahrene Kriminalbeamte sonst unter gar keinen Umständen freiwillig getan.

Einer der drei aufgeregten Schulbuben, die die Leiche gefunden hatten, lief sofort nachdem er den Kommissar erspäht hatte, wie ein aufgescheuchtes Huhn mit den Armen wedelnd auf ihn zu. Die beiden anderen blieben mit gesenkten und eng aneinandergedrückten Köpfen in einem der nahen Hauseingänge stehen.

»Bleibsd du gfälligsd schdehn, du ›Hundsgrübbel‹, du elendiger!«, schrie der uniformierte Polizeibeamte, der die vielen Schaulustigen, die an diesem frühen Morgen auf dem Weg zu ihrer Arbeitsstätte waren, erfolgreich am Betreten des Torbogens, in dem die Leiche lag, hinderte. Auch er hätte sich bei dem kalten Winterwetter eine gemütlichere Arbeit gewünscht. Immerhin war er auch nicht mehr der Allerjüngste auf seiner Polizeiwache. Es waren nur noch drei Jahre bis zu seiner verdienten Pensionierung und er hoffte inständig, dass er diese noch gesund und munter erreichen würde. Seine Frau hatte ihm gestern geraten, doch zum Arzt zu gehen und sich dienstunfähig schreiben zu lassen. Es konnte aber doch wirklich niemand ahnen, dass sich ausgerechnet heute Nacht und dann auch noch in seinem Revier, in seinem geliebten Frauenland, einer unter freiem Himmel erschießen lassen würde, nur um ihn zu ärgern!

»Morgen Fischer«, wandte sich der Kommissar an den Uniformierten. »Ist das einer der Jungs, die das Mordopfer fanden?« Er nickte dem pausbäckigen Buben fast unmerklich zu. Ohne auf Polizeiobermeister Fischers Antwort zu warten, riet er dem Kind, lieber auf den Polizisten zu hören, sonst würde er sich von dem sicher noch die eine oder andere Kopfnuss einhandeln.

»Was gibt es bis jetzt zu vermelden, Fischer?« Der Kommissar schlug seine kalten Hände gegeneinander, um die Blutzirkulation in Gang zu bringen, während er auf den Bericht des übellaunigen Polizeibeamten wartete.

»Na ja! Es handld sich bei dem Dooden ums ›Bimberle Wichdich‹, wohnhafd in den Langen Bögen. Aber des wissn Se ja selber, Herr Sauerhammer. Der iss doch sozusachen Ihr Nachber. Den kenne mer doch alle hier im Frauenland! Der iss doch bekannd wie ä bunder Hund!«

»Was ist denn mit ihm?« Der Kriminaler rollte gefrustet seine stahlblauen Augen. Die nichtssagenden Antworten, die er von dem Kollegen immer wieder erhielt, trieben ihn noch zur Weißglut.

»Na, dood iss er! Mausedood!« Nachdem der Polizeiobermeister in das im Moment noch um einige Nuancen unfreundlicher dreinblickende Gesicht des Kommissars gesehen hatte, fügte er kleinlaut an: »Äh, erschossn meen ich, gell. Man hadn aus nächsder Näh in sein Diggkobf gschossen, Herr Kommissar. Er war uff der Schdelle dood!«

»Guten Morgen, Chef«, unterbrach der junge, schlaksige Kriminalkommissar Erhard Müller-Seefried Fischers Bericht. Er trug seinen neuen Schurwollmantel offen, als ob er die Kälte, unter der sie alle litten, gar nicht spürte. Schal, Mütze oder Handschuhe brauchte er augenscheinlich auch nicht. »Die Stelle hier, an dem man den Leichnam aufgefunden hat, scheint darüber hinaus gleichzeitig auch der Tatort zu sein. Zumindest führen die Blutspritzer und die Hirn- und Knochenfragmente, die hinter ihm an dem Verputz der Hauswand kleben, zu dieser Annahme. Der Abstand vom Boden bis zu dem Einschussloch, das wir im Mauerwerk auffinden konnten, weisen deutlich darauf hin, dass er vor seinem Mörder stand, als der den tödlichen Schuss abgab. Patronenhülse haben wir keine gefunden. Entweder hat sie der Täter mitgenommen oder er hat einen Revolver benutzt. Das Projektil steckt immer noch da oben in der Wand. Das holt die SpuSi später raus. Der Peter ist momentan noch mit den uniformierten Kollegen dabei, die vielen Anwohner zu befragen.«

»Haben wir die Tatwaffe?«

»Nein, Fritz, der junge Herr Kriminalassistent sucht aber noch angestrengt mit den Kollegen der Schutzpolizei nach ihr. Wobei ich allerdings überzeugt bin, dass sie der Täter wieder mitgenommen hat«, beantwortete Müller-Seefried die Frage seines

Vorgesetzten. »Ich würde daher einen Selbstmord ausschließen wollen.«

»Gut. Danke, Erhard.«

»Was issn eichndlich mid seinerer Dasche? Wo issn die bloß?«, meldete sich Polizeiobermeister Fischer ins Gespräch zurück und sah sich demonstrativ in der unmittelbaren Umgebung um. »Den Feser siehd mer doch sonsd nie ohne sei alde Aggdendasche ausgeh!«

»Stimmt! Hast du gehört, Erhard? Vielleicht hat derjenige, der die ominöse Aktentasche an sich genommen hat, auch die Tatwaffe mitgehen lassen. Schaut doch auch mal, ob ihr seine Ledermappe noch irgendwo findet.«

Hauptkommissar Fritz Sauerhammer schickte alsdann die drei Buben endlich zum Unterricht, nachdem er ihnen nachdrücklich ans Herz gelegt hatte, sich am Nachmittag unbedingt bei ihm persönlich im neuen Polizeipräsidium in der Augustinerstraße zu melden.

Ganz in der Nähe des Tatortes, in der Hermann-Zilcher-Straße, wohnte, wie der Chefermittler von Fischer so nebenbei erfahren hatte, die jüngere und einzige Schwester des Opfers. Hildegard Beil, im Viertel besser bekannt, als ›m'alde Feser sei Hilde‹.

Sauerhammer lief die wenigen Schritte zu Fuß, obwohl es wieder zu schneien begonnen hatte. Er stapfte mit großen Schritten durch den frischen Pulverschnee und hoffte, dass er am Abend noch genügend Zeit haben würde, um mit seinem Töchterchen hinterm Haus eine lustige Schneeballschlacht veranstalten zu können.

Der Pfarrer der für Frau Beil zuständigen Martin-Luther-Kirche war von einem Kollegen Fischers über Adolf Fesers plötzlichen brutalen Tod informiert worden. Er hatte ihm versprochen, so schnell wie nur möglich zu der Wohnung der armen Frau Beil zu kommen, um ihr, falls nötig, geistlichen Beistand zu geben.

Der Hauptkommissar saß nun Frau Beil in ihrem Wohnzimmer in der zweiten Etage der großzügigen Wohnanlage gegenüber.

Nachdem er ihr vom Tod ihres Bruders berichtet und ihr gegenüber sein tief empfundenes Mitgefühl zum Ausdruck gebracht hatte, beobachtete er sehr aufmerksam ihre Reaktion. Eine ganze Zeitlang saß sie nun schon regungslos in ihrem mit echtem Rindsleder bezogenen Stahlrohrsessel und blickte starr vor sich hin.

Erst nachdem Sauerhammer seine Zigaretten hervorgeholt und ihr eine angeboten hatte, kam wieder Leben in die Frau. Die vollschlanke Mittvierzigerin mit den kurzen, blonden, nach außen gewellten Haaren, nahm die Zigarette dankbar an. Auch wenn sie extra erwähnte, dass sie normalerweise nur Zigaretten mit Menthol rauchen würde. Nachdem ihr der Hauptkommissar Feuer gegeben hatte, nahm sie einen tiefen Lungenzug. Sie lehnte sich dabei in ihrem Sessel zurück und schlug elegant ihr rechtes Bein über das linke. Hierbei konnte der Kriminaler leicht erkennen, dass sie extrem teure Nylonstrümpfe trug, die nicht unbedingt zu dem Rest ihrer Kleidung passen wollten.

»Das musste ja früher oder später einmal so kommen. Das war ja schließlich abzusehen. Eigentlich bin ich verwundert darüber, dass es überhaupt so lange gut ging«, sagte Frau Beil mit ruhiger, emotionsloser Stimme. Auf die Frage, was sie damit genau meine, antwortete sie: »Er war bekanntlich Mitglied dieser Nazipartei. Warum auch immer. Ich habe das ja noch nie ganz nachvollziehen können! Die Leute auf der Straße haben uns immer nur mitleidig von der Seite angesehen und dann, hinter vorgehaltener Hand, haben sie über uns getuschelt und mit Fingern auf uns gezeigt. Die Leute hier im Viertel haben die Schnauze randvoll von diesen alten Nazis. Sie wollen die gar nicht mehr! Sie wollen endlich Ruhe und Frieden, sonst gar nichts! Und zur Ruhe kommt man mit diesen dreckigen Faschisten auf gar keinen Fall! Im vergangenen Jahr ließ Adolf sich dann zu allem Unglück auch noch die Stellung des Kassierers aufs Auge drücken. Da versteht man doch die Welt nicht mehr. Von seinen sogenannten Freunden wollte den Job allerdings keiner. Immer der Ärger mit den säumigen Beitragszahlern, wenn Sie verstehen, was ich meine? Er war keinen Abend mehr zu Hause! Ständig unterwegs bei einem dieser asozialen Gestalten. Und wenn er dann doch einmal daheim war, dann oft genug mit einem blauen Auge! Vor ein paar Wochen kam er freudestrahlend zu uns und erzählte allen Ernstes, dass er jetzt den Bezirksvorsitz dieser braunen Galgenstricke übernehmen wolle und somit endlich alles besser werden würde. Es war mir klar, dass das irgendwann in einer bösen Katastrophe enden würde, Herr Kommissar!« Sie drückte den Rest ihrer Zigarette in dem Aschenbecher aus, der vor ihr auf dem mondänen Nierentischchen stand. Dann stand sie auf und ging, nachdem sie ihren kurzen Faltenrock mit den Händen geglättet hatte, in die Küche, um für den Kripobeamten und sich selbst Kaffee zu kochen.

Sauerhammer folgte ihr durch die Diele, in der ein dicker Teppich den Boden schmückte. Zwei geschmackvolle Drucke zeitgenössischer Künstler hingen an der Wand. In der blitzsauberen und auf den ersten Blick auch nicht gerade billig wirkenden Küche angekommen, setzte er sich an den Küchentisch.

»Leben Sie alleine hier?«, wollte er von ihr wissen, während er seinen Blick anerkennend kreisen ließ.

»Nein, meine Tochter Erika wohnt noch bei mir.«

»Ist sie vielleicht auch anwesend? Dann könnte ich ja auch gleich mit ihr sprechen, Frau Beil. Ein Aufwasch sozusagen.«

»Nein, sie ist zur Zeit bei ihrem Freund. Am Sonntag erwarte ich sie zurück. Sie wollte nächste Woche noch den fälligen Großputz bei meinem Bruder machen. Sie putzt und wäscht für ihn. Beziehungsweise sie hat für Adolf sauber gemacht und sich um seine Wäsche gekümmert.« Noch immer konnte der Kripobeamte keine Gefühlsregung bei der Frau feststellen.

»Was machen Sie eigentlich beruflich, wenn ich Sie das fragen darf?«, stellte Sauerhammer seine nächste Frage und war sehr gespannt auf die Antwort. Nach der Ausstattung der Wohnung zu urteilen, musste Frau Beil eine sehr gut bezahlte Arbeit haben.

»Ich arbeite als Verkäuferin in der Bäckerei, die im Parterre direkt hier im Haus ein Ladengeschäft hat. Das ist äußerst praktisch für mich, weil ich auf meinem Weg zur Arbeit, bisher nicht ein Mal einen Regenschirm benötigt habe!«

Sauerhammer, der sich über diese Antwort wunderte, wollte

noch wissen, ob sie vielleicht einen Schlüssel für Fesers Wohnung habe, was die Frau jedoch verneinte. Auch die Frage, ob dann wenigstens ihre Tochter einen Schlüssel habe, beantwortete sie mit nein.

»Aber Ihre Tochter hat doch in der Wohnung Ihres Bruders gearbeitet. Wie ist sie denn hineingekommen?«

»Sie hatte feste Uhrzeiten, zu denen sie zu ihm ging. Adolf war dann immer zu Hause. Keiner durfte unangemeldet oder gar allein seine geweihten Hallen betreten. In der Beziehung war er eigen!«

»Mir ham fei sei alde Aggdndasche doch no gfunne, Herr Sauerhammer. Die war in so ennere von dene dreggiche Mülldonne drinngleche«, berichtete der alte Polizeiobermeister mit stolzgeschwellter Brust und drehte die Enden seines grauen Schnurrbartes. »Allerdings war da abba kee Bisdole drinn! Leider!« Er reichte Hauptkommissar Sauerhammer das sichergestellte Beweisstück.

»Gute Arbeit, Fischer. Gibt es sonst noch etwas Neues?«

»Vo mir fei nedd! Ii hab ja mai Bennsum für heud scho gschaffd!« Er schlug die Hacken seiner Stiefel nach alter Kommissmanier fest aneinander, dass es nur so krachte. Dann verabschiedete er sich von dem Hauptkommissar mit einem salopp ausgeführten militärischen Gruß. »Ii däd mii jedzd scho gern uffn Hemmwech mach, wenns beliebd?«

»Haben Sie heute nach der Schule noch eines der drei Kinder, die den Herrn Feser gefunden haben, gesehen?«

»Nä«, erwiderte Fischer nachdenklich. »Die räudiche Veregger hab ii nimmer gsenn. Godd sei Dangg! Die hädde mer grad no gfehld, bei meim Glügg!«

»Einen angenehmen Feierabend, Fischer.« Sauerhammer entließ ihn für heute. Obwohl ihn die patzige und teilweise sogar äußerst herabwürdigende Art, die der Polizeiobermeister gerne mal, gerade schwächeren Personen gegenüber, an den Tag legte, immer wieder auf die Palme brachte, konnte er hin und wieder aber auch über Fischers einzigartige phonetische Fähigkeiten schmunzeln.

Der Herr Hauptkommissar entleerte nun die durch den Aufenthalt in einer Mülltonne doch übel riechende Ledermappe und legte den spärlichen Inhalt der einen schmalen Seitentasche säuberlich aufgereiht vor sich auf die Platte seines neuen Schreibtisches. Dabei handelte es sich um eine Brotzeitdose aus Blech, in der sich noch zwei in Butterbrotpapier gewickelte Leberwurstbrote und zwei große, verschrumpelte Essiggurken befanden. Der Inhalt der zweiten Seitentasche brachte einen edlen Füllfederhalter, drei vorbildlich angespitzte Bleistifte sowie einen gebrauchten Radiergummi zum Vorschein. Außerdem fand der Hauptkommissar noch einige Marken, die mit dem Aufdruck ›Beitrag bezahlt‹ versehen waren. Solche hatte Feser wahrscheinlich dem jeweiligen Parteigenossen nach Entrichtung des fälligen Beitrags, sozusagen als Quittung, in die im Parteibuch extra hierfür vorgesehenen Kästchen geklebt.

Ein kleines, dünnes Notizheft, etliche leere Antragsformulare für die Mitgliedschaft in der Deutschen Reichspartei, vier blanko Mitgliedsausweise und eine lange Aufstellung, die auf drei eng beschriebenen Seiten die alphabetisch geordneten Nichtbeitragszahler auflistete, breitete er, nachdem er sie aus dem Hauptfach der alten Aktentasche geholt hatte, weiterhin vor sich aus. Die in Leder gebundene Goldschnitt-Jubiläumsausgabe der Parteistatuten, eine weitere, in diesem Fall nicht ganz so lange Liste, in der außer den Namen, hauptsächlich die Beträge eingetragen waren, die der tote Feser in den letzten beiden Tagen eingetrieben hatte, kam noch dazu. Die Summe, die da zusammengekommen war, war aber eindeutig viel zu gering, um für einen Raubüberfall herzuhalten, überlegte der Kriminaler. Als Letztes stellte er eine massive Geldkassette, in der, wie der Hauptkommissar zumindest vermutete, Feser das eingesammelte Geld aufbewahrte, zu den anderen Sachen auf den Tisch.

Die Geldkassette, die Sauerhammer zuerst überprüfte, war leer. Das heißt, dass sich kein Geld, noch nicht einmal ein einziger Pfennig, darin befand, dafür aber ein silberner Flachmann. Dieser war randvoll mit teurem Whisky gefüllt.

Als Nächstes nahm er sich das Notizheft vor. Es handelte sich hierbei um eine Art Terminkalender, in dem sich der alte Kassenwart Bemerkungen über seine ›Kunden‹ und die jeweilig geplanten Treffen gemacht hatte. Unter der Rubrik Mitglied stand lediglich die Mitgliedsnummer der betreffenden Person. Der letzte Eintrag für den Abend vor seinem gewaltsam herbeigeführten Tod lautete ›Mitgliedsnummer 128‹. Als geplanter Zeitpunkt für Fesers Besuch war 19.00 Uhr angegeben. Daneben stand auch noch, in winziger Handschrift, ›zwei offene Beiträge‹. Es galt nun also schleunigst herauszufinden, welches Parteimitglied sich hinter der Nummer 128 verbarg.

Dies würde aber bis morgen warten müssen, da Fritz Sauerhammer nicht nur ein tüchtiger und pflichtbewusster Kriminaler war, sondern auch ein liebender Ehemann und treusorgender Vater einer kleinen Tochter. Wie hatte doch vorhin erst Fischer so poetisch gesagt? »Ich däd mich jetzt uffn Hemmwech mach, wenn's beliebd!«

Im neuen, großzügig angelegten Treppenhaus traf er auf seinem zielstrebigen Weg in den verdienten Feierabend noch den Kriminalassistenten Peter Hohner, dem er den Auftrag erteilte, noch auf die Schnelle die Buben zu befragen.

»Deren Wohnungen liegen doch quasi auf Ihrem Heimweg! Das haben Sie praktisch im Handumdrehen erledigt. Bis morgen also, Herr Hohner!«

»Ihnen auch einen schönen Abend, Herr Hauptkommissar«, wünschte ihm der junge Assistent und sah ihm frustriert und mit traurigen Augen hinterher.

Kriminalassistent Peter Hohner, der die Ausbildung zum Kommissar gerade erst beendet hatte, spielte kurzzeitig mit dem Gedanken, den Auftrag, die Jungs zu befragen, einfach auf den morgigen Tag zu verschieben. Nach kurzen, intensiven Überlegungen entschloss er sich jedoch dazu, es noch am heutigen Abend hinter sich zu bringen, da die Kinder am kommenden Werktag ja wieder Schulunterricht haben würden. Eine Befragung wäre dann also erst am Nachmittag möglich gewesen. Der ›alte Fritz‹, wie er seinen Chef, Hauptkommissar Friedrich Sauerhammer, im Stillen nannte, wäre definitiv nicht begeistert, wenn er zu Dienstbeginn kein Ergebnis von ihm zu hören bekäme.

Der fünfundzwanzigjährige Beamte stand kurze Zeit später in dem Mehrfamilienhaus in der Parsevalstraße vor der Tür zur Dachwohnung und wartete darauf, dass diese geöffnet würde.

Martin Koch war der dritte und letzte der Lausbuben, die er auf seiner Liste stehen hatte. Wenn es bei ihm ebenso schnell ginge wie bei den ersten beiden, stünde einem baldigen Feierabend nichts mehr im Wege. Peter Hohner überlegte, ob er unter Umständen einen kleinen Umweg machen und sich in den Erthalstuben ein Feierabendbier gönnen oder besser auf direktem Weg nach Hause gehen sollte.

Die Wohnungstür wurde einen Spaltbreit geöffnet und ein kleiner, blonder Wuschelkopf schob sich mitten in Hohners tiefgreifende Gedanken.

»Wer bisdn jedzd du? Un wo issn bloß mai Omma?«, wollte eine piepsige Kinderstimme ängstlich und überrascht zugleich von ihm wissen.

»Mein Name ist Hohner. Ich komme von der Kriminalpolizei. Ist deine Mutti oder dein Vati auch zu Hause?«, stellte sich der Assistent dem Kind, das einen viel zu großen, gestreiften Schlafanzug anhatte, dem man schon von Weitem ansah, das ihn seine großen Geschwister bereits vor ihm getragen hatten.

»Ups!«, machte das Kind und schlug dem verblüfften Kriminaler die Tür wieder vor der Nase zu.

Hohner wollte schon empört gegen das Türblatt hämmern, als die Tür erneut geöffnet wurde und eine etwa dreißigjährige Frau mit halblangen blonden Haaren zum Vorschein kam, die sich sogleich bei ihm für das unhöfliche Benehmen ihres jüngsten Kindes entschuldigte.

Nachdem sich der Polizeibeamte der jungen, gertenschlanken Frau vorgestellt und sie gefragt hatte, ob er bei Familie Koch vor der Wohnungstür stünde und sie einen Sohn namens Martin hätte, erkundigte er sich, ob ihr Mann auch zu sprechen sei. Er hatte bereits in den wenigen Monaten, die er bei der Kripo war, bereits gelernt, was einem alles passieren konnte, wenn man sich nicht zuerst an den Ehemann und Haushaltsvorstand wandte. Diesen Fehler galt es zukünftig tunlichst zu vermeiden!

»Mai Moo, Godd habn seelich, is ledzdes Jahr gschdorbn. Abba was hadn unser Maddin scho widder ausgfressn, Herr Griminalkommissar? Ich hoff für den Lauser, dass es ja nix Schlimms iss? Wenn da aa glei die Griminalbolizei bis unners Dachjuhe maschierd kommd!« Sie warf böse Blicke in Richtung des Kindes.

»Oje! Das mit Ihrem Mann tut mir jetzt aber schrecklich leid, liebe Frau Koch, das ist sehr beklagenswert«, bekundete Hohner sein Bedauern über ihren herben Verlust und machte umgehend ein betrübtes Gesicht. Dann fuhr er mit beruhigender Stimme fort: »Der Martin hat nichts angestellt. So weit ist alles in bester Ordnung.«

»Dann häd abba a der Schutzmoo scho greichd, gell! Na ja, wäche maim Moo brauche se sich fei kee Gedange meer mach, den hadds doch in seim Vollsuff gscheid die Schdiechen nunner kaud. Dadabei had er sich 's Gnagg gebroche. Jedzd kann er wenichsdns nimmer des ganze Haushaldsgeld versauf un die Kinner verbrüchl. Abba, wenn doch alles bei uns sei Ordnung had, wie Se so schö sache, was willn dann die Griminalbolizei überhaubd vo uns?«

Der Kriminalassistent erklärte ihr nun die Geschehnisse vom Morgen und ließ sie wissen, dass er Martin zu dem Fall kurz befragen müsse. Die junge Frau, die auf den zweiten Blick allerhöchstens Ende zwanzig war, trug an diesem kalten Abend eine dunkelgraue, selbst gestrickte Wolljacke über einer blauen, mit kleinen, schneeweißen Punkten versehenen Kittelschürze, dazu ein Paar blaue Wollstrümpfe, die bereits häufig gestopft waren. Dunkelgraue Filzpantoffeln, in denen ihre zierlichen Füße steckten, vervollständigten ihre Bekleidung. Nachdem sie Peter Hohner aufmerksam zugehört hatte, bat sie ihn schlussendlich hereinzukommen.

An dem kleinen Holztisch in der Küche, in der es für Hohners Gefühl viel zu kalt war, drängelten sich drei Kinder, im Alter zwischen zehn und fünf Jahren, lärmend und wild gestikulierend, um einen angeschlagenen Porzellanteller, auf dem der Rest eines Gesundheitskuchens lag.

»Jedzd käschberd da mal ned so rum!«, ermahnte sie die Mutter und drohte mit dem Zeigefinger. »Hoggd euch uff euern Oasch un gäbd ä Ruh, sonsd gibds glai ä Dunnerwedder!« Lächelnd sagte sie zu dem Polizisten. »Ii versoorch nur schnell die Bagasch mid Kuchn, ansondsdn gibds doch no ä Mallör.«

Hohner ärgerte sich kolossal über sich selbst, als er bemerkte, dass, nachdem er das angebotene Stück Kuchen aufgegessen hatte, keines mehr für die arme Frau übrig geblieben war. Er sah sich neugierig in der Küche um. Außer dem Holztisch und den Stühlen, auf denen die Kinder saßen, während sie die letzten Krümel verzehrten, gab es ein kleines Büfett, in dem das Geschirr aufbewahrt wurde. Neben dem gusseisernen Spülguss, in den Martins Mutter den leeren Teller stellte, gab es noch einen kleinen Kohleherd. Daneben standen eine fast leere Kohlenschütte und ein alter Weidenkorb, in dem sich aber nur noch zwei kleine Holzscheite befanden. Das war also der Grund für die Kälte in diesem Raum, dachte Hohner für sich. Es fehlte anscheinend das benötigte Heizmaterial. Obwohl man dem Inventar ansah, dass es schon seit längerem in Gebrauch war, sprang einem sofort ins Auge, dass alles Tipp topp sauber und auch sehr gepflegt war. Selbst der abgenutzte Dielenboden war frisch gespähnt, eingewachst und gebohnert. Und das bei drei kleinen Kindern, dachte sich der Kripobeamte. Das solle der Frau erst mal jemand nachmachen!

Nachdem sich die zwei jüngeren Kinder artig verabschiedet hatten, wurden sie von ihrer Mutter im Nebenzimmer, das als Kinderschlafzimmer diente und mit zwei schmalen Betten und einem passenden Kleiderschrank möbliert war, zu Bett gebracht. Während ihnen ihre obligatorische Gutenachtgeschichte vorgelesen wurde, unterhielt sich Hohner mit Martin.

Der bestätigte die Aussagen seiner beiden Schulkameraden weitgehend. Sie seien auf ihrem Schulweg gewissermaßen über das ›Bimberle Wichdich‹ oder, besser gesagt, über Herrn Feser gestolpert. Sie hätten nichts Auffälliges gesehen oder gehört. Außerdem hätten sie auch nichts angefasst oder gar verschwinden lassen. Ansonsten wäre an diesem Morgen eigentlich alles wie immer gewesen.

Es sah also ganz danach aus, als ob Peter Hohner doch viel schneller zu seinem Feierabendbier kommen konnte, als er ursprünglich befürchtet hatte. Er hatte sich schon bei dem freundlich Jungen für seine Hilfsbereitschaft bedankt, als der sich noch einmal setzte.

»Ah, Herr Kommissar, da fälld mer grad no ei, es war doch ned alles so, wie sonsd immer. Der Fred, mai Freund, war heud in der Früh ned dabei. Der had die Gräng ghabd, als mern heud früh abhohl wollde. Die Grädze hadder im Gsichd.«

»Wie heißt der Fred mit Nachnamen?«

»Müller. Ähm, em Müllers Josef seiner iss er!«

***

Vier Wochen zuvor

In dem großen Veranstaltungssaal in der Virchowstraße konnte man die stickige Luft förmlich schneiden. Zum einen hatte nämlich der Wirt, der zum ersten Mal eine Großveranstaltung der Deutschen Reichspartei in seinem Haus ausrichten durfte, ordentlich eingeheizt, zum anderen trugen die vielen Raucher kräftig zu der schier unerträglichen Situation bei.

Nachdem der offizielle Teil des Abends beendet war, saßen die Teilnehmer in kleinen Gruppen an den weiß eingedeckten Wirtshaustischen beisammen und ließen sich die deftigen fränkischen Bratwürste mit Sauerkraut und dazu eine Maß der Würzburger Hofbräu schmecken. An diesem Abend konnten es sich die vielen potentiellen Parteigenossen, die sich in der Hauptsache aus der unteren, bildungsfernen Bevölkerungsschicht der Stadt Würzburg rekrutierten, einmal so richtig gut gehen lassen. Die Zeche des Abends, so hatte es gerade eben erst der Kassenwart der DRP unter lautem Gejohle der Gäste großspurig verkündet, würde nämlich die Partei übernehmen.

Es dauerte demzufolge auch nicht allzu lange und der Geräuschpegel in dem für die vielen Personen eigentlich zu kleinen Raum stieg im gleichen Maße wie der Alkoholspiegel der überraschend zahlreich anwesenden Interessierten, die man mit der an diesem Abend stattfindenden Veranstaltung zu einem raschen Beitritt animieren wollte. Ein zum ersten Mal in den Huttensälen auftretende Gastredner, NSDAP- und DRP-Gründungsmitglied, hatte es, dank seines charismatischen Auftretens und durch gebetsmühlenartiges Wiederholen der bekannten rechten Parolen geschafft, die euphorisch geladene Atmosphäre im ohnehin schon überhitzen Saal noch weiter aufzuheizen.

Adolf Feser, ein älterer Herr von eher geringer Körpergröße und schmächtiger Statur, zog kräftig an seiner Zigarre und ließ den Tabakrauch über seine Nase aus den Lungenflügeln entweichen. Er war gerade damit beschäftigt, seine ihm gegenüber sitzenden Parteifreunde davon zu überzeugen, ihn für die demnächst bevorstehende Wahl des Bezirksvorstandes als Vorsitzenden zu nominieren, da näherte sich ein ihm unbekannter Mann dem Tisch.

Die imposante, athletische Gestalt mit kurzem Bürstenhaarschnitt und einem markanten Schmiss auf der rechten Wange, zog schlagartig Fesers vollste Aufmerksamkeit auf sich, so dass er mitten in seinem angefangenen Satz innehielt. Er starrte den etwa fünfzigjährigen Mann gebannt an, der mit raumgreifenden Schritten geradewegs auf ihn zukam. Er schien Feser auf eine merkwürdige Art überaus bekannt zu sein. Als dieser Mann nun an einem der Nachbartische stehen blieb und sich an einen seiner Parteifreunde wandte, konnte der sich nach höheren Weihen seiner Partei sehnende Kassierer leider kein einziges Wort davon hören. Zur gleichen Zeit wurde er nämlich von seinen beiden Gesprächspartnern aufgefordert, doch endlich seinen angefangenen Satz zu Ende zu führen.

Nachdem er sich zu guter Letzt auf sein ureigenstes Anliegen besann und seine, wie ihm schien, folgerichtigen Argumente vorgebracht hatte, sah er, wie sich der stattliche Unbekannte mit einer jovialen Handbewegung von seinem Gesprächspartner verabschiedete. Zutiefst in seine Gedanken versunken, sah er der Gestalt nach und versuchte mühevoll, sich daran zu erinnern, wo er diesen Mann früher schon einmal gesehen haben könnte. Es fiel ihm aber beim besten Willen nicht mehr ein.

»Kennt den einer von euch? Von früher vielleicht?«, wollte er daher nun von seinen Tischnachbarn wissen. Diese schüttelten nur verneinend ihre Köpfe und verwickelten Feser für die nächste Stunde in eine äußerst heftig geführte Debatte, bei der es um die Neubesetzung der diversen Posten des Bezirksvorstands ging. Obwohl ihm der Fremde nicht mehr aus dem Kopf ging, schaffte er es gerade noch, mit Hängen und Würgen seine Parteifreunde davon zu überzeugen, dass er, zumindest was die Besetzung des Postens des Bezirksvorsitzenden anging, die beste zur Verfügung stehende Alternative sei.

Als sich zu vorgerückter Stunde der große Saal bis auf den harten Kern der Parteigenossen geleert hatte, erblickte Feser erneut die mysteriöse Gestalt mit dem nicht zu übersehenden Schmiss auf der rechten Wange. Leider konnte er wegen des ohrenbetäubenden Gegröles, das einige der heute erst rekrutierten Parteimitglieder veranstalteten, beim besten Willen nicht verstehen, was der Hüne seinem Gesprächspartner zu sagen hatte. Dessen ehrfurchtsvoll vorgebrachte Antwort hörte der schmalbrüstige Herr Feser bedauerlicherweise auch nicht.

Dessen ungeachtet, ließen der ausgesprochen gebieterische Gesichtsausdruck und die befehlsgewohnte und nicht den allergeringsten Widerspruch zulassende Körperhaltung des Mannes, bei Feser alle vorhandenen Alarmglocken läuten.

Ein paar Stunden später, als er mit dem Wirt abgerechnet hatte, wollte er von diesem wissen, ob er vielleicht den unbekannten Hünen kenne, oder zumindest dessen Namen. Der Wirt sah ihn daraufhin erstaunt an und erklärte ihm, dass es sich bei dem Herrn um den über die Grenzen der Stadt Würzburg hinaus bekannten Medizinprofessor Doktor Otto Michelberger handele.

2. Kapitel
Freitag, Januar 1959

Vier Wochen zuvor

Freds Eltern hatten sich heftig gestritten – wie so oft in den vergangenen Monaten. Seine Mutter wurde dann schnell sehr laut und noch viel schneller sehr ausfallend. Während sein Vater bislang mit abgrundtiefer Verachtung auf diese bösartigen Attacken reagiert hatte, versuchte er mittlerweile, seine Frau, was diese bösartigen Verletzungen betraf, noch zu übertreffen. So hatte Fred in den vergangenen Wochen viel mehr Schimpfworte gelernt als in den ganzen Jahren zuvor.

Er wusste gar nicht mehr genau, was der Anlass des ersten großen Ehekrachs war. Seitdem hatten sich die Auseinandersetzungen zwischen seinen Eltern jedoch gewaltig gesteigert. In der vergangenen Woche gab es kaum einen Tag, an dem es nicht fürchterlich gekracht hätte. Ausgerechnet jetzt, wo es nur noch wenige Wochen bis Weihnachten war! Zum Glück war er heute Nachmittag nicht allein zu Hause, sondern einer seiner älteren Brüder war auch anwesend, da er wegen einer ernsten Fußverletzung nicht zum Fußballtraining konnte. Fred würde es Gott sei Dank nicht schon wieder allein durchstehen müssen.

Sein Bruder zog ihn mit ins Wohnzimmer, um ihn vor den unschönen Szenen, die sich aller Voraussicht nach gleich zwischen ihren Eltern abspielen würden, zu schützen. Das abscheuliche Gezanke der unbelehrbaren Alten hatte binnen weniger Minuten bereits ordentlich Fahrt aufgenommen! Was die beiden Jungen an dem außergewöhnlichen Geräuschpegel der von den aufgewühlten Streithähne vorgebrachten Beleidigungen unschwer feststellen konnten.

Fred ahnte mehr, als er es wirklich wusste, was Worte wie *Schlampe, Hure* und *Bordsteinschwalbe* bedeuteten. Das waren in solchen Momenten die Lieblingsnamen, mit denen sein Vater seine Mutter belegte. Er konnte sich inzwischen auch denken, was der meinte, wenn er ihr vorhielt, mit ausnahmslos jedem zu vögeln oder herumzuhuren, wie er das auch noch gerne ausdrückte, der auch nur halbwegs noch einen hoch bekäme. Eine schamlose und völlig niederträchtige *Nutte* sei sie. Emotionen wie Dankbarkeit, zum Beispiel ihrem Mann gegenüber, oder gar Demut ihrem Herrn und Schöpfer gegenüber seien ihr inzwischen völlig fremd. Er würde ihr diese Flausen aber schon noch austreiben. Wenn sie es nur auf die harte Tour verstehen könne, würde er sie jetzt mal wieder so richtig hart rannehmen. Das sei bekanntlich, wie jeder in der Straße wüsste, das einzige, was ihr tatsächlich fehlen würde. Ein knallharter Fick! Da mache sie, in ihrem Alter, bei ihrem Mann einen auf schüchternes Schulmädchen und gleichzeitig bei der halben Nachbarschaft die Beine breit! Noch nicht mal anfassen dürfe er das Fräulein Rühr-mich-nicht-An! Schämen solle sie sich, und zwar ganz gewaltig, weil sie es anstatt mit ihm, ihren vor Gott angetrauten Ehemann, wie es sich für eine gute Ehefrau schließlich auch gehören würde, mit diesen alten Knackern treiben würde! Wie sie überhaupt an diesen alten Säcken noch Gefallen finden könne? Da könnte man doch glatt das große Kotzen bekommen, wenn man sich das nur bildlich vorstellte!

Roland, wie Freds älterer Bruder hieß, legte seinen Arm um den Kleinen und zog in dicht an sich heran. Er hoffte inständig, ihm so ein wenig das Gefühl von Sicherheit vermitteln zu können.

Als ihre Mutter dem Vater daraufhin mit leiser Stimme erklären wollte, dass die beiden älteren Nachbarn, auf die sein Vater soeben angespielt hatte, ihnen allen, gerade auch ihm, bloß helfen wollten, während er doch in Wirklichkeit derjenige sei, der ständig fremdvögeln würde, schlug er das erste Mal zu.

Alles könne er ihr verzeihen, selbst ihre verfluchte Hurerei. Schließlich hatte noch nicht mal Jesus etwas gegen Huren. Maria Magdalena war bekanntlich ja auch eine! Aber anlügen dürfe sie ihn unter gar keinen Umständen. Und genau so wenig dürfe sie sich in seine Angelegenheiten einmischen. Sie, als einfaches Frauenzimmer, verstünde doch die großen Zusammenhänge gar nicht! Um die beträchtliche Tragweite der großen Weltpolitik zu verstehen, bedürfe es schon anderer, und zwar sehr viel größerer geistiger Kapazitäten als der ihrigen. Und, jetzt einmal ganz nebenbei erwähnt, bumse er, mit wem er wolle! Das ginge sie nämlich überhaupt nichts an. Sie habe für so etwas wie Bumsen schließlich nie Zeit! Außerdem solle sie es in der Zukunft bloß unterlassen, ausgerechnet ihm zu unterstellen, dass er Hilfe, von wem auch immer, nötig habe! Nie wieder! Er sei derjenige, der den anderen Hilfe bringt! Zu ihm schauen doch schließlich alle empor! So etwas könne er ihr dann aber, beim besten Willen, nicht noch einmal durchgehen lassen! Anschließend schlug sein Vater seiner bemitleidenswerten Mutter urplötzlich ein weiteres Mal mit der geballten Faust kraftvoll ins verweinte Gesicht.

Fred, der die ganze Schreierei nicht mehr hören konnte, hielt sich plötzlich mit beiden Händen ganz fest seine Ohren zu und fing laut zu singen an. Wie er seinen Erzeuger nur für solche Tage hasste!

Auf das laute Klopfen an der Wohnungstür, das von einer eiligst von seinem älteren Bruder herbeigeholten, hilfsbereiten Nachbarin verursacht wurde, die in solchen extremen Ausnahmefällen schon des Öfteren erfolgreich die Situation beruhigt hatte, reagierte der Vater lediglich mit einer lautstark vorgebrachten obszönen Bemerkung. Dann ging er, laut die Haustüre hinter sich zuschlagend, ins nahegelegene Wirtshaus, um sich dort ordentlich zu betrinken.

Der grobschlächtige Glatzkopf, der in einem mehrfach geflickten Blaumann und uralten Armeestiefeln steckte, schaufelte mit einer stabilen Forke Eierkohle in einen Jutesack. Er sah, als er sich trotz der großen Kälte, den tropfenden Schweiß aus dem mit rußigem Kohlenstaub verschmierten Gesicht wischen musste, in Richtung des Hoftores. Er hatte das schrille Quietschen der ungeölten Angeln der Torflügel gehört. Daraufhin sagte er zu seinem Kumpel, der neben ihm ebenfalls schwer am Schaufeln war: »Der hat mir jetzt gerade noch gefehlt. Der will doch bestimmt die noch offenen Beiträge haben, der alte Pfennigfuchser!«

»Ja, da schau hii, es ›Bimberle Wichdich‹. Was ä Glanz in

unsrer Hüdde!«, reagierte der, als er erkannte, wer da den Hof betreten hatte.

»Morgen, die Herren«, grüßte der jovial. »Na, immer fleißig am Arbeiten, was? Das sieht man gern. Du, Dönl, was ich dich fragen wollte, …«

»Wennsd wechem fehlnde Baidrach kommsd, kannsd glai widder geh, ii hab momendan überhaubd kai Geld. Dess hab ii dir abba scho ä baar mal gsachd, gell? Un so kurz nach äm Zahldach glai gar ned!«

»Glaubst du denn, ich käme nur zum Kassieren zu dir, Dönl? Du hast ja eine hohe Meinung von mir! Nein, ich wollte dich eigentlich nur einladen.«

»Du, mich eilaad? Ja, zu was denn, wenn ii di ämal frach dörff?«, argwöhnte Toni sofort und kniff die schmalen Augen noch enger zusammen.

»Auf ein Glas Bier und eine Kleinigkeit zu essen, dachte ich. Du hast doch jetzt gleich Mittagspause«, antwortete Feser mit einem freundlichen Lächeln im Gesicht.

»Scho, abba des machsd doch du ned umesonsd, odder? Du willsd doch da beschdimmd aa ä Gecheleisdung dafür hab?«, erkundigte sich der Eingeladene nach dem Haken, den das Unterfangen für ihn haben würde.

»Ich möchte mich wirklich nur mit dir unterhalten, Doni. Außerdem hätte ich gern deine Meinung zu einigen Ereignissen der letzten Tage gehört. Du warst doch gestern auch in den Huttensälen und hast dort bestimmt auch den einen oder anderen Bekannten getroffen. Ich bräuchte darüber von dir einfach nur ein paar läppische Informationen. Sonst nichts! Vielleicht, je nach Art der Auskunft auch einen lukrativen Auftrag!«, versuchte Feser ihn zu ködern.

»Daher wehd also der Wind«, entgegnete ihm der Toni gedankenversunken und schien langsam zu begreifen, worum es dem Feser somit in Wirklichkeit ging. »Des kosd dii abba scho was! Des kannsder nadürlich dengg, gell?«

»Nachtigall, ick hör dir trapsen!«, mischte sich nun der Glatzkopf ein. »Ich war gestern Abend ja auch bei dieser Veranstaltung und habe dementsprechend auch vieles gesehen und gehört. Für eine anständige Mahlzeit und dazu noch ein anständiges Bier erzähle ich dir alles, was du von mir wissen willst! Na ja, sajen wir lieber mal, icke erzähle dir fast allet, wa!«

Die drei waren sich relativ schnell einig und machten sich infolgedessen auf den kurzen Weg, zur nahegelegenen Eckkneipe. Es blieb nicht bei dem einen Glas Bier und Feser erfuhr in der Mittagspause mehr, als er sich erhofft hatte!

***

Im dritten Stockwerk des Polizeipräsidiums in der Augustinerstraße lag ein recht frostiges Klima in der Luft. Ganz im Gegensatz zu dem ansonsten vorherrschenden abgestandenen Büromief.

Fritz Sauerhammer hatte trotz der arktischen Temperaturen, die in Würzburg herrschten, beide Fenster seines kleinen Büros sperrangelweit geöffnet. Er war den vielen Rauchern gegenüber nicht feindlich eingestellt, denn schließlich war er seit Jahrzehnten selber ein starker Nikotinapostel. Wenn aber, so wie heute, viele Raucher gleichzeitig ihrem Laster frönten, dann, so war er der Meinung, sollte man wenigstens ein bisschen frische Luft von draußen hereinlassen.

So stand er, die unvermeidliche Peter Stuyvesant zwischen den Fingern der rechten Hand und die Hemdsärmel aufgekrempelt, mit dem Rücken zum Fenster und hörte den Berichten seiner frierenden Mitarbeitern aufmerksam zu. Die schneidende Kälte, die durch die geöffneten Fenster in den Raum strömte, würde sie von allzu langem Diskutieren abhalten und sie schnellstens zurück an ihre Arbeit bringen.

Hohner berichtete als Erster von seinen Besuchen bei den drei Schülern. Sie hätten glaubhaft und übereinstimmend versichert, dass sie weder irgendwas berührt noch entwendet hätten. Die drei seien lediglich am frühen Morgen über das Mordopfer gestolpert und nachdem sie sich von dem Schrecken erholt hatten, sei der kleine Martin Koch zu dem nahegelegenen Polizeirevier in der Wittelsbacherstraße, direkt neben der Sparkasse, gerannt, um dort Hilfe zu holen. Pistole oder Revolver hätten sie vor Ort auch keine gesehen.

Kommissar Müller-Seefried schilderte anschließend, dass sich lediglich drei Anwohner des großen Areals erinnert hätten, so etwas Ähnliches wie einen Schuss gehört zu haben. Sie seien sich auch, unabhängig voneinander, darüber einig, dass das so gegen zwei Uhr in der Nacht gewesen sei. Dem ging ein kurzer, aber lauter Wortwechsel voraus. Als sie deswegen, mitten in der Nacht, aus den jeweiligen Fenstern schauten, um nachzusehen, ob vielleicht jemand rasch Hilfe benötigte, sei ihnen jedoch nichts Außergewöhnliches aufgefallen. Es wäre weiterhin auch nicht befremdlich, dass Feser die Abkürzung durch den Hof genommen hätte, da er bekanntermaßen in den Langen Bögen, unweit des Tatorts, wohnte.

Zum Schluss, nachdem er sich zu den anderen gesetzt hatte, äußerte sich der Chef persönlich zu den Erkenntnissen, die er unterdessen gesammelt hatte. Er klärte seine Mitarbeiter darüber auf, dass er das noch unbekannte Parteimitglied der Deutschen Reichspartei mit der laufenden Nummer 128 ausfindig machen konnte. Es handle sich hierbei um Josef Müller, wohnhaft in der Erthalstraße.

»Adolf Feser hatte am Abend vor seinem gewaltsamen Tod, um 19.00 Uhr, um akkurat zu sein, nachweislich eine Verabredung mit Herrn Josef Müller«, erklärte der Chefermittler. »Feser wurde von einem Zeugen beobachtet, wie er kurz vor 19.00 Uhr das besagte Haus betrat. Ich selbst habe mit Herrn Müller noch nicht sprechen können, da ich bei ihm zu Hause niemanden angetroffen habe. Wie ich weiterhin in Erfahrung bringen konnte, handelt es sich bei Müller um einen Künstler, oder so etwas in der Art. Er ist seit nunmehr einigen Jahren, immer wieder polizeiauffällig geworden. Meistens ging es bei diesen Aktionen um Gewalttätigkeiten, die gegen die Menschen in seinem näheren Umfeld gerichtet waren. Oftmals war die Leidtragende ausgerechnet seine Ehefrau. Hohner, Sie begleiten mich später zu den Müllers.«

»Da fällt mir, jetzt da Sie das sagen, ein«, erwiderte der junge Mann, »dass Martin Koch erwähnte, dass sie sich für gewöhnlich zu viert auf den Schulweg machten. Das vierte Kind sei an diesem Tag krank gewesen. Sein Name lautet Fred Müller, auch er wohnt in der Erthalstraße.«

***

Vier Wochen zuvor

Der alte Feser machte schon lange keine Wirtshausbesuche mehr. Zum einen vertrug seine Leber nicht mehr so viel Alkohol wie früher, zum anderen konnte er das sinnlose Geschwafel und das immerwährende Gejammere der ewigen Kneipenhocker nicht mehr hören. Er war mehr als zufrieden mit seinem Leben. So wie es jetzt im Moment aussah, würde er bei den bevorstehenden Wahlen Bezirksvorsitzender der DRP werden und er bräuchte nicht mehr jeden Abend von einem Haus zum anderen zu laufen, um die noch ausstehenden Monatsbeiträge der vielen säumigen Parteimitglieder einzutreiben. Worüber er sich am meisten freute.

Aber die gelegentlichen Aufenthalte in einem gewissen Etablissement, dem er früher hin und wieder einen Besuch abgestattet hatte, vermisste er, wenn er ehrlich zu sich selber war, in letzter Zeit dann doch ein wenig. Es waren nicht die hochgeistigen Gespräche, die man dort mit den schönen, jungen Damen, die nur leicht bekleidet auf einsame Männer wie ihn warteten, führen konnte. In erster Linie ging es ihm damals um engere zwischenmenschliche Kontakte, für die er leider niemand anderen in seinem Umfeld gefunden hatte.

Seine Nichte Erika, die Tochter seiner jüngeren Schwester Hilde, kümmerte sich zwar vorbildlich um seinen Haushalt und machte ihm auch die Wäsche und was sonst noch alles anfiel. Eine seiner vielen verwitweten Nachbarinnen kochte für ihn, was sie auch gar nicht mal so schlecht machte. Ihm schmeckte auf jeden Fall, was sie ihm vorsetzte. Aber außer ein bisschen belangloser Konversation fiel nichts Weiteres für ihn ab. Sie liebäugelte nämlich seit einer ganzen Weile mit einem sehr gut aussehenden Oberlehrer, der eine Etage über der ihren logierte. Da konnte so jemand wie er wahrhaftig nicht mithalten! Er war aber trotz allem immer noch ein unter starkem Dampf stehender Mann, der sich sehr nach zwischenmenschlichen Gefühlen sehnte. Im gegebenen Moment sehnte er sich wahrscheinlich auch oder sogar ganz bestimmt, durchaus nach Empfindungen rein sexueller Art.

Einer dieser grobschlächtigen Kerle, bei dem er gestern Abend wieder einmal völlig für die Katz geklingelt hatte, weckte seine Neugier. Der erzählte ihm bei einem Glas billigen Weinbrandverschnitts unter ständigem Augenzwinkern, dass genau dieses Etablissement, an das er sich kürzlich erst wieder erinnert hatte, schon vor Langem seine Wiedereröffnung gefeiert habe. Die in der Regel sehr jungen, überwältigend gut aussehenden ›Hasen‹, die dort arbeiteten, so berichtete er aus erster Hand, seien durch die Bank allererste Sahne. Wenn Feser nun dem riesenhaften Türsteher dezent zu verstehen gäbe, dass er zu den Leuten des Herrn Professors gehöre, bekäme er noch eine Sonderbehandlung obendrauf.

Diese hochbrisante Information gab er Feser in einem kaum zu verstehenden Flüsterton. Selbstredend erst, nachdem seine Ehefrau gemeinsam mit den vier lärmenden Kindern das stickige, schlecht gelüftete Zimmer verlassen hatte.

Der Kassierer hatte sich im Laufe des anstrengenden Tages, nach gründlichen Überlegungen dazu entschlossen, sich am Abend doch einmal etwas rundherum Ausschweifendes zu spendieren. Als eine Art Wiedergutmachung sozusagen für alles, worauf er während der vielen entbehrungsreichen Jahre hatte verzichten müssen!

So saß er bereits seit einer Stunde auf dem Barhocker an der langen, mit roten Glühbirnen schwach beleuchteten Bar. Er hatte die Annäherungsversuche einiger nur leicht bekleideter Animierdamen bisher erfolgreich abgewehrt. Der Anblick dieser jungen, fast nackten Frauen ließ ihn natürlich nicht kalt. Aber er wollte ja nicht nach einer Stunde schon wieder nach Hause gehen müssen, nur weil ihm das Geld ausgegangen war. Außerdem war es schon sehr lange her, dass er schöne Frauen, hübsch geschminkt und mit viel nackter Haut gesehen hatte. Die Animierdamen waren größtenteils nur mit sexy Nylonstrümpfen und verführerischen Dessous aus teurer Spitze und eleganter Seide bekleidet. Es kamen aber immer wieder Mädchen aus den Separees, die außer hochhackigen Schuhen und edlem Schmuck nur den Duft eines betörenden Parfums auf ihrer erhitzten Haut trugen, begleitet von ihren offensichtlich vorwiegend gut betuchten Freiern.

Feser spähte ungläubig und mit großen, sehnsuchtsvollen Stielaugen zu den dunkelroten Plüschsofas hinüber, auf die sich die jeweiligen Pärchen entweder alleine oder durchaus auch in überschaubaren Grüppchen zurückzogen. Dort herrschte eine ausgelassene, beinahe frivol zu nennende Partystimmung und es wurden ständig neue Champagnerflaschen an die kleinen Tische gebracht. Von Zeit zu Zeit verschwand einer der Freier mit einem oder auch mit mehreren dieser Mädchen, eng umschlungen, in einem der Separees.

»Möchten der Herr noch ein Gläschen Sekt?«, erkundigte sich der muskulöse Barmann herablassend bei Feser, der, obwohl er seinen besten Anzug trug, nicht richtig an diesen glamourösen Ort passte.

»Ja, ich bitte darum!«, entgegnete er mürrisch, obwohl ihm bei den Preisen nicht wohl war. Für das viele Geld, das er hier für ein Glas Sekt hinblättern musste, bekam er im Einzelhandel eine ganze Flasche. Und zwar eine wirklich gute! Darüber hinaus hatte er auch noch gar keine Ahnung davon, was er für ein Schäferstündchen mit einem dieser schönen Püppchen berappen müsste.

Dieses ging ihm gerade durch den Kopf, als er einer Gruppe von vier Neuankömmlingen heraus eine schneidende Männerstimme erkannte. Als er die vor vielen Jahren das erste Mal vernommen hatte, wusste er sofort, dass er sie für den Rest seines Leben nicht mehr vergessen würde. Im Raum war es viel zu dunkel, um im Spiegel, der hinter der Theke angebracht war, die Herrschaften erkennen zu können. Er wollte sich daher umdrehen, um nachzuschauen, ob er sich vielleicht geirrt hatte, schaffte es jedoch, auch unter Aufbietung all seiner Kräfte, nicht. Ihn bezwang von einem Augenblick auf den anderen das beklemmende Gefühl, völlig gelähmt zu sein. Umgehend stand ihm der kalte Schweiß auf der Stirn und seine Hände zitterten wie Espenlaub, als er sehr ungeschickt versuchte, die frische Sektflöte, die ihm der mittlerweile besorgt dreinschauende Barmann reichte, unfallfrei entgegenzunehmen.

Als ihm jemand, der dazu dicht hinter ihm stehen musste, nun auch noch überraschend seine kräftige Hand auf die linke Schulter legte, ging er nur knapp an einem Herzinfarkt vorbei. Ein beträchtliches Erschaudern durchlief bei dieser Aktion seinen ausgemergelten Körper.

»Na, Feser, machst du dir auch mal einen schönen Abend?«, hörte er die sonore Stimme seines alten Freundes und Nochbezirksvorsitzenden fragen und spürte, wie der freundschaftlich seine Schulter drückte. »Darf ich dir den ehrenwerten Herrn Professor Michelberger vorstellen?«

Feser blieb also nichts anderes übrig, als aufzustehen und sein dunkles Jackett zuzuknöpfen. Er richtete sich, trotz all seines Missbehagens, zu seiner vollen Körpergröße auf, was natürlich von Haus aus wenig genug war. Dann streckte er dem direkt vor ihm stehenden Mann zur Begrüßung seine linke Hand, die sich feucht und kalt anfühlte, entgegen.

»Sehr erfreut, Feser«, stellte er sich mit belegter Stimme vor. Als er dem Professor ins Gesicht sah, erkannte er ihn als den Hünen mit dem markanten Schmiss auf der rechten Wange wieder, dem er neulich erst in den Huttensälen begegnet war.

»Sehr erfreut, Otto Michelberger«, antwortete der daraufhin und schüttelte mit einem kräftigen Griff die dargebotene Hand. Feser, dem die Stimme das Blut in seinen Adern gefrieren ließ, konnte weder Ekel wegen seiner feuchten, kalten Hand noch Herablassung seiner unscheinbaren Gestalt wegen in den Augen seines Gegenübers erkennen. Was aber noch viel wichtiger für ihn war, war die Tatsache, dass der Professor mit keiner Gesichtsregung zu erkennen gab, dass er Feser erkannt haben könnte.

Er hatte sich beinahe an den Gedanken gewöhnt, dass er den Professor mit einer ihm doch sehr verhassten Person verwechselt haben könnte, als der ihn, wie ein Blitz aus heiterem Himmel, fragte, ob sie sich möglicherweise aus längst vergangenen Zeiten kennen würden. Als Michelberger die vor Schreck geweiteten Augen seines Gegenübers bemerkte, lachte er jedoch gleich darauf lauthals auf und sagte, während er freundschaftlich seinen Arm um das erschrockenen Parteimitglied legte: »Ich würde mich sehr geehrt fühlen, mein lieber Herr Feser, wenn Sie heute Abend mein Gast wären. Bitte machen Sie mir doch die große Freude.«

Der alte Kassierer nahm die Einladung mit gemischten Gefühlen an. Es blieb ihm ja auch gar nichts anderes übrig. Nach dem dritten Glas Champagner und dicht eingerahmt von zwei der nackten Schönheiten, fühlte er sich so glücklich wie schon seit Langem nicht mehr in seinem Leben.

***

Sauerhammer nahm Hohners Angebot, ihn in seinem Privatauto zur Familie Müller mitzunehmen, gerne an. Die Befragung sollte die letzte Amtshandlung für den heutigen Arbeitstag sein und der junge Kriminalassistent würde ihn, nach getaner Arbeit, direkt vor seiner Haustür absetzen.

Frau Müller öffnete ihnen die Wohnungstür und als der Hauptkommissar sich und seinen jungen Mitarbeiter vorstellte, ging fast lautlos die Tür zur Nachbarwohnung auf. Eine etwa sechzigjährige Frau mit mittellangen, grauen Haaren und einer schwarzen Hornbrille mit enorm dicken Gläsern, trat forsch auf den Flur des Treppenhauses heraus.

»So! Isses scho soweid? Hamma jedzd die Griminalbolizei aa bei uns herin in unserm Haus? Mir sinn fei ä anschdändichs Haus, des will ii bloß ämal gsachd hab, gell!«, stellte sie klar. »Des war ja aa bloß ä Frache der Zeid, bei ihrm schbinnerde Moo, bis die Schandamerie aa zu uns kommd, gell?!«

»Kommen Sie doch bitte mit herein, meine Herrn. Es muss ja nicht das ganze Haus wissen, dass Sie zu uns wollen!« Frau Müller schob die beiden Männer zügig in den schmalen Gang der Wohnung. Dann sah sie noch einmal schnell im Stiegenhaus nach oben und unten. Nachdem sie zufrieden festgestellt hatte, dass außer der neugierigen Nachbarin, keiner der anderen Mitbewohner etwas von dem Besuch der Polizeibeamten mitbekommen hatte, zog sie hastig ihre Wohnungstür hinter sich ins Schloss.

»Sie kommen bestimmt wegen meinem Mann?«, mutmaßte Frau Müller, die eine frisch gestärkte, weiße Schürze über einem adretten, dunkelblauen Kostüm trug. »Ich habe leider gerade überhaupt gar keine Zeit für Ihre Fragen, da mein Mann heute Abend wichtige Gäste erwartet. Von der Partei, wissen Sie? Er soll auch ein Amt bekommen! Also in der Partei, meine ich. Deswegen habe ich ja auch noch alle Hände voll zu tun. Putzen, kochen, die Kinder versorgen und obendrein soll ich auch noch aussehen wie Gina Lollobrigida!« Sie lächelte die Beamten nahezu schon wieder frohgemut an. Man sah deutlich, dass ihr die diversen Vorbereitungen des Abends großen Spaß bereiteten.

Der Chefermittler sah sich die Hausfrau etwas genauer an. Er war überrascht von ihrem in der Tat ansprechenden Äußeren. Das wollte so gar nicht zu dem spleenigen und prügelnden Ehemann passen, von dem er in den Akten gelesen und von den Kollegen, die schon des Öfteren bei Müllers zu Hause für Ruhe und Ordnung sorgen mussten, gehört hatte. Die frische Dauerwelle und ein sehr dezentes Make-up verliehen ihr ein modernes und frisches Äußeres.

»Sie brauchen sich keine Sorgen zu machen, mein Mann wird in Zukunft weder eine katholische Schwester noch einen Priester belästigen. Das hat er hoch und heilig versprochen. Dass er die nächste Zeit keinen Blödsinn mehr machen wird, möchte ich damit sagen. Wirklich, das können Sie mir glauben! Er hat es mir, und sogar auch dem Herrn Pfarrer, beim Leben unserer Kinder geschworen! Vielleicht können Sie ja noch einmal ein Auge zudrücken? Wenn ich Sie recht lieb darum bitte, meine Herren ...«

Herr Sauerhammer versicherte der Frau nachdrücklich, dass sie von keinerlei Belästigungen wüssten und dass gegen ihren Mann, zumindest momentan, auch nichts vorliege. Sie würden ihn nur gern zu dem Mordfall, der sich hier in der Nachbarschaft ereignete, als potentiellen Zeugen befragen.

Frau Müller verlor sämtliche Farbe aus ihrem hübschen Gesicht. »Mordfall?« Nachdem sie sich wieder ein wenig gefangen hatte, bat sie die Kriminalbeamten, doch mit ihr ins Wohnzimmer zu kommen, weil es da wärmer und gemütlicher sei als hier im Flur.

Auf ihrem Weg dorthin trafen sie auf Fred, den Hohner fragte, ob er wieder rundherum gesund sei und am Schulunterricht teilnehmen könne. Bevor seine völlig in Erstaunen versetzte Mutter sich zu diesem heiklen Thema überhaupt äußern konnte, hatte der kleine Fred dem Assistenten glaubhaft versichert, dass alles in bester Ordnung sei.

Der Herr des Hauses kam in vergilbtem Unterhemd, schwarzer Anzughose, die von dunklen Hosenträgern gehalten wurde, und auf schwarzen Socken aus dem Bad. Seine nassen, frisch gewaschenen Haare standen ihm noch wirr vom Kopf. In der Hand hielt er eine Tube Haarcreme.

»Fred, sind meine neuen Schuhe geputzt? Lisbeth, wo steckt denn nur mein weißes Hemd? Ist es wenigstens schon gebügelt? Na los, los, los! Es wird doch höchste Zeit, die Gäste kommen bald!«

»Josef, kommst du bitte ins Wohnzimmer, wir haben ...«

»Vielleicht bringst du mir gefälligst erst einmal mein Hemd! Muss ich euch denn immer alles zweimal sagen? Herrgott noch mal!«

»Die Polizei möchte mit dir sprechen, Josef.« Sie sah nun ängstlich zur Tür, durch die ihr Mann jeden Augenblick kommen musste. Dem Kommissar kam es so vor, als würde Frau Müller, die mit tief gesenktem Kopf und eingesunkenen Schultern, furchtsam und in die hinterste Ecke ihres schmalen Sessel gepresst, dasaß, auf eine beachtenswerte Maßregelung warten. Aber nichts dergleichen geschah.

Josef Müller betrat mit lockerem Schritt den Raum. Er wischte sich seine Hände an einem Handtuch ab, da an ihnen noch fettige Pomade klebte. Er grüßte die Herrn freundlich und beantwortete ihre Fragen ruhig und besonnen. Müller bestätigte, dass er Feser durch die Partei kennengelernt hatte und sie leider nie so richtig gute Freunde waren, da der Tote, in seiner Eigenschaft als Kassierer, immer Geld von ihm wollte, das er meistens nicht hatte. Das trug nicht zu einer guten Beziehung bei. Ja, es stimme, dass er ihn aber trotzdem bei seinem großen Wunsch, Bezirksvorsitzender der DRP zu werden, unterstützt habe. Im Gegenzug habe sich Feser unterm Strich auch für ihn ausgesprochen. Er, so erklärte Müller stolz, kandidiere für einen Sitz im Stadtrat. Deswegen auch der hohe Besuch heute Abend. Wenn die Einladung einigermaßen über die Bühne gehen sollte, wovon er ausginge, wäre er seinem Ziel, in den Grafen Eckart einzumarschieren, bereits ein großes Stück weiter.

»Eine letzte Frage habe ich noch an Sie, Herr Müller«, kam Sauerhammer zum Schluss der Befragung. »Wo waren Sie, nachdem der Herr Feser an jenem Abend Ihre Wohnung verlassen hatte? Es wäre auch gar nicht schlecht, wenn Sie für Ihre Angaben Zeugen benennen könnten!«

»Möchten Sie tatsächlich andeuten, ich hätte auch nur das Geringste mit dieser abscheulichen Tat zu tun? Fragen Sie mich tatsächlich allen Ernstes, ob ich den alten Feser ermordet habe?«

»Und, haben Sie, Herr Müller?«

***

Feser war noch völlig aufgewühlt und wälzte sich lange und ruhelos in seinem Bett hin und her. Die schreckenerregende Erkenntnis, nach so vielen, ohne unangenehme Zwischenfälle durchlebten Jahren, ausgerechnet auf den Mann getroffen zu sein, den er nun wirklich als allerletzten in seinem Leben noch einmal wiedersehen wollte, hatte ihn in Angst und Schrecken versetzt. Schweißgebadet drehte er sich von einer Seite auf die andere. Sein Blutdruck war jenseits von Gut und Böse.

***

1940

Durch die hohen Fenster der Eingangshalle drang das spärliche Licht der Gasbeleuchtung nach draußen. Feldwebel Feser konnte den groß gewachsenen, eleganten Mann mit der schicken SS-Uniform und den schwarzen, auf Hochglanz polierten Lederstiefeln, nur schwer erkennen. Der Mann durchquerte in dem Moment den imposanten Haupteingang der Bezirksirrenanstalt Unterfrankens von der Hofseite her. Diese war zu diesem Zeitpunkt im Schloss des malerischen Ortes Werneck am Main untergebracht. Die barocke Sommerresidenz, die von Balthasar Neumann zwischen 1733 und 1745 im Auftrag des Würzburger Fürstbischofs Friedrich Karl von Schönborn errichtet und ab 1853 zu einer Pflege- und Heilanstalt für psychisch Kranke umfunktioniert worden war, war demnach eine der ältesten psychiatrischen Kliniken, die es in Deutschland gab[1].

Der Offizier marschierte hoch erhobenen Hauptes an ihnen vorbei, ohne Feser oder gar dessen Männer auch nur eines einzigen Blickes zu würdigen.

Feser, ein drahtiger Mann von eher kleiner Körpergröße, befehligte an diesem ungemütlichen, kalten Novembermorgen, die Männer des Kommandos, die den zügigen Abtransport der für nicht mehr lebenswert befundenen Menschen, wie es laut dem ›Gesetz zur Verhütung erbkranken Nachwuchses‹ vom 14. Juli 1933 ganz offiziell hieß[2], absichern sollten.

Feser ließ die vierzehn Männer, allesamt angehende Unteroffiziere, die im nahegelegenen Hammelburg stationiert waren, in einer Linie antreten. Er überprüfte anschließend zum wiederholten Mal deren Anzüge und Ausrüstung auf Vollständigkeit und Sauberkeit und wartete, nachdem er nichts zu beanstanden hatte, nervös darauf, diesem feinen eingebildeten Pinkel mit der schnieken SS-Uniform endlich Meldung machen zu dürfen.

Doktor Michelberger, wie der hochrangige Offizier mit bürgerlichem Namen hieß, was allerdings vom Klinikpersonal nur einige wenige wussten, zog in aller Ruhe seinen frisch gebügelten und blütenweißen Arztkittel über die Uniformjacke. Er hatte trotz seines eher noch jungen Alters bereits den Dienstgrad eines Sturmbannführers der SS erreicht. So wurde er in der Regel

1 Am 1. Oktober 1855 wurde die Anstalt durch ihren ersten Direktor, Doktor Bernhard von Gudden, eröffnet. Bernhard von Gudden war übrigens der spätere Gutachter König Ludwig II., der mit ihm auf eine mysteriöse Weise im Starnberger See zu Tode kam.

2 (RGBl. 1933 I, S. 529)

auch angesprochen. Während er nun mit ruhiger Hand die vielen Knöpfe des weißen Mantels schloss, wechselte er ein paar Worte mit der Oberschwester der Station, die geduldig, in Habachtstellung hinter dem edlen Empfangstresen auf ihren Chef gewartet hatte.

Nachdem sich der Sturmbannführer sowohl wort- als auch grußlos, dafür aber mit schweren Schritten, die auf dem glänzenden Steinfußboden des großen Raumes laut widerhallten und sogar im Freien noch zu hören waren, eiligst von dannen gemacht hatte, trat die resolute, in eine Uniform des Deutschen Roten Kreuzes gewandete Schwester, auf Feser zu.

»Der Herr Oberfeldarzt Doktor Möhler kommt jeden Augenblick zu Ihnen. Er ist bestens mit den Vorgängen vertraut und wird Sie und Ihre Männer in die bevorstehenden Aufgaben und die gegebenen Örtlichkeiten einweisen. Dass Sie Ihre Arbeit nur recht gewissenhaft machen, Herr Feldwebel Feser! Unser Herr Sturmbannführer entschuldigt in dieser Angelegenheit nämlich unter gar keinen Umständen einen Zwischenfall. Was sage ich da? Unter überhaupt gar keinen Umständen! Und ich natürlich auch nicht! Ich hoffe sehr für Sie, dass Sie mich verstanden haben?«, bekräftigte sie nun mit einem durchdringenden Blick und einem drohenden Unterton in ihrer, nahezu schon als maskulin zu bezeichnende Stimme, ihre Aufforderung.

»Jawohl, Frau …, äh, wird gemacht!«, stammelte Feser, der augenblicklich militärische Haltung annahm, vor sich hin. Er schien nicht den allergeringsten Anschein einer Ahnung zu haben, wie er sich in einer so brenzligen Situation diesem Dragoner gegenüber zu verhalten hatte. Der Feldwebel fühlte sich aus diesem Grund auch besonders unbehaglich.

3. Kapitel
Januar 1959, Samstag

Vier Wochen zuvor

Der Morgen hatte für Fred so schön begonnen. Erstens konnte er, da es der erste Adventssamstag war, richtig ausschlafen und zweitens bekam er eine große Tasse mit heißem Kakao und die von ihm so heiß geliebten, frischen Butterhörnchen von der Bäckerei Odenwald. Am liebsten würde er immer nur die beiden Kipfchen essen, die waren das allerbeste an so einem Hörnchen! Danach spielte er mit seiner Modelleisenbahn, die er heute ausnahmsweise im Wohnzimmer hatte aufbauen dürfen. Er hoffte von ganzem Herzen, dass er nun endlich einen Bahnhof und auch die zwei Signale, die er unbedingt brauchte, um mehrere Eisenbahnlokomotiven gleichzeitig fahren lassen zu können, vom Christkind bekommen würde. Er war, wie schon seit Langem nicht mehr, wieder einmal so rundum glücklich.

Unvermittelt klingelte es an der Haustür. Eine Nachbarin aus dem Nebenhaus stand davor und erkundigte sich, ob seine Mutter noch zu Hause wäre. In dem Moment hörte er diese aus der Küche rufen, dass er die Waltraud doch hereinbitten solle, was er dann auch tat. Er führte sie ins Wohnzimmer und bat sie mit ernster Mine, bitte vorsichtig zu sein und nicht aus Versehen auf seine Spielsachen zu treten, was die Nachbarin, ihm freundlich zulächelnd, ohne Umschweife versprach. Nachdem seine Mutter mit einem großen Holztablett, auf dem Kaffeetassen, eine Thermoskanne sowie Zuckerdose und Milchkännchen standen, aus der Küche kam, machten es sich die beiden Freundinnen am Tisch gemütlich.

Es dauerte lediglich drei große Stücke Kuchen mit ordentlich Schlagsahne für jede von ihnen, den die liebenswürdige Waltraud freundlicherweise von sich zu Hause mitgebracht hatte und sie waren beide auf dem neuesten Stand, was den Tratsch und den Klatsch der letzten Tage betraf.

Fred hatte lange kein Interesse an dem, worüber die Erwachsenen miteinander sprachen. Als er dann allerdings mitbekam, dass die edle Kuchenspenderin seiner Mutter ernsthafte Vorwürfe zu machen schien, wurde er hellhörig. Es ging bei den Vorhaltungen, wie sollte es auch anders sein, natürlich wieder einmal um seinen Herrn Vater.

Die Nachbarin verlangte mit Nachdruck von seiner Mutter, sofort das Bild und die beiden Kerzenleuchter aus dem Fenster zu nehmen. Sie bräuchte sich ansonsten nicht im Geringsten wundern, wenn sich andere Leute über ihren Ehemann das Maul zerreißen würden. Außerdem habe sie gestern sogar der Herr Pfarrer auf die neueste Spinnerei angesprochen. Er würde ihnen ganz bestimmt in den kommenden Tagen einen Besuch abstatten, habe er ihr gesagt, wenn dieses Bild nicht umgehend verschwinden würde.

Die Nachbarin stand auf und ging zielstrebig zum Fenster, auf dessen Fensterbrett sich die Utensilien des allgemeinen Anstoßes befanden. Sie war im Begriff das gerahmte Bild zu entfernen, als sich Fred, mit schneeweißem Gesicht und einem Schrei des Entsetzens zu ihr hinstürzte.

»Finger weg!«, schrie er die überraschte Frau an. »Das dürfen sie nicht! Die Sachen gehören meinem Papa. Was glauben Sie, was Mama wieder mitmachen muss, wenn sein Fenster plötzlich leergeräumt ist? Das können Sie sich ja gar nicht vorstellen, was dann wieder alles geschieht!«

»Ich glaube, unser Fred hat recht, liebe Waltraud. Besser, du gehst jetzt nach Hause.« Frau Müller stand beklommen und mit einem hochroten Kopf da.

»Wenn du möchtest, dass es in deinem Leben wieder bergauf geht, musst du auch bereit sein, Hilfe anzunehmen. Wir meinen es doch alle nur gut mit euch, Elisabeth. Wirklich! Auch, oder gerade mit deinem Mann! Aber alles, was recht ist, ausgerechnet ein Bild von Adolf Hitler, noch dazu mit Trauerflor und Kerzen, ins Fenster zu stellen, ist dabei nicht wirklich hilfreich! Du musst ihn jetzt langsam dazu bringen, mit dir zu eurem Hausarzt zu gehen und sich untersuchen zu lassen! Das ist doch nicht mehr normal, Elisabeth! Merkst du das denn gar nicht? Er macht nicht nur dich, sondern auch eure Kinder kaputt. Das haben die wirklich nicht verdient!« Sie umarmte Freds Mutter herzlich und versprach ihr, dass sie auf alle Fälle wiederkommen und nach ihnen allen schauen würde. »Nicht auszudenken, was die Leute sagen würden, falls man ihn in einer Zwangsjacke abholen würde!«

Fred hatte keine Lust mehr auf seine wunderschöne Eisenbahn. Er überlegte lieber, was er stattdessen tun könnte, um seinem armen, kranken Vater durch diese für ihn so schwierigen Zeit zu helfen.

Als Erstes musste er herausfinden, was der eigentliche Grund war und zweitens, wer an dem ganzen Schlamassel eigentlich die Schuld trug. Und das alles so schnell wie möglich.

***

Die Hausschlüssel zu Fesers Wohnung konnten trotz intensiver Suche nicht gefunden werden. Aus diesem Grund hatte sich Sauerhammer an diesem Morgen mit dem Hausverwalter der Wohnungsbaugesellschaft »Sankt Bruno« vor der Anlage in den Langen Bögen verabredet.

Nachdem der ältere Mann mit dem silbergrauen Haarkranz und der von jeder Menge blauroten Äderchen durchzogenen Knollennase und der typischen Wampe eines passionierten Biertrinkers, den Dienstausweis des Kommissars eingehend studiert hatte, holte er umständlich einen überdimensionalen Schlüsselbund aus der eingerissenen Tasche seines grauen und rußverschmierten Arbeitsmantels hervor. Es gelang ihm jedoch auch nach einer Vielzahl von Versuchen nicht, einen passenden Schlüssel für Fesers Wohnungstür herauszufischen. Seine Hände zitterten viel zu sehr, als dass er es geschafft hätte, irgendeinen Schlüssel in das vorgesehene Schlüsselloch einzuführen. Der Chefermittler, dem langsam, aber sicher der Geduldsfaden riss, nahm dem Hausmeister mit einem schnellen Griff den großen Bund aus der Hand. Bereits der dritte Anlauf führte zu dem gewünschten Ergebnis und die Tür sprang einen Spalt weit auf.

Der Hauswart, der mit einer Schnelligkeit, die man von ihm nicht erwartet hätte, an dem Kriminalhauptkommissar vorbei in die Wohnung laufen wollte, wurde durch eine blitzschnelle Reaktion Müller-Seefrieds im letzten Moment daran gehindert. Er schob den massigen Mann zur Seite, als wäre der ein Leichtgewicht.

»Wenn wir in der Wohnung fertig sind, geben wir Ihnen natürlich Bescheid. Sie können sich zwischenzeitlich also wieder Ihrer normalen Arbeit widmen«, erklärte ihm der junge Kommissar mit der neumodischen, in Würzburg noch nicht allzu verbreiteten Elvis-Presley-Frisur, freundlich, aber bestimmt. Dann ließ er seinem Chef den Vortritt und zog hinter sich die Tür ins Schloss.

In dem schmalen, kurzen Gang, von dem vier Türen abzweigten, konnten sie nichts Auffälliges erkennen. Hinter der ersten Zimmertür auf der linken Seite, die weit geöffnet war, sah es schon bedeutend anders aus! Bei diesem Raum handelte es sich, wie unschwer zu erkennen war, um die Küche. Alle Türen und Schubladen des zweiteiligen Küchenschranks waren entweder geöffnet oder gar völlig herausgezogen! Der Inhalt mehrerer Vorratsdosen und Papiertüten lag wild zerstreut vor dem Buffet. Nudeln, Reis, Gewürze aller Art, Mehl und jede Menge andere Lebensmittel, die nicht mehr ganz genau auseinanderzuhalten waren. Diverse Küchenutensilien trugen weiterhin zu diesem Durcheinander bei. Aus einer ovalen, mit dunkelgrünem Samt beklebten Blechdose, auf deren Vorderseite ein Reiter der spanischen Hofreitschule auf einem weißen Pferd abgebildet war, waren jede Menge schwarzbraune Kaffeebohnen herausgerollt.

Der kleine Küchentisch und die beiden Stühle waren vollständig zerstört. Es schien so, als hätte jemand mit den Küchenstühlen solange mit brutaler Gewalt auf die Tischplatte eingeschlagen, bis letzten Endes auch diese nicht mehr zu gebrauchen war. Die Schublade, die unter der Tischplatte angebracht war, war bis über die Hälfte herausgezogen und Geschirrtücher und Spüllappen, die darin aufbewahrt wurden, hingen zum Teil an der Lampe. An dem schmalen Schränkchen, das sich unter der Spüle befand, waren die Türen abgerissen. Die darin befindlichen Putzmittel waren auf den Steinfliesen entleert worden, sodass man höllisch aufpassen musste, wohin man seine Füße setzte. Ansonsten lief man Gefahr in dem Gemenge auszurutschen. Sogar aus den zwei Blumentöpfen, die für gewöhnlich ihren festen Stammplatz auf dem schmalen Fensterbrett hatten, waren die Blumen mitsamt den Wurzeln herausgerissen und die restliche Erde lag verstreut auf dem Herd.

»Ich bin fast geneigt anzunehmen, dass es hier irgendjemand besonders eilig hatte, etwas höchst Brisantes unbedingt noch vor uns zu finden, Fritz«, ließ der junge Kommissar seinen Vorgesetzten an seinen Überlegungen teilhaben. Dann fuhr er sich mit der rechten Hand über seine pomadisierten Haare.

»Wie scharfsinnig du doch immer wieder kombinierst, Erhard! Einfach super! Ich wäre da so schnell nicht drauf gekommen! Ehrlich, du bist der Beste! Ich bin gespannt, wie es in den anderen Räumen wohl so aussieht!« Sauerhammer kramte in seiner Jackentasche und holte ein Päckchen Peter Stuyvesant hervor.

»Ich vermute, dass es dort nicht viel anders sein wird. Wer macht sich schon die Arbeit und verwüstet die Küche dermaßen, um die anderen Räumlichkeiten zu verschonen? Es sei denn, der Einbrecher hat das, wonach er so gewissenhaft suchte, bereits im ersten Raum gefunden!«

Als Nächstes stießen die beiden Kriminaler auf das kleine Bad, das allerdings schon den Luxus eines mit Holz und Kohle beheizten Wasserboilers aufweisen konnte. Auch hier waren sowohl der Medikamentenschrank als auch das Regal mit den Handtüchern umgeworfen beziehungsweise leer geräumt. Der klägliche Inhalt eines blauen Plastikeimers, in dem normalerweise Papier und Spreißel zum Anzünden des Feuers gehortet wurde, lag vor dem Boiler.

Im Schlafzimmer waren der oder die Täter mit dem gleichen Vandalismus wie in den übrigen Räumen vorgegangen. Der Kleiderschrank und der Nachttisch, wie das Bett aus Nussbaumholz, waren vollständig ausgeräumt. Von dem Kopfkissen und dem schweren Federbett waren die weißen Bettbezüge heruntergerissen. Bettlaken und die dreiteilige Rosshaarmatratze, deren Teile allesamt aufgeschnitten waren, lagen durcheinander im Zimmer verstreut.

Im letzten Raum, dem Wohnzimmer, bot sich ihnen im Großen und Ganzen das gleiche Bild. Auch hier wütete eine unvorstellbare Kraft der Zerstörung, die selbst zwei so erfahrene Kriminalkommissare, wie sie es waren, nur selten gesehen hatten. Immerhin wurden sie hier fündig. Vor einem kleinen, ebenfalls aus massivem Nussbaumholz gefertigten Stehpult, dessen Türchen solange ordentlich verschlossen waren, bis sie offensichtlich von dem oder den Dieben aufgebrochen wurden, lagen mehrere Schnellhefter aus rotem Karton.

Der junge Müller-Seefried kniete sich nieder und hob einen Hefter nach dem anderen auf. Dabei las er seinem Chef jeweils den Namen vor, der mit schwarzer Tinte auf die Vorderseite eines jeden dieser Aktendeckel geschrieben stand. Alle Hefter waren, wie er sodann mit enttäuschtem Mienenspiel feststellte, ausnahmslos ohne Inhalt.

»Professor Doktor (med.) Otto Michelberger, SS-Sturmbannführer und leitender psychiatrischer Gutachter der Kreisirrenanstalt Werneck«, las der jüngere der beiden Kommissare mit gedämpfter Stimme ungläubig vor, was auf dem letzten Aktendeckel stand. »Bedauerlicherweise muss ich feststellen, dass auch diese Akte völlig leer ist! Ich nehme stark an, dass der- oder diejenigen, die hier zu Gange waren, auf das gestoßen sind, nach dem sie mutmaßlich so dringlich gesucht haben!«

»Otto Michelberger ist wohl der prominenteste von denen, die du vorgelesen hast, Erhard. Die anderen kann man, ohne große Probleme, ausnahmslos mit dem hiesigen braunen Abschaum in Verbindung bringen. Ob das für den feinen Herrn Michelberger möglicherweise auch zutrifft? Gehört auch er zu diesen unverbesserlichen Nazis? Den sollten wir, völlig unauffällig versteht sich, einmal ganz genau unter die Lupe nehmen!«, erwiderte der Hauptkommissar und zündete sich erneut eine Zigarette an.

»Ich höre Kriminalrat Langenlüdegge schon wieder zu mir sagen: ›Also, Müller-Seefried, jedzd mache Se doch emal! Sie mache des scho! Macheses abber richdich, sonsd mach ich Ihne en! Hamse mich verschdanne?‹«

***

Der alte Feser saß, ein großes Export der Brauerei Kesselring vor sich, an seinem Stammplatz in den Erthalstuben und wartete ruhig und zufrieden, während er eine seiner geliebten Zigarren rauchte, auf sein Mittagessen. Seine Nachbarin war mit ihrem exzellent aussehenden Oberlehrer aus dem dritten Stockwerk für eine ganze Woche zum Skifahren in den Winterurlaub gefahren. Wie die sich so was leisten können?, dachte er. Und dann auch noch nach Oberbayern! Wenn überhaupt, fuhr man doch zum Wintersport in die Rhön. Da blieb man wenigstens in Unterfranken! In der Heimat sozusagen! Kurz vorm Gipfel des Kreuzberges, des heiligen Bergs der Franken, konnte man zum Abschluss eines anstrengenden Tages bei den Franziskanern noch eine gute Maß Bier und eine saubere Brotzeit zu sich nehmen. Wie er während dieser langen Zeit zu seinem Mittagessen kommen sollte, war denen ja völlig egal. Na ja, die Küche hier in den Erthalstuben war auch erstklassig. Oder fast erstklassig. Zumindest war sie nicht schlecht! Allerdings, über einen so langen Zeitraum gesehen, war sie auch ganz schön teuer.

Derweil er seinen Gedanken nachhing, setzten sich zwei weitere Gäste an den Tisch direkt hinter ihm. Da sich zwischen diesen beiden Tischen die Garderobe befand, die von beiden Seiten dick mit Jacken und Mänteln der Gäste behangen war, hatte er die Neuankömmlinge leider nicht sehen können. Erst als diese sich unterhielten, erkannte er sie an ihren Stimmen. Bernhard Wagner, der noch amtierende Vorsitzende der Deutschen Reichspartei, und, was ihn sehr verwunderte, Josef Müller. Der hatte doch gerade wieder eine seiner Phasen, während derer er nicht so ganz klar im Kopf war, wenn man es nachsichtig ausdrücken wollte! Was bezweckte Bernhard nur damit, sich mit diesem Spinner zu treffen? Der war obendrein ja auch sehr gefährlich. Es konnte nämlich leicht passieren, dass man sich, eh man sich versah, von ihm ein paar ordentliche Ohrfeigen einhandelte. Einen logischen, nachvollziehbaren Grund dafür brauchte der spinnerte Josef während einer derartigen Phase seiner plötzlich auftretenden geistigen Verwirrung nicht unbedingt. Er gehörte, jedenfalls nach Fesers Meinung nach, daher eher in eine Irrenanstalt als in ein Wirtshaus!

Der Kassierer wollte seinem ersten Impuls folgen, die beiden Parteifreunde zu begrüßen und sie an seinen Tisch zu bitten. Ein unbestimmtes inneres Gefühl, das ihn unversehens überkam, suggerierte ihm jedoch, dass er unerkannt von den Männern Neuigkeiten erfahren könnte, die sie in seinem Beisein sicher nicht erwähnen würden. Aus dem Grund beschloss er, sich nicht zu erkennen zu geben. Er nickte dem zuvorkommenden Gastwirt, als der ihm die bestellten blauen Zipfel servierte, deshalb nur freundlich zu.

Aufmerksam das Gespräch am Nachbartisch verfolgend, verspeiste er seine Mahlzeit, auf die er sich schon seit Tagen gefreut hatte. Er glaubte schon, dass ihm sein Instinkt einen Streich gespielt habe, da es bei dem Gedankenaustausch der beiden Männer, lediglich um Banalitäten handelte.

Von einer Sekunde auf die andere wurde er jedoch hellhörig. Die Überleitung von dem nichtssagenden Geplauder zu dem nun angeschnittenen Thema hatte er unglücklicherweise nicht richtig mitbekommen, da weitere Gäste kurzzeitig für einen erhöhten Geräuschpegel gesorgt hatten.

»Bernhard, pass gut auf, was ich dir jetzt sage!«, hörte Feser Josefs dunkle Stimme sagen. »Jawohl, es stimmt! Michelberger kommt als Vorsitzender für die meisten von ihnen in Frage. Da muss ich dir eindeutig recht geben. Als Mediziner, als Doktor und obendrein noch Professor, mit vielfältigen Verbindungen nach ganz weit oben, kommt man an ihm ja auch nur äußerst schwerlich vorbei! Aber, das will ich dir im Guten sagen, es gibt auch einige, durchaus einflussreiche Parteimitglieder unter uns, die seine NS-Vergangenheit nicht tolerieren. Auf gar keinen Fall! Dazu gehören, unter anderem, auch solche Kapazitäten wie ich! Lass dir von mir gesagt sein, Bernhard, dass wir mit dem ›Bimberle Wichdich‹ den besseren Mann für unsere Ziele haben. Gerade er, als Behinderter und durch die Nazis Verfolgter, ist doch geradezu prädestiniert für die Aufgabe als Vorsitzender! Das nimmt diesen

Schandmäulern, die immer und immer wieder behaupten, wir wären allesamt unverbesserliche Altnazis, den Wind aus ihren sauberen Segeln. Glaube mir, für uns kann es mit ihm doch überhaupt nicht besser laufen. Außerdem ist das längst schon genau so mit ihm abgesprochen, oder stimmt das etwa nicht? Oder kannst du dich nur nicht mehr daran erinnern, was wir erst vor wenigen Tagen in den Huttensälen abgesprochen und ausgehandelt haben?«, legte Josef Müller den Finger auf einen wunden Punkt. »Bist du denn wirklich schon so was von senil?«

»Ja, schon, wahrscheinlich hast du sogar recht«, gab Bernhard zu. »Aber wir müssen doch das ganz große Ziel im Auge behalten. Das Wohl und Gedeihen unserer Partei! Nur darum geht es doch letztendlich! Bei so etwas kann man keinerlei Rücksichten auf einzelne Personen oder Gruppen nehmen! Auch wenn es sich bei denen um noch so verdiente Mitglieder der Partei handeln sollte. Das geht so einfach nicht, Josef! Wirklich nicht!«

»Das sehe ich ganz anders. Auf ganzer Linie sehe ich das anders. Aber wenn ihr tatsächlich meint, ihr müsst jetzt, so kurz vor knapp, alles noch mal schnell auf den Kopf stellen, obwohl wir das bereits besprochen hatten, dann müsst ihr euch am Wahlabend auch nicht wundern, wenn es auf eine Kampfabstimmung hinauslaufen wird. So einfach ist das, Bernhard. Es wird nicht leicht werden für dich und deine Pläne. Und wenn du ehrlich zu dir selbst bist, dann weißt du das doch auch!«

»Glaubst du wirklich, dass es dazu kommen wird? Ich denke, die paar Leute, die derselben Meinung sind wie du, richten da nicht viel aus. Der Professor wird sich dir und deinen Kumpels gegenüber durchsetzen. Da wette ich überaus beruhigt um Haus und Hof, mein Lieber!«

»Wenn du dich da mal nicht täuschst, mein verehrter Bezirksvorsitzender! Allerdings muss ich ehrlicherweise zugeben, dass mir gerade ein so schmuckes Häuschen wie das deine sehr gelegen käme. Also, Hand drauf!?«

***

Vor dem Gebäude der Rechtsmedizin, die als ein Teil der Universitätsklinik in der Versbacher Straße untergebracht war, parkte Friedrich Sauerhammer sein Dienstfahrzeug. Ein BMW 501, Baujahr 1953, mit einem Sechszylinder-Reihenmotor. Er ärgerte sich darüber, dass er am Morgen zu seinem Anzug die schwarzen Halbschuhe angezogen hatte und nicht seine gefütterten, warmen Winterstiefel, die ihm seine Frau erst neulich beim Neckermann in der Schönbornstraße gekauft hatte. Die hätten zwar nicht so gut zu seinem noblen Zwirn, aber dafür um so besser zu dem feuchtkalten Winterwetter, das heute wieder vorherrschte, gepasst. Er versuchte akribisch, nicht zu oft von dem mit festgetretenem Schnee bedeckten und mit Sand bestreuten, schmalen Gehweg abzukommen. Zweimal musste er trotzdem den entgegenkommenden Passanten ausweichen und versank prompt bis weit über die Knöchel im tiefen Neuschnee. Im Handumdrehen hatte er eiskalte Füße und eine richtig schlechte Laune.

In dem Gebäude angekommen, wandte er sich gleich zur Treppe und lief, immer mehrere Stufen auf einmal nehmend, hinunter in den Keller, wo sich die Sektionssäle befanden. Der junge Sektionsassistent Mayer öffnete ihm die Tür und geleitete ihn zum Chefarzt, Doktor Streitenberger, der die Obduktion von Fesers Leichnam selbst durchzuführen gedachte. Der fast zwei Meter große und ziemlich beleibte Rechtsmediziner saß hinter seinem enormen Schreibtisch und setzte gerade seine Unterschrift unter einen Brief, der sich mit vielen anderen, in der vor ihm liegenden Unterschriftenmappe befand. Er reichte die rotbraune Dokumentenmappe seiner Sekretärin, die gleich nach Sauerhammer das Büro betreten hatte, und bat sie, Mayer auszurichten, dass der sich bitte bei ihm melden solle, sobald er den Toten für die bevorstehende Besprechung mit der Kriminalpolizei vorbereitetet hätte.

Nachdem sich Streitenberger und Sauerhammer kurz, aber herzlich begrüßt hatten, klopfte der Sektionsassistent auch schon an die Tür und gemeinsam gingen sie den breiten Flur hinunter zum Sektionssaal 1. Der Ermittler fror inzwischen am ganzen Körper wie der hierfür bekannte Schneider. Die niedrigen Temperaturen hier im Keller trugen einen erheblichen Teil dazu bei.

Der massige Rechtsmediziner schlug das grüne Tuch, das Fesers Leichnam bedeckte, so weit zurück, dass der schmächtige Oberkörper des Toten bis zum Bauchnabel unbedeckt vor ihnen lag. An der frischen Ypsilon-förmigen OP-Naht, die sich über Fesers Brustkorb von den Schultern fast bis zu seinem Bauchnabel erstreckte, erkannte der Kriminaler, dass die eigentliche Obduktion schon erfolgt war. Als Nächstes nahm er den Bericht, der auf einem Schreibpult an der gekachelten Wand neben der Eingangstür stand, und wendete sich dann wieder der fahrbaren Bahre zu, auf der die sterblichen Reste des Opfers lagen.

»Bei dem Toten handelt es sich um einen zweiundsechzig jährigen Mann in gutem Allgemeinzustand. Für sein Alter war er im Großen und Ganzen topfit. Ich konnte nichts Außergewöhnliches feststellen. Er starb an dem Kopfschuss, der ihm vorgestern zwischen 1.00 Uhr und 1.30 Uhr beigebracht wurde. Hierbei handelt es sich um einen Schuss, der aus einer maximalen Entfernung von zwei Metern abgefeuert wurde. Der Grund seines Ablebens ist daher ein schweres Schädelhirntrauma. Feser war auf der Stelle tot. Auffällig ist allerdings der Schusskanal. Die Kugel drang in Höhe der oberen Schneidezähne in den Kopf ein und verließ ihn etwa in der oberen Schädelmitte.« Dabei zeigte er auf das Einschuss- beziehungsweise Austrittsloch. »Der Täter hielt die Waffe extrem schräg nach oben. Was bedeutet, dass er vor seinem Opfer kniete oder sogar auf dem Boden lag«, dozierte der Rechtsmediziner.

»Wäre es nicht auch möglich, dass der Täter einfach sehr viel kleiner war als Feser?«, brachte der Hauptkommissar eine weitere Theorie ins Spiel.

»Noch kleiner?«, zweifelte der Chefarzt. »Dann handelt es sich aber bei dem Mörder um einen Liliputaner! Feser war nur einen Meter vierundsechzig groß!«

»Das würde uns nun wieder die aufwendige Suche nach dem mutmaßlichen Schützen erheblich erleichtern«, erwiderte darauf Sauerhammer, der dabei mit dem rechten Auge zwinkerte. »So viele Liliputaner gibt es in Würzburg auch nicht. Aber jetzt mal Scherz beiseite. Kannst du uns zum jetzigen Zeitpunkt schon etwas über die Tatwaffe sagen, Hannes? Kaliber, Hersteller et cetera?«

»Die Untersuchungen sind noch nicht völlig abgeschlossen. Aber ich habe im Krieg genügend solcher Einschusslöcher mit exakt diesem Kaliber gesehen, um dir mit an Sicherheit grenzender Wahrscheinlichkeit sagen zu können, dass es sich bei der Tatwaffe um eine P38 der Marke Walther aus Ulm handelt!«

»Interessant!«, sagte Sauerhammer mehr zu sich selbst als an den Mediziner gewandt. »Kam es, bevor der tödliche Schuss fiel, zu einem Kampf zwischen den beiden Kontrahenten? Hast du Abwehrspuren feststellen können?«

»Nein. Ich glaube, der Tote kannte seinen Mörder sehr gut und war aufgrund dessen auch sehr überrascht, als plötzlich auf ihn geschossen wurde. Für mich hatte er einen Gesichtsausdruck, der großes Erstaunen zeigte, als ich ihn tot, mit geöffnetem Mund und weit aufgerissenen Augen in diesem zugigen Durchgang sitzen sah!«

»Ist dir vielleicht sonst noch etwas aufgefallen?« Sauerhammers Blick fiel auf die vielen quadratischen Stahltüren, die dicht an dicht in die eine Stirnwand des vom Boden bis zur Decke weiß gekachelten Raumes eingelassen waren. Hinter ihnen wurden die Leichen gekühlt aufbewahrt. Er fror jetzt von einer Sekunde auf die andere noch mehr und schüttelte sich vor Kälte und Ekel.

»In der Tat. Ich weiß jedoch nicht, inwieweit es für die Aufklärung dieses Verbrechens relevant ist«, nun zeigte er auf den verkrüppelten rechten Arm. »Er hat hier eine alte Verletzung, die sehr stümperhaft versorgt wurde. Ob ihm diese während des Krieges, oder kurz danach zugefügt wurde, kann ich auf keinen Fall mit letzter Gewissheit sagen. Sie ist, grob geschätzt, mindestens vierzehn bis fünfzehn Jahre alt.«

»Nein, da irrst du dich, Hannes. Fesers Arm sowie sein Bein waren schon von seiner Kindheit an verkrüppelt. Darüber haben wir diverse Dokumente bei ihm zu Hause sicherstellen können«, gab Sauerhammer jedoch zu bedenken.

Der Chefarzt der Rechtsmedizin schüttelte nachsichtig seinen Kopf und zog das grüne Tuch bis zu Fesers Füßen hinunter. Dann deutete er auf mehrere OP-Narben, die an Fesers rechtem Unterschenkel und am Kniegelenk zu sehen waren. »Die spezielle Operationsmethode, die der behandelnde Chirurg bei dieser Verletzung angewandt hat, war vor sechzig Jahren noch gar nicht bekannt!«, Streitenberger nickte nun Sauerhammer mit einem selbstzufriedenen Lächeln zu. »Wie ich bereits gesagt habe, maximal fünfzehn Jahre! Ich hoffe, diese Erkenntnis hilft dir ein wenig, den Täter zu überführen. Den schriftlichen Bericht kannst du dir bei meiner Sekretärin gleich mitnehmen.«

Bernhard Wagner, ein mittelgroßer Mitsechziger, der beim Betreten von Fritz Sauerhammers Büro lässig seinen braunen Hut lupfte und den Hauptkommissar mit einem für einen waschechten Würzburger typischen ›'s Gott‹ begrüßte, setzte sich prompt und ohne speziell vom Hausherrn dazu aufgefordert worden zu sein, an dessen Schreibtisch.

Nach ein paar belanglosen Sätzen, die das Wetter im Allgemeinen und die eisigen Temperaturen am heutigen Tag im Besonderen zum Inhalt hatten, kam Friedrich Sauerhammer zügig auf das eigentliche Thema zu sprechen.

»Dass es bei dieser Befragung um den gewaltsamen Tod Ihres Kassierers geht, dürfte Ihnen zweifelsohne klar sein, Herr Wagner. Was das familiäre Umfeld sowie die ganz normalen sozialen Beziehungen, wie Nachbarn, Geschäftsleute im Viertel, bei denen er einzukaufen pflegte, und so weiter angeht, konnten wir uns schon ein ganz gutes Bild über ihn machen. Wenn wir auch noch nicht alle infrage kommenden Personen kontaktiert haben, wie ich zu meiner Schande zugeben muss. Die Zeit ist da leider ein ganz erheblicher Faktor, der uns immer wieder einen dicken Strich durch die Rechnung macht. Was mich nun aber im Besonderen noch ganz dringend interessiert, ist seine Stellung innerhalb Ihrer Partei. Es gibt bei so vielen Mitgliedern doch ganz bestimmt den einen oder anderen Zeitgenossen, der Herrn Feser vielleicht nicht ganz so gut hat leiden können, oder jemanden, der ebenfalls sehr gerne den Posten des Kassierers innegehabt hätte, nicht wahr, Herr Wagner?«

»Na ja, es entspricht schon den Tatsachen, dass den Kameraden Feser nicht alle gleich gut leiden konnten. Aber er war auch ein wenig eigentümlich, da haben Sie natürlich vollkommen recht, Herr Kommissar. Aber gerade wegen seines beispielgebenden Verhaltens trotz seiner qualvollen Lebenserfahrungen während des Dritten Reiches war er ein sehr angesehenes und hoch geachtetes Parteimitglied. Zudem trug er mit seinem persönlichen Werdegang wesentlich dazu bei, unser Ansehen, was uns alle als Deutsche Reichspartei betrifft, bei der ausgesprochen skeptischen Bevölkerung Würzburgs aufzuwerten. Wir hatten sogar fest geplant, ihn als meinen Nachfolger für das Parteiamt des Bezirksvorsitzenden für die kommende Wahl in Position zu bringen. Was aber etwaige Neider angeht, die vielleicht seinen Posten als Kassierer hätten haben wollen, kann ich Ihnen nur sagen, dass es da nicht einen gab. Wir haben sehr lange und sehr erfolglos nach einem geeigneten Kandidaten gesucht, aber weit und breit nicht einen einzigen finden können. Um so dankbarer waren wir, als sich das Bimberle Wich..., ähäm, als sich dann Herr Feser, wollte ich natürlich sagen, letzten Endes dazu bereit erklärte. Ich kann Ihnen also Ihre Frage, ob sein gemeiner und hinterhältiger Mörder tatsächlich aus unserer großartigen Partei stammt, ganz unprätentiös mit einem nachdrücklichen Nein beantworten.« Der scheidende Vorsitzende der Deutschen Reichspartei lehnte sich entspannt auf seinem unbequemen Bürostuhl zurück und wartete geduldig und mit einem souveränen Ausdruck im Gesicht auf Sauerhammers nächste Frage.

Der Kriminalbeamte ließ ihn eine ganze Zeit lang schmoren. »Zwei Fragen habe ich noch an Sie, Herr Wagner. Die erste lautet: Kennen Sie einen Herrn Professor Doktor Michelberger?«

»Aber ja! Der Herr Professor nimmt bekanntlich in Kürze seine Arbeit hier an der Würzburger Universitätsklinik auf und sucht aus diesem Grund nach einem adäquaten Zuhause für sich und seine liebe Familie. Ich bin sehr stolz darauf, dass er sich deswegen ausgerechnet an uns gewendet hat und wir ihn nach Lage der Dinge bei dieser Aufgabe auch unterstützen können.« Sein aufgesetztes Lächeln wurde noch zufriedener. »Ich kümmere mich beruflich seit vielen Jahren um eine stattliche Anzahl von Immobilien hier in Würzburg.«

»Meine zweite Frage lautet nun, ob es eigentlich auch zu den Aufgaben des Kassierers Ihrer Partei gehört oder gehörte, pikante Dossiers über Freunde der Partei anzulegen?«

Herr Wagner verlor von einem Augenblick auf den anderen seine so offensichtlich zur Schau gestellte Gelassenheit. »Selbstverständlich gehörte dies nicht zu Fesers Tätigkeitsfeld! Keines der Vorstandsmitglieder unserer ehrenwerten Partei hat einen solchen unseriösen Auftrag, Herr Sauerhammer! Wie kommen Sie nur auf eine so absurde Idee?«

»Ach, einfach nur so.« Sauerhammer nahm sich einen dünnen Schnellhefter aus einem relativ hohen Stapel, der auf seinem Schreibtisch lag, und blätterte abwesend darin herum. Er hielt den Aktendeckel so, dass es seinem Gegenüber möglich war, den Namen *Professor Michelberger* lesen zu können. »Vielen Dank auch, Herr Wagner. Das war's für heute, Sie können jetzt gehen.«

Der junge Kriminalassistent Peter Hohner fuhr den Opel Olympia Rekord, den er sich extra für den heutigen Abend von seinem Vater geliehen hatte, direkt in den Hof der Kohlenhandlung in der Friedenstraße am Südbahnhof, der genau auf der Grenze der beiden Stadtteile Sanderau und Frauenland lag. Er sah sich in dem Innenhof um, konnte aber den Kollegen Fischer nirgendwo entdecken. Der hatte ihm jedoch versprochen, mit dem kleinen Lieferwagen seines Schwagers pünktlich um 17.30 Uhr dort auf ihn zu warten.

»Abend«, wurde er von einem Mitarbeiter der Kohlenhandlung begrüßt. Der trat aus einem der großen Holzrolltore, die sich in der niedrigen Ziegelsteinmauer der langgezogenen Lagerhalle befanden. Er wedelte mit dem Bestellschein, den er in seiner Hand hielt, und rief in die dunkle Halle hinein, dass dieser Auftrag sofort erledigt werden müsse, da der Kunde nun schon seit gestern auf diese Lieferung warte. »Also, haud nei, ihr nixnudziche Faulenzer! Uff was wolldn ihr noch ward, ihr Drüggebercher? –

Wie kann ich jedzd Ihne helf?«, wandte er sich unvermittelt an den Neuankömmling.

Hohner erklärte dem Mann, warum er hier war, und dass sein Helfer mit dem kleinen Lieferwagen noch unterwegs sei. Dann erkundigte er sich, ob er nicht vielleicht die Sachen schon vorbereiten könne, die er bestellt habe, um später nicht noch mehr Zeit zu verlieren.

Wenn ihm das nichts ausmachen würde, gab darauf der Angestellte zu bedenken und maß sein Gegenüber von Kopf bis Fuß. Schließlich sehe er, mit seinem schönen, neuen Blaumann, nicht unbedingt so aus, als sei er tatsächlich schwerste körperlich Arbeit gewöhnt. »Wie war der Name glei no emal, hamse grad gsachd?«

»Hohner. Peter Hohner.«

»Sinn Se ned der Griminaler, dem der Fischers Schorsch had helf soll?«, hakte der Kohlenhändler nach. Er sah auf eine Antwort wartend zu dem jungen Polizeibeamten.

»Ja, schon«, erklärte der peinlich berührt. »Aber eigentlich soll doch gar niemand wissen, dass ich bei der Kripo arbeite.«

»Was heßdn da, bei der Gribbo?«, rief der Mann völlig aus dem Häuschen. »Bei der Mordkommission! Nur kee falsche Bescheidnheid, junger Mann, mir wisse doch alle Bscheid!« Dann rief er in das dunkle Innere der Halle hinein, dass die beiden arbeitsscheuen Lagerarbeiter den gerade eben noch wichtigen Auftrag gleich am Montag früh ohne großen Zeitverzug erledigen sollten. Nun wäre selbstverständlich erst einmal der Herr Kommissar an der Reihe. Der große Lieferwagen stand momentan fertig beladen vor dem Hof auf der Straße. »So, Dönl, auf jedzd! Abglade werd in der Barsewalstraß, und zwar genau da, wo der Herr Kommissar die Waar hab will, hasde mich verschdanne? Ned dass du mer widder die ganze Säck eefach vor die Hausdür schdellsd!«

Bevor der Toni überhaupt antworten konnte, mischte sich Hohner aufgeregt ein. »Die paar Bündel Brennholz holt gleich mein Bekannter Fischer mit einem Lieferwagen ab und die zwei bestellten Sack Briketts nehme ich logischerweise selbst im Kofferraum meines Opels mit.«

Die drei Männer lachten gleichzeitig los. »Jedzd schau der

lieber ersd emal den Ell-Kaa-Wee aa, der da drauß uff der Straß schdehd! Meensdn werglich, dass de des alles in dein glenne Obbel nei griggsd?«

Hohner sah fassungslos auf den Siebentonner, der bis oben hin mit Kohle- und Brikettsäcken und jeder Menge Brennholz beladen war. »Das habe ich aber gar nicht bestellt! Das übersteigt mein Budget um ein Mehrfaches! Nur zwei Sack Briketts und ein wenig Abfallholz, wollte ich eigentlich!«

»Des kosd di doch nix, Herr Kommissar! Iss doch fürn guude Zwegg, wie der Schorsch uns scho gsachd had!«, lachte der Toni gerade heraus, der sich köstlichst über Hohners entsetztes Gesicht amüsierte. »Also, wo sollsn jedzd hiegeh?«

»In die Parsevalstraße soll das. Aber geschenkt kann ich das auf gar keinen Fall annehmen. Das könnte mir als Bestechung ausgelegt werden. Was meinen Sie, was mir mein Chef dann erzählt!«

»Se ham doch garnix damid zudun, Herr Kommissar, des iss doch alles em Schorsch sei Angelechenheid. Sie helfe uns bloß beim Abladn. Also, Kamerad, auf los gehds los!«

Nur eine halbe Stunde später stand die Ladung bei der Familie Koch vor dem Haus. Die unzählige Tränen der Freude vergießende, junge Frau Koch und ihr Martin halfen Peter Hohner und den beiden Arbeitern der Kohlenhandlung, alles fein säuberlich in den Kohlenkeller der Familie zu tragen. Nachdem die beiden, über und über mit Kohlenstaub bedeckten Arbeiter das letzte Mal aus den Tiefen des Hauses nach oben kamen, drückte ihnen der Kriminalassistent je ein Zwei-Mark-Stück als Trinkgeld in die schmutzige Hand. Nun bestanden sie jedoch darauf, wenigstens einen kleinen Vorrat an den verschiedenen Heizmaterialien hoch in die Mansardenwohnung zu tragen. Die Kochs ließen Hohner, der nun , was sein Äußeres betraf, eine große Ähnlichkeit mit den Kohleträgern hatte, erst dann nach Hause gehen, als er die herzliche Einladung zum Mittagessen für den kommenden Sonntag angenommen hatte.

***

In der Bezirksirrenanstalt Unterfranken in Werneck hatten heute wieder einmal Feldwebel Feser und seine angehenden Unteroffiziere aus Hammelburg Dienst. Auch heute wurden wieder gruppenweise Patienten, die nicht wussten, wohin ihre Reise in Wirklichkeit gehen würde, mit den in der hiesigen Bevölkerung berüchtigten grauen Reisebussen abtransportiert. Diese fuhren alle erst einmal Richtung Lohr am Main, um es auf den ersten Blick so aussehen zu lassen, als würden die Patienten nur umquartiert. Von dort aus ging es dann aber für viele von ihnen weiter in die Anstalten Grafeneck, Sonnenstein und vier weitere über das ganze Reichsgebiet verstreute Vergasungsanstalten, in denen die Patienten, auf Befehl des Führers, der Tötung mit Kohlenmonoxyd zugeführt wurden.

Etwa eine halbe Stunde nach Dienstbeginn, sie waren gerade eben dabei, die erste Gruppe für den Abtransport an diesem Tag zusammenzustellen, kam es in der Psychiatrischen Abteilung zu einem folgenschweren Zwischenfall. Ein zum Abtransport ausgewählter Patient weigerte sich beständig, seinen Mitinsassen zu folgen.

Einer der jüngeren Unteroffiziersanwärter wurde plötzlich unglaublich laut. Er schrie wutentbrannt mit sich überschlagender Stimme einen angsterfüllt vor ihm kauernden, etwa zwanzigjährigen Mann an, der offensichtlich an einer bereits fortgeschrittenen Unterernährung litt und dessen leptosomer Körper, in der abgenutzten und ihm zu großen, schwarz-weiß gestreiften Anstaltskleidung vor reinster Todesangst und Beklommenheit nur so schlotterte. Er weigerte sich überraschenderweise vehement, dem Befehl zu folgen, sich den anderen anzuschließen und gemeinsam mit ihnen zu dem Sammelplatz zu gehen. Dieser befand sich vor dem Haupteingang des alten Barockschlosses. Immer und immer wieder schüttelte der Mann verneinend seinen Kopf.

Der Soldat versuchte ihn schließlich mit grober Gewalt vom Fußboden hochzuziehen, was der Patient jedoch erfolgreich verhinderte, indem er seine noch vorhandenen Kräfte mobilisierte und sich mit seinen spindeldürren Fingern an einem der rostigen Beine seines alten Metallbetts festklammerte.

Nachdem der angehende Unteroffizier letztendlich einsah, dass er die kranke Person durch bloßes Zureden nicht aus dem engen Krankenzimmer bekommen würde, schrie er ihn völlig hysterisch geworden an und drohte ihm damit, ihn notfalls hinauszuprügeln. Er nahm seinen Karabiner 98 von der Schulter und schlug zweimal mit voller Wucht auf den Wehrlosen ein. Obwohl dem sogleich Blut aus zwei großen Platzwunden lief, die er an seinem Kopf erlitten hatte, weigerte er sich auch weiterhin standhaft, dem Befehl des Soldaten nachzukommen.

In dem Moment, als der ›Kämpfer für Führer und Vaterland‹ erneut ausholen wollte, um ein weiteres Mal kräftig auf den vor ihm Liegenden einzuschlagen, hörte er durch die offen stehende Zimmertür vom Flur her sich eilige Schritte nähern. Der Mensch, der die lauten Geräusche verursachte, hatte einen schweren Schritt. Außerdem schien er Stiefel zu tragen, da seine Schritte auf dem Steinboden widerhallten. Er kam in das Zimmer gestürmt, riss dem Unteroffizier das Gewehr aus der Hand, repetierte eine Patrone in die Patronenkammer, hielt anschließend dem Anstaltsinsassen den Gewehrlauf an den Kopf und drückte, ohne auch nur mit der Wimper zu zucken, ab.

Im Anschluss daran drehte er sich zügig um und befahl dem Soldaten, aus dem Nebenraum Ersatz für den Toten zu holen. Schließlich mussten sie gerade hier in Werneck absolut verlässlich arbeiten, was in der Praxis bedeutete, dass die Anzahl der abzutransportierenden Menschen, auch wenn es nicht wirklich auf eine Person mehr oder weniger ankam, unbedingt exakt einzuhalten war.

Nachdem der Angesprochene aber in keinster Weise auf den Befehl reagierte, holte der Hüne, der unter seinem frisch gestärkten Arztkittel eine schwarze SS-Uniform trug, mit dem rechten Arm weit aus und schlug dem verblüfft dreinschauenden Anwärter mit der Hand kräftig ins Gesicht. Augenblicklich lief ihm Blut aus der Nase und tropfte auf seine graue Uniformjacke.

Feldwebel Feser, dem jegliche Farbe aus seinem ausgezehrten Gesicht gewichen war, stand in der Krankenzimmertür und hatte von dort aus fassungslos den unglaublichen Vorfall beobachtet. Nun wurde er von dem SS-Offizier zu allem Übel auch noch lautstark zur Minna gemacht und am Ende der gewaltigen Standpauke, wurde ihm von dem Offizier befohlen, endlich die widerliche Sauerei im Zimmer beseitigen zu lassen. Außerdem forderte er bis spätestens zum allabendlich stattfindenden Appell einen detaillierten schriftlichen Bericht über das dilettantische und obendrein verantwortungslose Verhalten dieses Unteroffiziersnachwuchses, der anlässlich des dreisten Fluchtversuch dieses völlig durchgedrehten Anstaltsinsassen, der bei dieser Aktion dann unglücklicherweise auf eine solch dramatische Art ums Leben kam, auf ganzer Breite versagt hatte. Den Bericht solle der Feldwebel höchstpersönlich bis spätestens 18.00 Uhr in seinem Büro abgeben.

4. Kapitel
Januar 1959, Montag

Kommissar Müller-Seefried parkte sein erst vor wenigen Tagen neu erworbenes Automobil direkt vor Sauerhammers Haus und wartete darauf, dass sein Chef endlich durch die Tür seines Hauses treten würde. Die Heizung seines nagelneuen Gefährts funktionierte zwar einwandfrei, aber wenn man zu dieser winterlichen Jahreszeit eine gewisse Zeitdauer in der klirrenden Kälte überschritt, ohne dass der PS-starke Motor dabei lief und die hierdurch entstehende Wärme in das Wageninnere geleitet wurde, war es auch im Wagen ziemlich schnell eiskalt.

Plötzlich sah er im Rückspiegel, wie sein Chef den Gehweg auf und ab ging und immer wieder auf seine Armbanduhr blickte. Müller-Seefried winkte ihm durch die große Windschutzscheibe zu, um auf sich aufmerksam zu machen. Sauerhammer reagierte jedoch nicht im Geringsten.

Nach einer Weile drückte der junge Kommissar sogar mehrmals hintereinander auf die Hupe seines Gefährts. Sein Chef sah kurz in seine Richtung, drehte sich aber sofort, erbost den Kopf schüttelnd, wieder ab. Müller-Seefried drehte hitzköpfig am Schlüssel des Zündschlosses und der gewaltige Acht-Zylinder-Motor sprang augenblicklich mit einem ohrenbetäubenden Geräusch und einer dunklen Rauchwolke, die die beiden Auspuffrohre ausspuckten, an. Er übte nur einen minimalen Druck auf das Gaspedal aus und die schwere Karosse mit dem Automatikgetriebe schob sich langsam aus der Parklücke. Als er sich dann mit Sauerhammer auf gleicher Höhe befand, trat er das Gaspedal ein klein wenig weiter durch und der Hauptkommissar machte, als er den dröhnenden Sound des Motors hörte, erschrocken einen Satz zur Seite.

»Sack Zement noch eins, Erhard, bist du denn jetzt ganz und gar von allen guten Geistern verlassen?«, rief er, als er seinen Mitarbeiter schließlich erkannte. »Was hast du nur mit einem solchen Schlitten vor? Wo hast du den überhaupt her? Das ist doch das typische Fahrzeug eines Zuhälters, Erhard, oder etwa nicht? Ich hoffe sehr für dich, dass der nicht als gestohlen gemeldet ist! Für den brauchst du doch eine eigene Tankstelle! Mannomann! Wenn man nur einmal nicht auf dich aufpasst!«

»Das sind mir jetzt so früh am Morgen ein paar Fragen zu viel. Du brauchst dir um mein Seelenheil keine Sorgen zu machen, er ist nicht gestohlen, sondern ganz legal gekauft. Mit Rechnung, Zollbescheinigung und TÜV-Gutachten und allem Drum und Dran. Was für so eine Blechbüchse aus Amerika halt alles notwendig ist. Steig ein, Fritz, den Rest erzähle ich dir dann unterwegs!«

In der Hermann-Zilcher-Straße angekommen, suchten sie die Wohnung von Herrn Fesers Schwester, Frau Beil, auf, die nach dem ersten Klopfen bereits die Wohnungstür öffnete.

»Wir haben gestern schon auf Sie gewartet, Herr Kommissar«, rief sie ihnen vorwurfsvoll entgegen. »Ich hatte Ihnen doch mitgeteilt, dass ich meine Tochter Erika bis spätestens Sonntagabend wieder zu Hause erwarten würde.«

»Ob Sie es nun glauben oder nicht, aber sogar die Polizei hat dann und wann einen freien Sonntag nötig, Frau Beil.« Müller-Seefried blickte sie mit seinen treuen, dunkelbraunen Dackelaugen an und ihr Unmut war in null Komma nichts verflogen. »Selbst ich habe eine kleine Familie.«

Die beiden Kriminalkommissare setzten sich zu einer jungen Frau, die am Esszimmertisch saß. Erika, wie sie hieß, war zwanzig Jahre alt, wirkte aber um einiges jünger. Ihr gertenschlanke Figur hatte kaum weibliche Rundungen vorzuweisen. Dafür hatte sie aber wasserstoffblonde Haare, die zu einer Marilyn Monroe Frisur gestylt waren. Sie sprachen über ihr Verhältnis zu ihrem Onkel Adolf. Sie erklärte mit rauchiger Stimme, die eher zu einer älteren Bardame gepasst hätte als zu einer jugendlichen Frau mit fast noch mädchenhaften Gesichtszügen, dass sie sich im Durchschnitt ungefähr dreimal pro Woche um den überschaubaren Haushalt und die Wäsche ihres geliebten Onkels gekümmert habe. Im Gegenzug dafür unterstützte dieser sie finanziell. Und das machte er durchaus großzügig. Sie könne nun absolut nichts Negatives über ihn sagen. Schließlich war er der fürsorgliche Vater, der sie vorne und hinten verhätschelte. Der Vater eben, den sie nie hatte. Sozusagen ihr Vaterersatz, ihre männliche Bezugsperson und ihr Beschützer. Wer zu einer solch grauenerregenden Tat fähig wäre, könne sie sich beim allerbesten Willen nicht vorstellen. Mit Leuten, die anderen Menschen so mir nichts dir nichts das Licht auspusteten, habe sie absolut nichts am Hut!

Wie aus heiterem Himmel klang lautes Kinderlachen aus der Küche zu ihnen herüber. Kurz darauf tippelte auch schon ein knapp eineinhalbjähriger Knabe, der noch sein weißes Nachthemdchen trug, zu ihnen ins Wohnzimmer.

»Na, du kleiner Mann! Wie heißt du denn?«, fragte der Kommissar den freundlichen Jungen, der ihm ohne Scheu auf den Schoss kletterte.

Der Kleine strahlte den großen Mann aus runden, kohlrabenschwarzen Augen an, als er artig antwortete: »Bob.«

»Das ist mein Sohn Robert«, fuhr Erika schnell dazwischen und zog ihn mit einer schnellen Bewegung von Sauerhammers Schoß. Der kleine Bub drehte sein schokoladenbraunes Gesicht zu Müller-Seefried und wiederholte, während er mit seinen putzigen Fingerchen auf sich zeigte: »Bob! Bob!«

»Sie sagten, Sie sind Künstlerin, Frau ...?«, führte der jüngere der Kommissare die Befragung fort.

»Beil. Ich heiße Erika Beil. Ich bin mit Roberts Vater nicht verheiratet.« Die junge, mittlerweile verlegen wirkende Frau, drückte ihren Sohn fest an sich.

»Ihr jetziger Freund ist also nicht der Vater dieses kleinen Sonnenscheins?«

»Nein. Der ist zurück in die Staaten, kurz nachdem Robert auf die Welt kam. Wie so viele andere jungen Väter aus Amerika auch. Erstens kommt das große Heimweh nach den Staaten und zweitens dann der Katzenjammer wegen der bevorstehenden Vaterschaft, wenn Sie verstehen, was ich meine?«

»Ja, durchaus, Frau Beil. Welche Art von Kunst betreiben Sie genau?«, fragte Hohner und scherzte dabei mit dem kleinen Bob.

»Ich bin Solotänzerin, in einem Club. Also, äh ... Ich bin Nackttänzerin, um es ganz präzise auszudrücken. Ich arbeite in einem dieser neumodischen Night Clubs oberhalb vom Galgenberg.«

»Bei den Amerikanern oben in der Skyline?«

»Ja, ganz genau.«

***

Vier Wochen zuvor

Fred sollte seinem Vater, der einen lukrativen Auftrag in der Villa eines reichen Parteifreundes in der Silcherstraße erhalten hatte, sein verdientes Mittagessen bringen. Er ging also zügig, wenn auch reichlich lustlos, was beides wiederum mit der herrschenden Kälte dieses Dezembertages zu tun hatte, seinen Weg von der Erthalstraße aus, an dem König Ludwig Haus in der Brettreichstraße vorbei, weiter in Richtung Schwarzer Weg, der zur Sieboldshöhe hinaufführte. Auf dem deutlich abfallenden Hang oberhalb der Orthopädischen Universitäts-Klinik sah er einige Kinder vergnügt und laut lachend auf einem abgeernteten Feld Schlitten fahren. Das würde ihm jetzt auch behagen, so dachte er. Aber sein alter Herr würde ihm bestimmt ordentlich was erzählen und seine Ohren lang ziehen, wenn er sein Mittagessen nicht pünktlich bekäme. Vor allem, weil diese blöde Villa noch nicht so richtig beheizt werden konnte. Also schritt er tapfer weiter voran – was blieb ihm auch anderes übrig.

Einige der Jungs hatten ihn zwischenzeitlich erkannt und forderten ihn lautstark und wild gestikulierend auf, mit ihnen gemeinsam auf einem ihrer Holzschlitten den verschneiten Berg hinunterzubrausen. Er winkte ihnen und rief ihnen bedauernd zu, dass er keine Zeit habe, da sein Vater bestimmt schon ungeduldig auf ihn warten würde.

Während die meisten Kinder zurückwinkten und sich wieder, ihre Schlitten hinter sich herziehend, an den Anstieg machten, kamen vier Jungs, die eine ganze Ecke älter und daher auch um einiges größer waren als Fred, auf ihn zugelaufen. Fred, dem schwante, dass es womöglich jeden Moment ordentlichen Ärger mit diesen Jungs geben könnte, legte einen Zahn zu. Aber auch die Burschen, die das Manöver Freds durchschaut hatten, beschleunigten daraufhin ihre Schritte. Es dauerte nicht lange und sie hatten Fred eingeholt.

»Warum willst du nicht mit uns den Berg hinunterfahren? Bist du vielleicht ein alter Angsthase, Fred?«, wollte der Größte von ihnen, der ihr Anführer zu sein schien, mit einem herablassenden Unterton in der Stimme von ihm wissen.

»Mamahambele, Mamahambele!«, grölten die drei anderen hämisch im Chor. »Angsthase Osterhase!«

»Oder denkst du, du wärst etwas Besseres als wir, du Blödi?«, nahm der erste Junge wieder das Wort an sich. »Du bist doch der Sohn von diesem Spinner, der das Hitlerbild im Fenster stehen hat, oder täusche ich mich da?«

Fred hielt mit der rechten Hand eisern das Blechgeschirr fest, in dem sich die warme Mahlzeit für seinen Vater befand. Seine andere Hand, die in einer der Jackentaschen steckte, ballte er vor Wut zu einer Faust. Wie gerne hätte er dem Großmaul eins auf die Nase gehauen. Aber zuerst musste er seinen Vater sein Essen bringen. Das Unternehmen mit ›auf die Nase hauen‹, würde er also auf später verschieben müssen.

»Kannst du nicht antworten, wenn man dich was fragt, hä?«, fragte eine extrem schrille, keifende Stimme. Es war der dicke Bursche, der einen wahren Mostkopf zwischen seinen breiten Schultern sitzen hatte, der das wissen wollte. Er verpasste Fred gleichzeitig einen derartig festen Schubs, dass der beinahe das Gleichgewicht verloren hätte und gestürzt wäre.

»Los, mach's Maul auf, du blöder Spinnersohn, sonst knallt's jetzt!«, drohte ihm der Nächste. »Antworte, oder ich hau dir eine auf deine blöde Nuss!«

Fred war hin- und hergerissen. Einerseits hätte er diesem Schnösel gerne sein großes Maul gestopft, andererseits wollte er es sich aber auch nicht mit seinem Vater verscherzen. Gerade jetzt, da es ihm gesundheitlich nicht so gut ging.

Die Jungs, die überzeugt waren, in Fred ein harmloses Opfer gefunden zu haben, tanzten um ihn herum und stießen ihn grob mit den Händen oder rempelten ihn äußerst rüde mit ihren Schultern an. Er war jetzt ausnahmslos damit beschäftigt, die zahllosen und bösartigen Angriffe abzuwehren und dabei nur nicht das Blechgeschirr fallen zu lassen. Plötzlich sah er eine weitere Gestalt auf sich und die Kerle, die ihn so sehr ärgerten, zukommen. Es war gar nicht so einfach, die dick eingemummte Person auf Anhieb zu erkennen. Schließlich erkannte er sie an ihrer Stimme. Es war Bärbel, die kleinere Schwester eines seiner Schulkameraden. Sie schrie die auf Krawall gebürsteten Gesellen schon von Weitem an.

»Ihr seid mer vielleichd ächde Heldn! Nur vier von euch klenne Bube, geechn so än Riese, wie der Fred enner iss! Alle Achdung!« Inzwischen war sie bei ihnen angekommen. Sie schwenkte drohend ihre kleine rechte Faust. »Wenn ihr ned glei machd, dasser auf un davo gehd, dann zieh ii euch euer verdammde Hammlbee lang! Ihr solled euch was schäm, solled ihr euch!«

Für Fred war das alles unendlich peinlich. Dass er sich gegen diesen Haufen von Schwachsinnigen nicht wehren konnte, ohne Ärger mit seinem alten Herrn zu bekommen, war schon schlimm genug. Dass nun aber ausgerechnet Bärbel, ein Mädchen und obendrein auch noch fast ein ganzes Jahr jünger als er selbst, einschreiten musste, um ihm aus dieser dämlichen Situation, in der er sich nun leider befand, zu helfen, war eindeutig zu viel für ihn und sein ohnehin schon sehr gebeuteltes Ego! Eigentlich müsste es genau andersherum sein! Er müsste doch Bärbel beschützen, was er natürlich auch mit ganzem Herzen und ganzer Kraft tun würde. Sie war nämlich so ganz anders als die anderen Mädchen in ihrem Alter! Mit ihr konnte man sich einfach ganz normal unterhalten.

Diese Erniedrigung konnte er jetzt beim besten Willen nicht auf sich sitzen lassen. So eine vermaledeite Blamage! Was sollte die Bärbel denn nur von ihm denken, wenn er jetzt nicht Manns genug wäre und sofort handeln würde?

Mit einem blitzartig ausgeführten Ausfallschritt auf einen der durch Bärbels Schreierei abgelenkten Jungs und einer kraftvoll ausholenden Bewegung des Arms, mit dessen Hand er den schweren Henkelmann hielt, hatte er sich eine höchst günstige Ausgangsposition geschaffen, um den direkt vor ihm stehenden Jungen den Blechnapf auf seinen ungeschützten Kopf zu schlagen, worauf der erst einmal kampfunfähig auf die Knie ging. Ängstlich hob der Junge beide Arme, um seinen Kopf und sein Gesicht vor weiteren Angriffen zu schützen. Fred, der aber durch das schwingende Blechgeschirr erst so richtig in Schwung geraten war, donnerte ihm seine freie Faust mitten auf die Nase. Laut heulend und sich die blutende Nase haltend, brachte sich einer dieser unfairen Angreifer, auf allen vieren kriechend, in Sicherheit. Bärbel hatte das Chaos, das augenblicklich entstand, schamlos ausgenutzt und sich von hinten auf einen anderen der überraschten Gefährten gestürzt. Sie hatte ihn doch wahrhaftig nur durch die unvermittelt auftretende Wucht, mit der sie ihn angesprungen hatte, zu Boden geworfen. Als er ihr mit seiner schmutzigen Hand ins Gesicht fasste, überlegte sie auch nicht lange, sondern biss intuitiv und sehr kräftig zu. Der Junge schrie schmerzvoll auf. Nachdem er von Fred noch einen herzhaften Schlag mit dem zwischenzeitlich nur noch halb vollen Blechnapf ins Gesicht bekommen hatte, war auch ihm daran gelegen, so schnell wie möglich den Ort der Schmach zu verlassen. Die restlichen beiden Superhelden brachten auf schnellstem Wege einen ganz großen Abstand zwischen sich und Fred mitsamt seiner furchtlos einschreitenden Retterin.

Bärbel wich nun keinen Meter von Freds Seite. Auch nicht, als er ihr erklärte, dass er zu seinem Vater in die Villa musste und er dort, aller Wahrscheinlichkeit nach, sehr großen Ärger bekommen würde.

Josef Müller stand schon unter der Tür und blickte ihnen mit zornigem Blick entgegen. Seine versteinerte Miene hellte sich, als er Bärbel erkannte, jedoch schnell wieder auf. Als die beiden Kinder ihm auch noch von den üblen Burschen berichteten und ihm gestenreich beschrieben, wie sie diese schlechten Kerle gemeinsam in die Flucht geschlagen hatten, lachte er lauthals und freute sich aus ganzem Herzen mit ihnen.

»Da habt ihr euch jetzt aber ein gutes Mittagessen verdient.

Was haltet ihr von einer Bratwurst und dazu eine Limonade?« Er zog sich seinen Malerkittel aus und seinen gefütterten Mantel an. Zuletzt setzte er sich noch seine Mütze auf. »Los jetzt, ihr verwegenen ›Ritter der Tafelrunde‹! Sonst ist es ja gleich wieder Zeit für das Abendessen!«

So saß Fred, mit Bärbel dicht an seiner Seite, zusammen mit seinem gut gelaunten Vater an einem weiß gedeckten Tisch im kleinen Gasthaus in der Brettreichstraße. Nach dem Essen, das zur Feier des Tages sogar einen Nachtisch enthielt, unterhielten sie sich noch lange über die Vorkommnisse am Schwarzen Weg. Sein Vater machte an diesem Nachmittag sogar jede Menge Witze und Bärbel fühlte sich sichtlich behaglich in Freds Beisein. Er war überglücklich, trotz der erniedrigenden Szene, die er wieder einmal wegen seines Vaters, und zwar ausschließlich seinetwegen – davon war er felsenfest überzeugt –, über sich hatte ergehen lassen müssen. Besonders ärgerlich aber war für ihn, dass Bärbel diese unschöne Situation miterleben musste.

Als sie später allein unterwegs waren, da seine kleine Freundin nach Hause musste, sagte sie zu Fred, dass sein Vater ja gar nicht so schlimm wäre, wie alle andauernd sagen würden! Ganz im Gegenteil. Er wäre an und für sich ein recht liebenswerter Mensch. Ganz so wie Fred!

***

Im dritten Stockwerk des Polizeipräsidiums saßen die Herren Kommissare um den Schreibtisch in Sauerhammers Büro versammelt. Er hatte den Bericht der Spurensicherung vor sich liegen und klärte die Kollegen Müller-Seefried und Hohner über die neu gewonnenen Erkenntnisse auf.

»Bei der Tatwaffe handelt es sich eindeutig um eine Pistole, die im zweiten Weltkrieg hauptsächlich von der deutschen Wehrmacht verwendet wurde. Eine P38 des Herstellers Carl Walther GmbH. Da stellt sich uns jetzt natürlich die Frage, wer aus Adolf Fesers unmittelbaren Dunstkreis hat oder hatte in der jüngeren Vergangenheit die Möglichkeit, an eine deutsche Wehrmachtpistole zu kommen?«, beendete der Hauptkommissar seinen Kurzbericht und zündete sich einer seiner geliebten Peter Stuyvesant Zigaretten an, natürlich erst nachdem er das Fenster geöffnet hatte. »Oder wer hat sie seit dem Krieg in seinem Besitz?«

»Das könnte auch heißen: Welcher ehemalige Angehörige der Reichswehr oder auch der geheimen Staatspolizei hatte einen triftigen Grund, Adolf Feser zu erschießen?«, fügte Hohner an.

»Das können wir, da das Mordopfer nach Akteneinsicht weder in diversen Geheimdienstkreisen verkehrte noch mit Angehörigen des deutschen Militärs in Kontakt stand, vordergründig erst einmal vernachlässigen. Seine Mitgliedschaft in dieser Deutschen Reichspartei bedeutet nicht notwendigerweise, dass er sich auf der Abschussliste irgendwelcher Staatsschützer wiederfand. Ich muss allerdings eingestehen, dass ich es gar nicht mal so übel fände, wenn dem doch so wäre! Wir sollten uns, meiner Meinung nach, in erster Linie in seinem weitläufigen Bekanntenkreis umsehen und seine vielen mehr oder weniger prominenten Parteifreunde ganz genau unter die Lupe nehmen«, packte Fritz Sauerhammer seine Gedanken in Worte. »Mit den sieben Personen, deren Namen auf den leeren Aktenordnern geschrieben standen, die wir bei ihm in der Wohnung sicherstellen konnten, würde ich gerne anfangen.«

»Außerdem gab es nicht die geringsten Anzeichen für eine Abwehr bei dem Toten«, sagte Müller-Seefried. »Da sich der Täter aber direkt vor seinem Opfer befand und dem Schuss nachweislich ein heftiger Wortwechsel vorausgegangen war, hätte Herr Feser doch wahrscheinlich versucht, den Schützen vom Abfeuern der Pistole abzuhalten. Wie steht es eigentlich um Adolf Fesers Schwester und ihre hübsche Tochter? Käme bei ihnen nicht vielleicht das Motiv ›Habgier‹ in die nähere Auswahl? Möglicherweise vererbt ja der Verstorbene ein ordentliches Vermögen an die beiden Frauen. Ein Haus oder ein Aktienpaket? Wer weiß?«

»Also, für die Bezeichnung ›hübsche Tochter‹ kann ich mich auf gar keinen Fall begeistern. Aber, um wieder auf deine Frage zurückzukommen, nein, er lebte fast ausschließlich von einer mickrigen Rente, die er auch erst seit einigen Jahren als anerkanntes NS-Opfer erhielt. Die paar Mark, die er jeden Monat von seiner Partei als sogenannte Aufwandsentschädigung bekam, machten das Kraut auch nicht fett. Beides reichte gerade mal so für einen eher bescheiden zu nennenden Lebenswandel. Allerdings hatte er ein Sparbuch bei der Sparkasse, auf dem fast 8000 Deutsche Mark deponiert waren! Da fragt man sich wiederum, wie er zu so viel Geld kommen konnte? Wie mir der Sparkassenmitarbeiter mitteilte, war er äußerst peinlich darauf bedacht, dieses Konto absolut geheim zu halten. Er geht fest davon aus, dass weder seine Schwester noch die Nichte irgendetwas über das viele Geld wussten.« Hohner, der die finanzielle Lage Adolf Fesers recherchiert hatte, legte nun gekonnt eine kleine Sprechpause ein. »Vielleicht waren ja die gesammelten Dossiers der Grund für sein kleines Vermögen? Möglicherweise hatte er sich durch Erpressung oder, sagen wir jetzt einfach mal, durch das Einsammeln eines enorm großzügigen Schweigegeldes, noch eine Kleinigkeit dazuverdient!«

»Das sage ich doch die ganze Zeit! Und außerdem könnte auch genau das der Grund für seine Ermordung sein! Nach meinem Dafürhalten erregt Professor Doktor Michelberger momentan den größten Verdacht. Ich denke, wir werden ihm noch heute Nachmittag einen Besuch abstatten. Kommst du mit, Erhard?«

***

Feser lief, sein steifes Bein leicht nachziehend, die Valentin-Becker-Straße entlang in Richtung Friedrich-Ebert-Ring. Er hatte heute unbedingt noch einige Einkäufe für Weihnachten zu erledigen und anschließend hatte er sich im Bürgerspital noch einen oder auch zwei Schoppen genehmigen wollen. Der alte Mann bevorzugte schon seit vielen Jahren, wenn er sich denn überhaupt einmal einen sehr guten Schoppen genehmigte, einen Würzburger Stein Silvaner des Weingutes Bürgerspital zum heiligen Geist.

Ihm gingen die verschiedenen Spielsachen, die er sich als Geschenk für den kleinen Bob überlegt hatte, durch den Kopf, als er auf der gegenüberliegenden Straßenseite Josef Müller aus einem Hauseingang treten sah. Feser überquerte schnell die Straße und studierte die Namensschilder an den Briefkästen, als ein pausbäckiges Mädchen ebenfalls durch die Tür gelaufen kam. Sie sah schnell, als sie auf dem Trottoir angekommen war, erst nach links und dann nach rechts. Dann, als sie Müller entdeckt hatte, rief sie: »Halt, Onkel Josef! Du sollst noch mal zur Mutti hereinkommen! Du hast etwas bei ihr vergessen!«

Feser schob sich blitzschnell hinter einen Baum, um von Müller, der sich zu dem Mädchen umdrehte, nicht erkannt zu werden. Er beobachtete nun, wie das Kind auf Müller zulief und der, als sie ihn erreichte, das Mädchen mit beiden Armen hochhob und sich mit ihm lachend im Kreis drehte. »Was habe ich denn vergessen, meine Prinzessin?«, erkundigte er sich herzlich lächelnd. »Weißt du es vielleicht, mein Goldschatz?«

»Nein, Onkel Josef, ich weiß das leider nicht!«, kicherte das Kind und umklammerte mit beiden Händchen Müllers muskulösen Hals. Zusammen gingen sie zurück zu dem Wohnhaus, das Freds Vater eben erst verlassen hatte.

Der Kassierer sah ganz kurz die Silhouette einer gut proportionierten, schwarzhaarigen Frau im Türrahmen auftauchen. Auch sie wurde von Müller, nachdem er sie innig geküsst hatte, hochgehoben und durch die Luft gewirbelt. Sie wechselten ein paar leise gesprochene Worte, die der heimliche Beobachter nicht vollständig verstehen konnte. Die hübsche Mutter des kleinen Mädchens, die jetzt, nachdem Josef Müller sie wieder auf ihre eigenen, kleinen Füße gestellt hatte, besser zu erkennen war, reichte ihm ein in braunes Ölpapier gewickeltes kleines Paket, das er auf schnellstem Wege unter seinem Wintermantel verschwinden ließ. Zum Abschied gab ihr Freds Vater noch einen langen Kuss und zwickte sie neckisch in ihren strammen Po. Dann machte er sich endgültig auf den Weg. Das Kind, das ihm noch einmal hinterherlaufen wollte, wurde von der Mutter in den Hauseingang gezogen, dann schloss sie die Haustür.

Der Müller, dieser Hallodri, konnte also seiner hübschen Elisabeth auch nicht treu sein, dachte Feser und überlegte, was wohl in dem Päckchen gewesen sein könnte. Aus einem unbestimmten

Grund dachte Feser exakt in diesem Moment an eine Waffe. Genau genommen, an eine Pistole. Das hatte er einmal, vor sehr langer Zeit, in einem Kriminalfilm im Kino gesehen.

***

Im luxuriösen Schlosspalais Steinberg, idyllisch oberhalb Würzburgs am Steinberg gelegen, empfing Professor Doktor Michelberger nebst Gattin den Vorsitzenden der Deutschen Reichspartei zu einem kleinen Imbiss. Zum einen wollte sich Michelberger über die Fortschritte der Umbaumaßnahmen an der imposanten Stadtvilla, die Bernhard Wagner ihm vermittelt hatte, erkundigen, zum anderen war er neugierig zu hören, wie weit dessen Intention, ihn als den zukünftigen Vorsitzenden zu installieren, bereits gereift war.

Nachdem sie die edlen Delikatessen, die die Hotelküche exzellent zubereitet hatte, mit einem teuren Champagner hinuntergespült hatten, empfahl sich Michelbergers charmante Gattin. Was die Herren nur zu gern nutzten, um sich noch ein Gläschen uralten Sherry und eine exquisite, von Hand gerollte, kubanische Zigarre zu gönnen.

Nach einem Austausch von nichtssagenden Nettigkeiten, kam der designierte Chefarzt der psychiatrischen Abteilung der Würzburger Universität auf seine künftige Stadtvilla zu sprechen. Er war mit Wagners sehr überzeugend vorgebrachten Ausführungen mehr als zufrieden. So, wie es momentan aussah, würde es nur noch einige wenige Tage dauern, bis er endlich mit seiner Familie das neue Heim beziehen könnte.

Auch was seine politischen Ambitionen betraf, war er guten Mutes. Wagner äußerte sich ihm gegenüber dahingehend, dass es auch in diesem Fall nur noch eine Frage von einigen Tagen sei, bis er höchst offiziell der neue Kandidat für den Bezirksvorsitz der Deutschen Reichspartei wäre. Sein persönliches Sprungbrett in die große Deutschlandpolitik. Der Professor war überglücklich und zufrieden mit sich und dem Rest der Welt und orderte beim sehr zuvorkommenden Etagenkellner neue alkoholhaltige Getränke des gehobenen Preissegments.

Wagners Zunge begann sich mit dem dritten Glas nach und nach zu lösen. Er fasste sich ein Herz und schilderte seinem freigiebigen Gastgeber in allen Details seine Befragung durch den Kriminalhauptkommissar in dessen Büro in der Augustinerstraße. Er erzählte ihm auch, dass Sauerhammer ihm Aktenordner gezeigt hatte, die angeblich Dossiers über mehrere ehrenhafte Mitglieder der Reichspartei enthielten. Einen Ordner habe der Kommissar besonders hervorgehoben. Auf dem Deckel, so habe er mit eigenen Augen lesen können, stand der Name des Herrn Professors. Die Akten hätte die Kripo, zumindest nach deren Angabe, in Herrn Fesers unbedeutendem Domizil sichergestellt. Außerdem habe der Kriminaler überaus eindringlich versucht, ihn über seinen Parteifreund und großzügigen Gastgeber auszufragen. Auch oder gerade über die Jahre des ›Dritten Reiches‹.

Ganz zum Schluss wollte Bernhard Wagner interessiert von Michelberger wissen, ob sein frischgebackener Parteikamerad, ihn vielleicht ausnahmsweise über all das aufklären könne, aber natürlich nur, wenn ihm das nicht zu viel der Umstände wären!

Sie verabredeten, nach einem kurzen Gespräch, in den kommenden Tagen zusammen die prächtige Villa zu begutachten und bei restloser Erfüllung aller Sonderwünsche, die Michelberger zur Voraussetzung gemacht hatte, den Kauf rechtskräftig zu machen. Besonders gespannt war der künftige Chefarzt auf die künstlerische Ausgestaltung der Eingangshalle und des Treppenhauses.

***

Februar 1940

Auf dem langen, kalten Flur der Kreisirrenanstalt Werneck kamen Feldwebel Feser regelmäßig Pfleger entgegen, die Patienten zur Begutachtung zu einem der insgesamt drei psychiatrischen Gutachter brachten oder selbstredend von dort, nach erfolgter Einstufung, auch wieder abholten. Es gab zwei Gutachter und einen Obergutachter, in diesem Falle handelte es sich um Sturmbannführer Doktor Michelberger, der letztendlich die Verantwortung trug. Er entschied also allein über Leben oder Tod der einzelnen Patienten. Wurden Diagnosen gestellt, wie zum Beispiel Schizophrenie, Epilepsie oder einfach nur ›Schwachsinn‹, so waren diese, gemeinsam mit einigen anderen Kriterien zu jener Zeit bereits ausreichend, um in einer von sechs Tötungsanstalten zu landen und dort auf bestialische Weise sein Leben zu verlieren.

Das alles ließ den Feldwebel jedoch, zumindest was den größten Teil seines normalen Alltags betraf, halbwegs kalt. Da hatten die Nazis ja eigentlich recht, dachte er manchmal für sich, wenn er denn überhaupt einmal einen Gedanken an solch schwerwiegenden Ungerechtigkeiten verschwendete, von denen er überzeugt war, dass die ihn überhaupt gar nichts angingen. Das entschieden der Führer und die Partei und kein kleiner Feldwebel, wie er einer war! Letzten Endes handelte es sich bei den betroffenen Personen um unheilbar Kranke, um Erbkranke, die diese schweren Krankheiten nicht auch noch an ihre Kinder und Kindeskinder weiter vererben durften. Weiterhin um Leistungsunfähige oder, was noch viel schlimmer war, gar um Asoziale! Da gab es derzeit natürlich, da sich das deutsche Reich bekanntlich mitten in einem Krieg befand, tatsächlich Wichtigeres, als die alle miteinander für absolut nichts und wieder nichts mit durchzufüttern!

Feser, der zu dem SS-Offizier im weißen Arztkittel befohlen wurde, war nicht klar, was der ausgerechnet von ihm wollte. Er hatte den gewünschten Bericht schließlich genau so verfasst, wie es der Herr Sturmbannführer ihm befohlen hatte. Er hatte ihn auch rechtzeitig abgegeben. Was konnte der jetzt nur noch von ihm wollen? Hatte er doch einen Fehler begangen, den er nicht rechtzeitig bemerkt hatte?

Am meisten ärgerte er sich aber darüber, dass er ausgerechnet an diesem Morgen, da er eigentlich dienstfrei hatte, bei diesem geschniegelten Lackaffen vorreiten durfte. Ganze zwei Stunden wartete er nun schon vor der Tür seines Büros.

Eine weitere halbe Stunde später bat ihn die Vorzimmerdame Michelbergers zu sich ins Vorzimmer und versicherte ihm, dass es nun nicht mehr allzu lange dauern würde. Was sich tatsächlich nur fünf Minuten danach bewahrheitete. Er hörte des Mediziners Stimme über die Gegensprechanlage, wie sie die ruhige Sekretärin anwies, den Feser zu ihm hereinzuschicken. Bevor die Schreibkraft noch dazu kam, ihn aufzufordern, den Vorhof der Hölle zu betreten, hatte er die Türklinke schon in der Hand.

Nachdem er den großen Raum betreten hatte, nahm er Haltung an, streckte den rechten Arm halbhoch nach vorn und rief. »Heil Hitler!« Darauf meldete er sich, wie befohlen zur Stelle.

Michelberger ließ ihn noch eine Weile so stehen, währenddessen er scheinbar ein Dokument durchlas, das er im Anschluss unterschrieb und sorgfältig zur Seite legte.

»Jetzt stehen Sie nicht so herum wie ein falscher Fuffziger. Setzen Sie sich! Sie werden sich sicherlich fragen, was ich schon wieder von Ihnen will, Feser, nachdem Sie diesen schrecklichen Fauxpas ihres Untergebenen doch ganz gut zurechtgebogen haben.« Nun sah er dem Feldwebel das erste Mal direkt in die Augen. »Ich will es Ihnen sagen, Feser. Sie haben es sich redlich verdient, dass Sie von mir persönlich und noch dazu im Vorhinein darüber informiert werden. Schließlich handelt es sich doch um Familie, Feser! Nicht wahr?«

»Welche Familie, Herr Sturmbannführer?«, fragte der Soldat verwirrt nach.

»Na, Ihre Familie selbstverständlich, Herr Feldwebel, welche denn sonst? Ihre Familie, Feser«, wiederholte Michelberger. »Also genau genommen, geht es um Ihren Herrn Bruder. Der ist seit heute Morgen nämlich hier bei uns! Er wird derzeit von meinem Kollegen untersucht. Zu meinem größten Bedauern. Sie können mir getrost glauben, dass mir das sehr leid für Sie tut!«

5. Kapitel
Januar 1959, Dienstag

Vier Wochen zuvor

Im Radio, das er glücklicherweise noch in der Villa gefunden und zum Laufen gebracht hatte, waren die neuesten Nachrichten vom Tage zu hören, als Müller durch ein lautes und ungewohntes Geräusch unvermutet aus seinen Gedanken gerissen wurde. Er brauchte einen Augenblick, um zu begreifen, dass es nur das Motorgeräusch eines Autos war, das ihn in seiner schöpferischen Ruhe störte. Seitdem er hier im Hause arbeitete, war noch niemand mit einem Wagen vorgefahren.

Er ließ den Farbeimer, in dem er herumgerührt, um den gewünschten Farbton für das Treppenhaus zu mischen, stehen und ging zu einem der vielen hohen Fenster. Er spähte vorsichtig hinaus und sah, wie Wagner aus einem teuren Mercedes stieg und einem Mann folgte, den er aber nur von hinten sehen konnte. Sie gingen auf das prächtige Portal der geschmackvollen Villa zu und verschwanden flugs aus Müllers Blickfeld.

Es dauerte jedoch nicht lange und er hörte wiederum Schritte und sich leise unterhaltende Stimmen aus der Eingangshalle zu ihm herüberwehen. Nachdem sie ihn nicht zu suchen schienen, beschloss Müller, sich erst einmal ganz ruhig zu verhalten und abzuwarten, was die beiden alles miteinander zu besprechen hatten. Die Männer taten ihm den Gefallen jedoch nicht, sondern liefen schnellen Schrittes durch die großzügig angelegte Eingangshalle und über die breite Marmortreppe in das obere Stockwerk. Von Zeit zu Zeit drangen einzelne Gesprächsfetzen bis zu ihm herunter, die er als harmlose Plauderei deutete, aber rein akustisch nicht verstehen konnte. Nach einiger Zeit waren die gedämpften Geräusche gänzlich verstummt.

Er hatte die Eindringlinge schon wieder vergessen, als sie ganz überraschend vor ihm standen. Sie waren im ersten Moment genau so erstaunt wie er selbst. Der Fremde stand etwas seitlich hinter Herrn Wagner und wurde von diesem zur Hälfte verdeckt. Auch der schwarze Homburg, den der Mann mit der beeindruckenden Körpergröße auf dem Kopf trug, erschwerte es Müller enorm, dessen Gesicht zu erkennen.

»Ach, Herr Müller, Sie sind ja schon fleißig am Arbeiten«, überspielte Herr Wagner die Peinlichkeit, dass er, als Auftraggeber, nicht über Josef Müllers Anwesenheit auf der Baustelle im Bilde war. Danach machte er die beiden Männer miteinander bekannt.

Professor Michelberger, seines Zeichens Facharzt für Psychiatrie, erkannte sein Gegenüber als Erster. Josef Müller benötigte dazu erst den akustischen Reiz, den der Professor mit seiner dunklen Stimme auslöste, als er den Künstler freundlich begrüßte.

Müller konnte keinen klaren Gedanken mehr fassen. In seinem Gehirn lief plötzlich alles drunter und drüber! Wo war er hier eigentlich? Er hörte Wagner sagen, dass er der talentierte Maler mit den zukunftsorientierten Ideen sei, der nicht nur äußerst gewissenhaft arbeitete, sondern obendrein, was fast noch besser wäre, zu einem vergleichsweise günstigen Preis.

»Wobei ich das in seinem Beisein wahrscheinlich gar nicht erwähnen sollte!«, fügte er noch augenzwinkernd an. »Am Schluss will er seinen Lohn nur weiter nach oben treiben!«

***

Polizeiobermeister Fischer stapfte unbehaglich über die von unzähligen Füßen schon festgetretene, frisch gefallene weiße Pracht. Warum er ausgerechnet bei diesem Sauwetter wieder hinaus in die Kälte musste, nur um diesen Pfaffen danach zu fragen, ob der Müllers Sepp wirklich zur Tatzeit bei ihm in seiner Kirche war. Warum sollte der denn so etwas behaupten, wenn es gar nicht stimmte? Das wäre doch ganz einfach nachzuprüfen! Das sollte doch selbst ein Müller Sepp wissen und dann lieber gleich die Wahrheit sagen. Was hatte der eigentlich in einer katholischen Kirche gewollt? Waren die nicht alle protestantisch veranlagt, diese Müllers? Na ja, der wird schon wissen, was gerade er von dem Priester der Kirche Unserer lieben Frau am Frauenlandplatz wollte. Aber das nächste Mal können sich die lieben Kollegen auf den Kopf stellen und mit den Ohren wackeln, er würde nicht noch einmal das warme Polizeirevier verlassen! Er jedenfalls nicht!

Als er die imposante Kirche am Frauenlandplatz, die am 16. März 1945 bei dem Bombenangriff auf Würzburg, wie so viele anderen Gebäude auch, völlig ausgebrannt und bis 1948 wieder aufgebaut worden war, erreicht hatte, betrat er das sakrale Gebäude durch den Haupteingang. Er sah sich suchend in dem Kircheninnern um und fand vor dem Beichtstuhl mehrere Personen vor, die dort darauf warteten, zu so früher Stunde ihre Beichte ablegen zu können.

Da die Kirche, wenn überhaupt, nur mangelhaft beheizt war, hatte er doch wahrhaftig einen Moment lang darüber nachgedacht, die wartenden Gläubigen wegen einer dringenden polizeilichen Aktion einfach nach Hause zu schicken. Am Ende hatte er aber doch Abstand davon genommen und wartete geduldig darauf, dass er endlich an die Reihe kam.

Als es dann irgendwann so weit war, betrat er mit einem unguten Gefühl den Beichtstuhl und wurde von dem katholischen Geistlichen, der ihn für einen weiteren bußfertigen Sünder hielt, der an diesem frühen Morgen auf göttliche Vergebung hoffte, mit den gebotenen Worten, mit dem jedes Beichtgespräch begann, begrüßt. Er wartete darauf, dass der Beichtling antwortete: ›Im Namen des Vaters und des Sohnes und des Heiligen Geistes. Amen.‹

Da aber nichts dergleichen von der anderen Seite des Beichtstuhls kam, fuhr der Beichtvater mit dem Ritual fort: »Gott, der unser Herz erleuchtet, schenke dir wahre Erkenntnis deiner Sünden und seiner Barmherzigkeit.«

»Nä, nä, Herr Hochwürdn, ii hab nix zum beichde, fei scho überhaubd nix gell! Ii hab aa nix verbroche, was ii Ihne da jedzd erzähl könnd, no ned emal ä ganz glenns Bissele! Fischer iss mai währder Name, Bolizeiobermässter Fischer.«

Der Vorhang vor der kleinen vergitterten Öffnung, die in die Trennwand zwischen Beichtvater und dem Beichtenden eingefügt war, wurde nun zur Seite geschoben und der Seelsorger sah verwundert auf den im Beichtstuhl sitzenden Mann mit dem gezwirbelten Schnauzbart.

»Na ja, ä bissele wahrscheinds dann scho. Had ja a jeder was uffm Kerbholz. Ii hab nämlich die falsche, also die annere, Feldbosdnummer!«

»Was haben Sie?« Der Geistliche zog drohend seine buschigen Augenbrauen nach oben.

»Ii bin nämlich ä Broddesdand! Also ä evangelisch luddrischer Midbürcher, wenn se vielleichd verschdehn, was ii damid meen?«, Fischer grinste das verwirrt drein schauende Gesicht des katholischen Geistlichen an, das durch die kleine Öffnung nur schwer zu erkennen war.

»Also, Herr Fischer, ich muss doch sehr bitten!«, echauffierte sich der Pfarrer nun und wollte den Beichtstuhl schon verlassen.

»Nä, Herr Hochwürden, ii muss Sie bidden und zwar, dass Sie mir jedzd uff der Schdelle ä baar Frachn beandworde, den kaldblüdiche Mord am ›Bimberle Wichdich‹ bedreffend!«, erwiderte der Obermeister schlagfertig.

»Den kaltblütigen Mord an wem betreffend?«, wiederholte der überforderte Priester und besah sich den Polizeibeamten mit einem verständnislosen, beinahe verängstigten Blick.

»Na, der Mord am ›Bimberle …‹, ach, am Herrn Feser natürlich!«

»Was habe ich, Ihrer Meinung nach, mit den bedauerlichen Todesumständen eines Herrn Fesers zu tun, Herr Polizeiobermeister?«

»Wenn Se mich so ganz direggd frachn, dengg ich, eichendlich gar nix! Abba der Müllers Säbb, had uns gsachd, dass er genau zum Dadzeidbungd bei Ihne gwese sei will und Ihne gecheüber sei ganze verübde Sünde gebeichded häd. Jedzd schdell ii mir hald die Frache, ob des aa schdimmd, gell?«

»Ich weiß nicht, ob Sie, mein lieber Herr Fischer, noch dazu als bekennender Protestant, überhaupt wissen, dass es in unserer heiligen, katholischen Kirche so etwas wie ein Beichtgeheimnis gibt. Und dass diesem Geheimnis faktisch alles unterliegt, was in solch einem Beichtgespräch gesprochen wird. Absolut jedes Wort! Ausnahmslos jedes Wort, unterliegt diesem uralten und strengen Gebot! Verstehen Sie das, Herr Fischer?«

»Ja, nadürlich weß ii des, Herr Hochwürden. So blöd bin ii a widder ned, dass ii des ned wüßd! Mich würd hald brennend indressier, wie lang dem sei Rechisder seiner Sündn so war, also so rain zeiddechnisch gsenn? Vo wann bis wann war er also bei Ihne, ham Se grad gsachd?«

»Da muss ich aber erst einmal überlegen. Warten Sie bitte mal einen Moment, Herr Fischer!«

»Ja, Herr Pfarrer, dann dun Se des in aller Ruh und lasse Se sich fei nur Zeid. Wichdich iss nämlich, dass mer uns uff Ihre Aussache am Schluss aa verlass könne, gell! Un vor allem bei Gerichd! Un da meen ich jedzd uff kenn Fall des himmlische! Gell!?«

***

Ein mit einem extravaganten Biberpelzmantel, dick gefütterten Winterstiefeln und einer passenden Pelzmütze vor der grimmigen Kälte geschützter Professor Michelberger stieg vorsichtig aus dem Fond seines dunklen Mercedes 180 D Ponton und ging mit zielstrebigen Schritten auf das mehrstöckige Bürogebäude zu, in dem seit Monaten unter anderem auch die Bezirkszentrale der Deutschen Reichspartei residierte.

Er stieg die paar Stufen zum Hochparterre hinauf und läutete an der Bürotür, die sonderbarerweise noch immer fest verschlossen war. Obwohl das glänzende Messingschild, das neben der Eichenholztür an der Wand befestigt war, eindeutig darauf hinwies, dass die tägliche Mittagspause bereits seit mehr als zwei Stunden beendet war. Wagner hatte ihm doch versichert, dass er heute am frühen Nachmittag hier zu erreichen sei.

Erst nachdem der Herr Professor kraftvoll und nicht unbedingt angemessen für einen Mann von Welt mit beiden Fäusten gegen die Tür getrommelt hatte, hörte er von innen gedämpfte Schritte, die sich vorsichtig auf die Eingangstür zu bewegten.

Eine leise, verunsicherte Frauenstimme wollte von ihm wissen, wer er sei, und vor allem, was er hier wolle. Worauf der ansehnliche Mann von seiner lauten, befehlsgewohnten Stimme rücksichtslos Gebrauch machte und die Frau dermaßen einschüchterte, dass sie, ohne lange darüber nachzudenken, sofort den Schlüssel, der bereits im Türschloss steckte, herumdrehte und den Weg für Michelberger frei machte.

Der schubste die Frau unsanft zur Seite, während er einen kurzen Blick auf sie warf. Ihre langen, rotblonden Haare waren zerwühlt, ihre Wangen deutlich sichtbar gerötet, ihre weiße Rüschchenbluse fehlerhaft geknöpft und trotz der winterlichen Temperaturen trug sie weder Strümpfe noch Strumpfhose unter ihrem stark zerknitterten, blauen Wollrock. Der war noch dazu an der rechten Seite ein ordentliches Stück nach oben gerutscht und zwischen Haut und Gürtel eingeklemmt, wodurch ein langes, wohlgeformtes Bein zu bestaunen war.

Die Frau, die etwa Mitte dreißig war, stellte sich dem Hünen wagemutig mit angewinkelten Ellenbogen in den Weg und erklärte ihm unter Aufbietung all ihres Selbstvertrauens, dass er leider zu einer ganz und gar unpassenden Zeit gekommen wäre. Aber, nachdem er jetzt schon einmal hier sei, würde sie sich ausnahmsweise dazu bereit erklären, schnell einen Termin für ihn festzulegen.

»Du bist aber goldig, mein Herzchen«, erwiderte der Herr Professor amüsiert und schenkte ihr ein zuckersüßes Lächeln, während er sie provokativ von Kopf bis Fuß taxierte, worauf sie verlegen ihren Blick senkte. »Du hast anscheinend nicht die geringste Ahnung, wen du vor dir hast, mein süßes Kind! Aber merke dir gleich von Anfang an, nur für den aller Wahrscheinlichkeit nach niemals eintretenden Fall, dass ich so eine wie dich jemals besteigen wollte, wäre ich sicherlich der Allerletzte, der mit dir dafür extra einen festgesetzter Zeitpunkt vereinbaren würde!« Bei den letzten Worten legte er einen drohenden Unterton in seine Stimme, der die Frau vor Schrecken einen Schritt zurückweichen ließ.

Sein über die Jahre geschulter Instinkt sagte ihm, dass die von ihm gesuchte Person, in dem Zimmer zu finden war, dem die Frau den Rücken zudrehte. Er schob sie erneut zur Seite und öffnete die Bürotür, ohne anzuklopfen.

Bernhard Wagner, der in einem Drehsessel saß, dessen immens hohe Lehne der Bürotür zugewandt war, konnte nicht erkennen, wer da sein Büro betreten hatte. Er versuchte etwas zu sagen, was der Professor jedoch nicht verstand. Er ging daher um den Schreibtisch herum und drehte den Sessel so, dass er sehen konnte, wer in ihm saß. Der Anblick überraschte ihn nicht sehr. Obwohl er dem alten Mann eine solch ausgefallene sexuelle Vorliebe nicht unbedingt zugetraut hätte. Vor ihm kauerte der in die Jahre gekommene Bezirksvorsitzende der DRP, und zwar so, wie Gott ihn seinerzeit geschaffen hatte. Nur sehr viel älter. Splitterfasernackt! Allerdings trug er eine schwarze Augenbinde. Seine Hände und Füße waren aufwendig mit dünnen Lederriemen gefesselt. In seinem Mund hatte er einen Knebel stecken. Aus der Mitte seines Unterleibes ragte dem Professor eine stramme Erektion entgegen, die er dem, aus seiner persönlichen Sicht, uralten und senilen Wagner, gar nicht mehr zugetraut hätte. Auf der polierten Platte des protzigen Schreibtisches lag eine neunschwänzige Peitsche, die aus schwarzem Büffelleder gearbeitet war.

Michelberger trat kräftig mit seinem Stiefel bewehrten rechten Fuß gegen den Bürosessel, was Wagner, der ihn wegen der Augenbinde nicht erkennen konnte, ein lustvolles Stöhnen entlockte. Speichel tropfte aus seinem Mundwinkel. Der aufrechte Beweis seiner Männlichkeit zuckte verdächtig.

Professor Michelberger trat nun erneut kraftvoll zu, diesmal allerdings gegen Wagners Schienbein. Der stöhnte laut auf, ob aus Schmerz oder immer noch aus purer Lust, wollte der künftige Chefarzt erst gar nicht wissen. Dann griff er mit beiden Händen die Lehne des Drehsessels und stieß ihn um. Angewidert schrie er den Vorsitzenden an, schleunigst aus dem Büro zu verschwinden.

Wagner, der nun an der Stimme erkannte, dass nicht seine Sekretärin, sondern sein potentieller Nachfolger im Amt des Vorsitzenden den Raum betreten hatte, verlor augenscheinlich jegliche Lust, das begonnene Spiel zu Ende zu bringen. Er versuchte zu erklären – da er den Knebel noch in seinem Mund hatte, jedoch eher erfolglos –, dass das, was der Herr Professor hier zu sehen bekam, in Wahrheit nicht so war, wie es vielleicht den Anschein erwecken könnte.

Eine ganze Zeitspanne später, nachdem die Bürokraft endlich ihren Chef aus seiner misslichen Lage befreit und ihm beim zügigen Verlassen des Parteibüros geholfen hatte, kehrte sie zu Michelberger zurück. Der saß, gerade so, als sei gar nichts gewesen, hinter dem Schreibtisch, an dem Herr Wagner zwanzig Minuten davor noch seinen Spaß gehabt hatte, und blätterte in einem der vielen Aktenordner.

»Mein Name ist Rosi, ich bin die Sekretärin des jeweiligen Vorsitzenden. Bis jetzt war jeder meiner Vorgesetzten sehr zufrieden mit meinem unermüdlichen Einsatz rund um die Uhr und darüber hinaus auch durch und durch tabulos, wie ich vielleicht gar nicht erst groß zu erwähnen brauche.« Die junge Frau stand abwartend in der Bürotür. »Kann ich Ihnen irgendwie behilflich sein, Herr Professor Michelberger? Haben Sie vielleicht einen Wunsch, den ich Ihnen – natürlich gerne und auch auf der Stelle – erfüllen kann?«

»In der Tat, Fräulein … Rosi«, antwortete er, ließ die Akte auf die Tischplatte sinken und hob seinen Blick. Er musterte ungeniert, die vor ihm stehende junge Frau. Ihre langen, rotblonden Haare harmonierten mit ihren grünen Augen. Ihr Teint war wie bei den meisten Frauen ihrer Haarfarbe alabasterfarben. Ein paar niedliche Sommersprossen auf ihrer Nase und den Wangen passten zu den Grübchen, die, wenn sie lächelte, zum Vorschein kamen und ihr ein unbedarftes Aussehen verliehen. Herr Michelberger ließ seinen neugierigen Blick langsam an den fraulichen Rundungen nach unten gleiten. Er war mit dem, was er da so unverhofft zu Gesicht bekam, mehr als zufrieden. Die Schönheit trug jetzt ein weitestgehend durchsichtiges Seidenhemdchen und das dazu passende Höschen zu hochhackigen, schwarzen Pumps. Sie drehte sich langsam und lasziv um die eigene Achse.

»Ja, Fräulein Rosi, ich habe da tatsächlich etwas, womit Sie mir eine Freude bereiten könnten! Aber zuerst brauche ich dringend Informationen von Ihnen über das eine oder das andere Parteimitglied«, sagte er zu der Sekretärin.

»Kein Problem, Herr Professor«, hauchte sie mehr, als sie sprach. »Um wen geht es explizit?«

»In erster Linie um Herrn Feser!«

»Wünschen Sie, dass ich Ihnen sofort eine Akte über ihn anlege?« Während sie die Frage stellte, rutschte ein Träger ihres Hemdchens über ihre Schulter und ließ den Ansatz einer wohl geformten Brust aufblitzen. Durch den dünnen Stoff bohrten sich zwei steife Nippel, die leicht nach außen schielten.

Er grinste sie schamlos an und leckte sich lüstern die Lippen. »Ich denke, das hat noch eine Stunde Zeit. Bis dahin hätte ich nun doch einen Wunsch, wie ich bereits andeutete und den Sie mir unbedingt erfüllen müssen, Rosi!«

Langsam öffnete er die Knöpfe seines Hosentürchens. Einen Knopf nach den anderen. Mit einer ausgesprochen geschickten Handbewegung befreite der Professor sein erigiertes Geschlechtsorgan von überflüssigen Textilien, dann lehnte er sich genüsslich in seinem Sessel zurück.

»Ich denke mir, du weißt ganz genau, welchen Wunsch du mir jetzt erfüllen darfst!«

Freds Mutter hatte versucht, den unbeliebten und sehr aufdringlichen Kassierer dieser braunen Organisation schon resolut an der Wohnungstür abzuwimmeln. Der hatte aber so etwas in der Art bereits vermutet und deshalb frühzeitig einen Fuß in die geöffnete Tür gesetzt. Außerdem hatte er der Frau gegenüber immer wieder beteuert, dass er wirklich nicht gekommen war, um die ausstehenden Monatsbeiträge ihres Mannes einzutreiben. Jetzt, nur noch so wenige Tage vor dem bevorstehenden Weihnachtsfest, doch nicht mehr. Schließlich wäre noch nicht einmal er so ein garstiger Unmensch. Ganz im Gegenteil! Er hätte sehr gute Nachrichten für den lieben Josef. Sehr gute sogar! Die er ihm aber beim besten Willen nur persönlich mitteilen könne.

»Hallo, Josef, ich muss unbedingt mit dir reden!«, rief er aufgeregt, als er das Wohnzimmer der Müllers betrat. Er brauchte einen Augenblick, bis er den Herrn des Hauses entdecken konnte. Dieser kniete doch tatsächlich, die Hände vor der Brust gefaltet, in einer Ecke des Zimmers vor einem niedrigen Tischchen, auf dem eine Art Hausaltar mit einem Kruzifix unter einer Glaskuppel, Kerzen und allem drum und dran, aufgebaut war. Wenn Feser sich nicht total verhört hatte, betete Müller sogar äußerst salbungsvoll ein Vaterunser.

»Was ist bloß mit dir los, Josef?«, wollte Feser wissen. »Bist du jetzt vielleicht dem Verein der scheinheiligen Betschwestern beigetreten? Oder willst du damit nur von deinen letzten unglücklichen Eskapaden mit dem Bild des Führers in deinem Fenster ablenken?« Er kicherte leise vor sich hin und setzte sich müde auf das Sofa.

»Halt jetzt bloß deine dumme Fresse, ›Bimberle Wichdich‹, sonst hau ich dir nämlich gleich derartig eine auf dein dreckiges Schandmaul, dass deine letzten Zähne in deinem Arsch Klavier spielen!« Mit einer schnellen Drehung stand Müller urplötzlich vor dem fassungslos dreinschauenden Feser. Er packte ihn an seinem schäbigen Mantelkragen und zog den nicht besonders groß gewachsenen Mann mit einem kräftigen Ruck auf die Füße. »Was willst du überhaupt von mir, du Kanaille?«

»Mit dir reden, Josef«, sprach der Geldeintreiber beruhigend auf Freds Vater ein. »Wenn du mich nur endlich loslassen könntest, Josef, dann würde ich dir darüber hinaus auch noch gern ein gewinnbringendes Geschäft vorschlagen. So kurz vor der weihnachtlichen Bescherung kannst du doch bestimmt ein paar zusätzliche Mark für Geschenke gut gebrauchen, oder etwa nicht?«

»Bitte lass den niederträchtigen Kerl los, Josef«, bat seine Frau, die ebenfalls das Wohnzimmer betreten hatte. »Du wirst dir doch an einem wie dem nicht die Finger schmutzig machen wollen?«

»Nein, das will ich natürlich nicht«, antwortete ihr Mann und stieß Feser auf das Sofa zurück. Dann kniete er sich wieder vor seinen Hausaltar, beendete sein Gebet, bekreuzigte sich in aller Ruhe und setzte sich in einen Sessel, der dem Sofa gegenüber stand. »Also, was willst du wirklich?«

»Das will ich dir doch schon die ganze Zeit sagen, wenn du mir nur einmal zuhören wolltest!«

»Nun, ich höre, also sprich!«

»Gerne, aber das geht leider nur unter vier Augen«, antwortete der Alte nun bedauernd und sah zu Frau Müller, die in dem anderen Sessel Platz genommen hatte.

»Ich bleibe!«, ließ sie ihn mit klarer Stimme deutlich wissen.

Feser warf Müller einen Blick zu, der sagen sollte, dann halt nicht. Daraufhin sah Freds Vater seiner Frau tief in die Augen und bewegte beinah unmerklich seinen Kopf in Richtung Wohnzimmertür.

Als sie daraufhin widerwillig den Raum verließ, bat sie ihren Ehemann, sich unter keinen Umständen auf irgendwas Ungesetzliches einzulassen.

Feser erklärte, nachdem er mit Müller allein war, dass er Professor Otto Michelberger als einen sehr gefährlichen, Angst und Schrecken verbreitenden Kriminellen aus der jüngsten deutschen Vergangenheit wiedererkannt habe.

Einen so grässlichen, widerwärtigen Verbrecher wie den Professor dürfe man auf gar keinen Fall die Karriereleiter innerhalb ihrer Partei nach oben klettern lassen. Wenn Josef ihm dabei helfen würde, dieses nachhaltig zu verhindern, ließe er sich das eine ganze Stange Geld kosten!

Müller, dem auch sehr daran gelegen war, diesem Galgenstrick ordentlich eins auszuwischen und die Suppe zu versalzen, fragte den Kassierer, wie er sich das denn genauer vorstellen würde.

»Du hast doch eine Pistole, Josef!?«, stellte der Alte mehr fest, als er Müller tatsächlich fragte. »Ich persönlich dachte da an eine eher endgültige Lösung dieser Problematik! Du verstehst? Also ohne großes Wenn und Aber! Oder, wie denkst du über die leidige Sache?«

Müller fragte sich im ersten Moment, wie das verschlagene Bimberle Wichdich nur immer wieder an seine Informationen kam. Dann antwortete er dem alten Kassierer: »Ja! Ja, ich denke auch, dass längerfristig gesehen, ein nachhaltiges Handeln sicher sinnvoll wäre! Ich denke darüber nach!«

***

In dem erst kürzlich eingeweihten Polizeipräsidium in der Augustinerstraße herrschte heute bereits direkt hinter den bombastischen Glastüren des Foyers, sehr dicke Luft. Der Herr Polizeipräsident hatte auf seinem langen Weg vom Empfang bis hoch in das oberste Stockwerk zu seinem beachtlichen Chefbüro keine Möglichkeit ausgelassen, sein außerordentliches Missvergnügen, das sich im Verlauf eines Arbeitstreffens mit dem Würzburger Oberbürgermeister und einigen Stadträten im nahegelegenen Ratskeller angestaut hatte, freien Lauf zu lassen. Er ließ jeden, der ihm aus Versehen über den Weg lief und keine Möglichkeit sah, sich schnell zu verdrücken, an seinem erregten Gemütszustand teilhaben.

»Wenn dieser Sauerhammer tatsächlich noch so viel Schneid aufbringt, sich später bei mir zu melden, und er sich nicht wieder irgendeine seiner unerhörten Ausreden einfallen lässt, nur um mir nicht unter die Augen treten zu müssen, dann schicken Sie ihn mir bitte sofort herein, Fräulein Gerda. Ist der OB bereits eingetroffen?«, fragte er anschließend seine Sekretärin, während er die schwere, schallgeschützte und mit grünem Leder bezogene Doppeltür zu seinem Büro aufstemmte.

»Seine Limousine ist in diesem Augenblick vorgefahren, Herr Präsident«, lispelte das Fräulein Gerda dienstbeflissen. »Er wird wahrscheinlich in einigen Minuten hier heroben sein!«

»Versuchen Sie noch einmal, diesen Sauerhammer zu erreichen und machen Sie ihm unmissverständlich klar, dass, wenn er nicht ....!«

»Was soll mir die Gerda klarmachen, wenn ich nicht ...?«, hörten sie die Stimme des Hauptkommissars, der gerade den Vorraum zur Hölle, wie er das Vorzimmer seines obersten Chefs gerne bezeichnete, betrat.

»Was haben Sie sich nur dabei gedacht, als Sie Herrn Professor Michelberger zu diesem peinlichen Mordfall im braunen Milieu befragten?«, unterbrach der Polizeipräsident unhöflich seinen Untergebenen. »Sind Sie denn jetzt auch noch von allen guten

Geistern verlassen, mein lieber Herr Hauptkommissar?« Das ›ie‹ in lieber zog er dabei extrem in die Länge.

»Aber, Herr Präsident, Kriminalrat Langenlüdegge war über jeden einzelnen meiner Schritte zu jedem Zeitpunkt bestens informiert! Er hatte absolut nicht das geringste ...«

»Sie sind der leitende Ermittler in diesem Fall, Sauerhammer! Sie haben all das ganz allein zu verantworten! Wissen Sie eigentlich, um wen es sich bei dem Herrn Professor handelt?«, wollte der oberste Polizeibeamte Würzburgs wissen und schnitt dem Polizeiermittler schon wieder außergewöhnlich rüde das Wort ab. »Ich muss Ihnen sicher auch nicht erst lang und breit erklären, was ich mit Ihnen machen werde, wenn dieser Fall nicht gänzlich zu meiner Zufriedenheit geklärt wird, oder? Ich lasse Sie Streife laufen, und zwar exakt so lange, bis Sie schwarz werden, das garantiere ich Ihnen!«

»Zu dem, was Sie tun oder lassen, Herr Präsident, werde ich mich erst dann äußern, wenn ich ausführlich über die Details aufgeklärt wurde! Was nun aber den ehrenwerten Professor Michelberger betrifft, muss ich Ihnen mitteilen, dass sein Name, beziehungsweise ein ganzer Ordner auf dem sein Name stand, in der Wohnung des Ermordeten aufgefunden wurde. Er selbst fiel auch einem meiner Mitarbeiter beim Betreten des Büros der Deutschen Reichspartei auf. Er besuchte, wie wir aus sicherer Quelle wissen, den Empfang eben dieser unseriösen Partei in den Huttensälen! Weiterhin ist es auch kein Geheimnis mehr, dass er ernsthaft versucht, den Posten des Vorsitzenden der DRP zu übernehmen. Sein einziger erfolgversprechender Gegenkandidat war nun mal ausgerechnet das Mordopfer, Herr Adolf Feser. Da denke ich doch, dass die Maßnahme, Herrn Professor Otto Michelberger zu genau diesen Fakten als Zeugen zu befragen, durchaus gerechtfertigt war!«

»Papperlapapp! Ich sage Ihnen, Sauerhamm ...«

In diesem Moment wurde die Bürotür aufgerissen und der Oberbürgermeister kam in den Raum gestürmt. »Ist das der unglückselige Polizeibeamte, der nicht über das kleinste Fingerspitzengefühl verfügt und wahrhaftig im Begriff steht, eine über alle Maßen verdiente Persönlichkeit, die uns, die sogar die gesamte Stadt Würzburg weit voranbringen wird, also unseren hoch verehrten Herrn Professor Michelberger, zu vergrämen?«

Kriminalhauptkommissar Sauerhammer würdigte das Stadtoberhaupt keines Blickes. Er reckte sich zu voller Größe. Zu seinem Vorgesetzten sagte er mit geheimnistuerischer Stimme: »Denken Sie einfach mal darüber nach, Herr Polizeipräsident!« Dann verließ er auf schnellsten Weg dessen Büro. Was dieser ihm noch sehr erregt hinterherrief, ignorierte er geflissentlich.

***

Februar 1940

Es hatte ein Übermaß an Zeit und selbstredend auch an psychischer und physischer Kraft gekostet, bis Feldwebel Feser schlussendlich herausgefunden hatte, in welchem der vielen Krankensäle sein Bruder während seines unfreiwilligen Aufenthaltes in der hiesigen Irrenanstalt weggeschlossen war. Obendrein hatte er natürlich den einen oder anderen der Aufseher und Pflegekräfte ordentlich bestechen müssen. Zu guter Letzt war diese Aktion aber doch von Erfolg gekrönt, an den er um ein Haar gar nicht mehr geglaubt hatte.

Jetzt, da er zumindest wusste, wo in diesem großen Schloss er seinen armen Bruder finden würde, musste er sich selbstverständlich eine plausible Schutzbehauptung einfallen lassen, um ihn, ohne bei dem Personal der Anstalt allzu großes Misstrauen zu erwecken, aufsuchen zu können. Er musste ihm, so schnell wie nur irgend möglich, mitteilen, dass er ihn nicht allein lassen würde! Dass er selbstverständlich alles in seiner Macht Stehende unternehmen würde, um ihn hier herauszuholen!

Auch bei diesem Unterfangen brauchte er einige Versuche, die beinahe bitterböse geendet hätten. Das hätte freilich das endgültiges Ende seines Bruders bedeutet. An einem grauenhaften Lebensende in der todbringenden Gaskammer einer dieser schauderhaften Tötungsanstalten wäre er unter gar keinen Umständen mehr vorbeigekommen! So viel stand nun einmal fest. Das durfte er auf keinen Fall zulassen! Niemals!

Feser hatte nach anfänglichen Schwierigkeiten jedoch großes Glück im Unglück und war mit seinem gefährlichen Experiment tatsächlich bis zu dem Krankenzimmer, in dem sich sein Bruder aufhielt, durchgekommen.

Er stand schweißgebadet vor der stabilen Tür und sammelte neue Kraft für den letzten Akt dieser Aktion. Nun kam es also nur noch darauf an, ob er sich wirklich auf seine beiden Kameraden, die in derselben Einheit wie er ihren Militärdienst versahen, verlassen konnte. Beide hatten, so ganz anders als er selbst, schon seit Längerem sehr große Skrupel bei dem, was heutzutage alles im Reich so vor sich ging, und bei dem, was man von ihnen als Soldaten alles abverlangte. Das hatte ihrer Meinung nach nichts, aber auch schon überhaupt gar nichts mehr mit dem zu tun, wofür sie als Soldaten ausgebildet worden waren und wofür sie im Ernstfall sogar bis zu ihrem letzten Blutstropfen kämpfen sollten! Was neuerdings in diesem Land geschah, hatte nicht das Geringste mit dem Krieg zu tun, den das deutsche Reich nun schon seit über einem Jahr führte! Feldwebel Feser, dem inzwischen die gefährliche Gesinnung seiner Kameraden, was den eigentlichen Sinn und Zweck der menschenverachtenden Unternehmen des dieser Tage im Deutschen Reich herrschenden Naziregimes betraf, sehr wohl bekannt, jedoch bisher vollständig egal war, nutzte nun sein Wissen darüber für seine persönlichen Zwecke aus.

In schwerster Kleinarbeit und vielen langen Gesprächen überzeugte er sie nach und nach, dass er zwischenzeitlich zu der gleichen Überzeugung gelangt sei wie sie selbst. Dass man diese Ungerechtigkeit auf gar keinen Fall mehr länger hinnehmen dürfe! Sie sollten nun mit einem gutem Beispiel für die vielen anderen vorangehen und die Insassen, denen ansonsten niemand mehr helfen könnte, aus ihrer verzweifelten Lage, in der sie sich hier befanden, befreien. Er hätte sogar schon einen brauchbaren Fluchtplan entwickelt, der, wovon er absolut überzeugt war, unter keinen Umständen schiefgehen könnte! Seine beiden Mitstreiter sahen das allerdings nicht ganz so enthusiastisch wie Feser, aber sie arbeiteten mit ihm gemeinsam eine bessere Strategie aus, die nun endlich ausgeführt werden sollte.

Diese sah in erster Linie vor, mittels einiger pyrotechnischer Maßnahmen ein ordentliches Chaos sowohl unter den unzähligen Insassen als auch unter dem Personal der Irrenanstalt entstehen zu lassen. Es sollte der Eindruck erweckt werden, dass auf das alte Gebäude ein gewaltiger Anschlag verübt worden wäre, in dessen unmittelbarer Folge sich mehrere Großbrände zur gleichen Zeit entwickelt hätten.

»Feuer, Feuer! Los raus hier! Alle ganz schnell raus! Los, los!«, schrie Feser stimmgewaltig, als er die Tür zu dem Saal aufriss, in dem sich unter anderem auch sein Bruder befand. Keine Sekunde zu früh! Exakt in diesem Moment hörte man nämlich im Schlosspark schon mehrere ohrenbetäubende Detonationen.

Eine Rauchbombe, die er im selben Augenblick gezündet und mit voller Kraft in den weiten Flur, der ins Treppenhaus führte, geworfen hatte, verursachte im Handumdrehen vor dem Krankensaal eine starke Rauchentwicklung, die sowohl von den verwirrten Patienten als auch von den beiden völlig konfusen Aufsehern als Folge eines Brandes wahrgenommen wurde.

Bevor den Wärtern klar wurde, dass sie einer Finte aufgesessen waren, hatte Feser einem der beiden bereits den Kolben seines Karabiners über den Schädel geschlagen. Der andere stürzte bei dem in null Komma nichts entstandenen wilden Gerangel die Treppe hinunter. Ihm warf Feser eine weitere Nebelgranate hinterher, die das Foyer sofort mit Rauch füllte. Dem größeren Teil der Insassen, gelang es daher, das Haus zu verlassen, ohne daran gehindert zu werden.

Professor Michelberger, der mit einem wutverzerrten Gesichtsausdruck aus dem Fenster seines feudalen Behandlungszimmers schaute, kurz nachdem die Detonationen die Luft erzittern ließen, griff umgehend zu seiner Dienstpistole und versuchte auf Fesers Bruder zu schießen, als der gerade im Begriff war, vom weitläufigen Gelände der Irrenanstalt zu verschwinden.

Der Feldwebel sammelte eilig die Reste seiner Nebelgranaten ein, bevor sie von irgendjemanden entdeckt werden konnten. Damit hatte er den schwerwiegenden Verdacht, den der Sturmbannführer später gegen ihn hegen würde, bereits im Keim erstickt. Der Angriff auf die beiden schwer verletzten Wärter sah außerdem wie ein sich im allgemeinen Aufruhr zugetragener äußerst unglücklicher Unfall aus und konnte ihm nicht zur Last gelegt werden.

Außer einigen wenigen, unter denen sich glücklicherweise auch der um sechs Jahre ältere Bruder des Feldwebels befand, wurden die Flüchtigen jedoch allesamt wieder aufgegriffen, noch bevor sie überhaupt in den Genuss der Freiheit hatten kommen können.

6. Kapitel
Januar 1959, Mittwoch

Vier Wochen zuvor

Er hörte, wie der Schlüssel ins Schloss gesteckt und schwungvoll umgedreht wurde. Im selben Moment ging die Eingangstür auch schon auf und er konnte sehen, wie die ausgesprochen forsche und sich ihrer anziehenden Wirkung auf Männer jeglicher Altersgruppen bewussten Sekretärin das Parteibüro betrat. Sie grüßte Viktor Becker, den ganz passabel aussehenden stellvertretenden Vorsitzenden der DRP, mit einem kühlen Lächeln und marschierte zielstrebig in das Vorzimmer von Bernhard Wagners Büro, in dem sich seit geraumer Zeit ihr Arbeitsplatz befand.

Becker kam, nachdem sie Mantel und Hut abgelegt hatte, zu ihr und setzte sich auf einen der Hocker, die um ein kleines Holztischchen gruppiert waren, und fragte Rosi, ob sie nicht zuerst einen guten Bohnenkaffee kochen könne, da es heute bestimmt ein besonders langer und anstrengender Arbeitstag für sie beide werden würde.

Ohne zu antworten, traf sie augenblicklich Vorbereitungen, um seinem Wunsch nach frischen Bohnenkaffee nachzukommen. Während sie darauf wartete, dass das Kaffeewasser kochte, fragte sie den stark untersetzten Becker so ganz en passant, was er denn eigentlich, so völlig gegen seine Natur, zu dieser frühen Morgenstunde in seinem Büro wolle.

Er antwortete ihr darauf, dass er schon seit dem späten gestrigen Abend hier sei und die ganze Nacht durchgearbeitet hätte. Dann erklärte er ihr noch, dass es mit Sicherheit auch heute Abend wieder äußerst spät werden würde, bis sie Feierabend machen könnten. Mehr Informationen gab er allerdings vorerst nicht preis, obwohl Rosi ihn fragend ansah.

Als der Wasserkessel zu pfeifen begann, brühte Rosi mit einer nachdenklichen Miene den guten Kaffee auf. Nach einer Weile, während der sie von Becker, der sich immer wieder aufgekratzt mit seiner rechten Hand über seine Glatze fuhr, schweigend beobachtet wurde, fasste sie sich ein Herz und fragte Wagners Stellvertreter wissbegierig nach dem wirklichen Grund seiner nächtlichen Arbeitswut.

»Ich dachte schon, du fragst mich überhaupt nicht mehr!«, gab er nun lachend seinen Widerstand auf. Dann berichtete er von einem späten Anruf Wagners bei ihm zu Hause und den sich im Anschluss überschlagenden Ereignissen. Der Vorsitzende habe ihm gegenüber im Verlauf des späten Telefonats seinen sofortigen Rücktritt erklärt und ihn dann aufgefordert, unverzüglich in der Parteizentrale zu erscheinen, um vorläufig die Amtsgeschäfte zu übernehmen. »Kannst du mir sagen, warum Bernhard so Knall auf Fall alles hinschmeißt? Gänzlich ohne Rücksicht auf eventuelle Verluste. In knapp drei Monaten finden doch sowieso Neuwahlen statt, bei denen er sich ehrenvoll hätte verabschieden lassen können! Warum also auf einmal diese Eile? Noch dazu unter solchen mysteriösen Umständen? Und was hat das alles am Ende nur für uns zu bedeuten?«

»Mhm«, machte die geschäftstüchtige Sekretärin gelangweilt, der gerade eben eine ausgesprochen gute Idee in den Sinn gekommen war. »Da kann ich dir nun leider auch nicht wirklich weiterhelfen.« Um ihre Verschwiegenheit noch zu verdeutlichen, machte sie eine auf der ganzen Welt bekannte Geste, die Viktor Becker deutlich machen sollte, dass ihre knallroten Lippen fest versiegelt seien. Kein einziges Wort käme ihr mehr, zumindest dieses heikle Thema betreffend, darüber.

»Na, komm schon, Rosilein,«, schmeichelte er ihr mit süßer Stimme, »nun sei mal ein braves Mädchen und erzähle dem lieben Onkel Viktor alles, was du zu diesem Thema weißt! Und vergiss bitte nicht, ich bin ab sofort dein neuer Chef. Zumindest bis zu den Wahlen im März!«, konnte er sich nicht verkneifen noch schnell anzumerken. »Das solltest du lieber nicht vergessen!«

»Na ja, etwas wüsste ich eventuell schon zu berichten. Aber dafür müsstest du mir auch etwas verraten, mein lieber Viktor! Nehmen und geben, lautet meine Devise, wie du ja weißt!«

»Wenn du ehrlich zu dir selbst wärst, würdest du zugeben, dass dein Motto eher ›Nehmen ist seliger denn geben‹, lautet. Aber nun sag schon, was willst du also genau von mir wissen, süße Rosi?« Der Stellvertreter setzte ein schmachtendes Gesicht auf und streckte ihr seine gespitzten Lippen entgegen, während er in genüsslicher Vorfreude schon mal seine Augen schloss.

Nachdem sie ihn blitzschnell auf seinen Mund geküsst hatte, fragte sie ihn, ob er eventuell wüsste, wo der alte Wagner seine geheimen Aufzeichnungen über die einzelnen Parteimitglieder versteckt haben könnte. Sie wisse nämlich ganz genau, dass es solche brisanten Unterlagen hier im Büro gäbe, aber leider nicht, wo der Chef sie genau aufbewahre.

Er nickte beinah unmerklich mit dem Kopf und fasste die Schreibkraft mit beiden Händen kraftvoll an ihren schlanken Hüften. Sie wehrte sich pro forma dagegen, gab aber ihren Pseudowiderstand genau so schnell wieder auf, wie er gekommen war. Dessen ungeachtet zog sie der etwa fünfzigjährige Becker langsam auf seinen Schoß und ließ die junge, adrette Frau wissen, dass auch diese Information selbstverständlich nicht umsonst zu haben wäre. Der Preis, den sie dafür zu zahlen hätte, würde ihr jedoch, wie er ihr versprechen könne, definitiv ein sehr großes Entzücken bereiten! Bei diesen Worten fuhr er der jungen Frau bereits mit seiner rechten Hand und einer lüsternen Miene unter ihren Rock, der bereits weit nach oben gerutscht war.

***

»Ich bin unten auf dem Parkplatz gerade eben über LaLü gestolpert«, berichtete ein stets auf Elvis Presley gestylter Kommissar Müller-Seefried. »Der war ganz und gar nicht so gut gelaunt, was, wie er sagte, an der dicken Zigarre lag, die er gestern am Nachmittag vom Polizeipräsidenten nicht nur höchstpersönlich und in voller Lautstärke, sondern auch noch vor der versammelten Führungsebene, wie er mich mit düsterem Blick hat wissen lassen, verabreicht bekam! Wegen uns, hat er doch tatsächlich behauptet! Wir allein seien schuld an seinem Elend! Was war denn gestern bloß los, da oben bei euch Sesselfurzern, Fritz?«

»Erstens sollst du nicht immer ›LaLü‹ zu Kriminalrat Langenlüdegge sagen, mein lieber Erhard, das klingt völlig despektierlich, und zweitens geht dich das überhaupt nichts an. Ich hoffe du verstehst, was ich dir damit sagen möchte!«

»Na, hör mal!«, echauffierte sich der junge Kommissar daraufhin. »Gehöre ich vielleicht nicht mehr mit zum Team?«

»Jetzt sei doch nicht gleich wieder eingeschnappt, Erhard! Natürlich bist du ein wichtiger Teil des Teams. Aber halt kein Sesselfurzer! Ich habe den Herrn Polizeipräsidenten verärgert und nicht du! Also ist es nun ausschließlich und ganz allein meine Angelegenheit, ›LaLüs‹ schlechte Laune wieder auszubaden. Ihr habt euch deswegen gar nichts vorzuwerfen! Schluss, Aus, Äpfel, wie der wehrte Kollege Fischer jetzt sagen würde!«

»Hört! Hört! ›LaLü‹ – und das aus dem Munde des Hauptkommissars«, mischte sich der Kriminalassistent ein. »Außerdem ist es gut zu wissen, einmal nicht an irgendetwas schuld zu sein! Übrigens heißt das nicht Äpfel, Herr Sauerhammer, sondern Äöpfel.«

»Ihr macht einen ja auch komplett kirre mit eurem saudummen Gelaber am frühen Morgen! Und was soll das denn jetzt wieder heißen?«, wendete sich der Chefermittler mit fragendem Blick Hohner zu. »Sie tun ja gerade so, als ob ich die Schuld immer nur bei Ihnen suchen würde!«

»Tun Sie das etwa nicht?«, stellte der seinem Chef eine Gegenfrage und zog dabei beide Augenbrauen fragend nach oben.

»Also, jetzt hören Sie aber …!« Sauerhammer begann gerade sich so richtig in Rage zu reden, als von der Bürotür her ›LaLüs‹ sonore Bassstimme laut und deutlich zu vernehmen war.

»Da hoggd ja die ganze Blase dadsächlich uff en Haufn! Da brauch ii dann aa nur emal ä ordndliche Schdandbauge hald! Des is aa ned schlechd!«, polterte der Kriminalrat nun ungehalten los. »Vo wäche, des iss bloß Ihr Schuld, Herr Haubdkommissar, dass sen Herrn Bolizeibräsidend gesdern so arch verärcherd ham, mid derer unsäächlichn Befracherei vo dem eigebilde Herrn Brofesser! Was hamsen sich da eichendlich bloß widder dabei gedachd, hä?«

»Herr Kriminalrat, ich habe es gestern Nachmittag doch schon dem Herrn Präsidenten und auch dem Herrn Oberbürgermeister ausgiebig erklärt, dass die Befragung von Professor Otto Michelberger den Umständen nach durchaus gerechtfertigt war! Außerdem ...«

»Des bezweifl ii aa gar ned. Des wär ja aa no schönner, wenns gar kenn Grund gäbe häd, denn Laggaff zu befrachn! Abba müsse Se denn glei denn Präsidend dran deilhab lass? Und en Oberbürchermesster aa no!«

»Der Professor hat sich beim Oberbürgermeister über die Tatsache, dass ich ihn zu seinem Verhältnis zu diesen braunen Gesindel befragte, beschwert, nicht umgekehrt! Daraufhin hat wiederum der OB seinen beträchtlichen Einfluss bei unserem obersten Chef zur Geltung gebracht. Der ist übrigens der suspekten Meinung, dass Otto Michelberger nicht das Geringste mit dem laufenden Fall zu tun hat. Außerdem ist seine Person, wie der Präsident weiterhin sagte, schon von Haus aus über jeglichen Zweifel erhaben!«, antwortete Fritz Sauerhammer. »Schließlich rettet der doch gerade Würzburg! Und vielleicht später auch noch den Rest der Welt!«

»Aus was fürn Grund denn bloß?«, wollte der Kriminalrat wissen.

»Na ja, sagen wir einmal so, Professor Doktor Michelberger, der zukünftige Chef der Psychiatrischen Abteilung der Universitätsklinik Würzburg, hat nicht den geringsten Beweggrund, einen alten, nichtsnutzigen Hänfling wie diesen Feser kaltblütig zu ermorden. Es sei denn, dieser hätte ihn mit irgendwelchen Kenntnissen aus der Vergangenheit erpresst. Es stand schließlich Michelbergers Name auf einem der Aktenordner, die wir in Fesers durchwühlter Wohnung sicherstellen konnten. Wenn man nun bedenkt, dass uns die anderen sechs Namen aus dem rechten Parteienspektrum sehr gut bekannt sind und der Ermordete einer der ihren war, stellen sich mir etliche Fragen, den ehrenwerten Professor betreffend. Der somit auch ein Motiv für den Mord hätte!«

»Ganz speziell was seine Vergangenheit, explizit die Zeit des Dritten Reiches betrifft. Und natürlicherweise auch noch sein derzeitiges Verhältnis, was seine alten und neuen Parteifreunde angeht«, vervollständigte Kommissar Müller-Seefried Sauerhammers Gedanken.

»Un nadürlich aa, obs zwischem Feser un em Herrn Brofesser Michelberger Gemeinsamkeide gibd? Odda gäbe had? Un wenn ja, welche?«

»Da sind wir doch längst dran, Herr Kriminalrat«, beschwichtigte umgehend der Hauptkommissar seinen Vorgesetzten.

»Damid dürfde Se ja dann eichendlich aa ersdemal beschäfdichd sei, dengg ii jedzd emal so«, beendete Kriminalrat Langenlüdegge dieses Gespräch. »Bei der Gelecheheid überbrüfn Se dann die annern Nazis aa glei mid, gell!«

***

Josef Müller saß in der gut beheizten Küche an dem großen Tisch und nutzte die Gelegenheit, da seine Ehefrau und die Kinder den ganzen Tag über außer Haus sein würden, seine Pistole, eine Walther P38, zu reinigen. Er hatte ein großes Stück Wachstuch und darüber einen mit Waffenöl befleckten Wolllappen auf der blankgeputzten Tischplatte ausgebreitet, um mit den Metallteilen keine bösartigen Macken und mit dem Öl keine Flecken in dem Holz zu hinterlassen. Die drei Bauteile der zerlegten Handfeuerwaffe hatte er überschaubar darauf abgelegt. Josef Müller zog eine kleine, mit ein paar Tropfen Öl beträufelte Messingbürste mehrmals durch das schwarze Rohr und entölte es anschließend mit einem schmalen Streifen eines weichen Baumwolltuches, das er straff um die Messingbürste gewickelt hatte.

Müller hing gerade mal wieder seinen schweren Gedanken nach. Unterdessen führte er die einzelnen, ihm seit Jahrzehnten bekannten Handgriffe mehr oder weniger mechanisch durch.

Sollte er sich auf das Angebot, das ›Bimberle Wichdich‹ ihm unterbreitet hatte, wirklich einlassen? Er selbst würde nicht nur aus monetärer Sicht ein nützliches Geschäft machen, er hätte darüber hinaus einen Gegner, der ihm durchaus sehr gefährlich werden könnte, ausgeschaltet! Oder wollte Feser mit diesem Coup nur zwei lästige Fliegen mit einer Klappe schlagen? Zuzutrauen wäre es diesem listigen Fuchs jedenfalls! Wenn er erst einmal dem sauberen Herrn Professor das Gehirn aus dem Schädel gepustet haben würde, wäre der Intrigant ebenfalls einen gefährlichen Gegner los. Wenn es Adolf Feser aber obendrein auch noch gelänge, die Spur im Anschluss auf ihn zu lenken, wäre auch er ein für allemal aus dem Rennen! So eine gequirlte Scheiße! Was sollte er nur tun? Er wird sich den Vorschlag noch ein paar Mal durch den Kopf gehen lassen müssen, überlegte er, bevor er eine endgültige Entscheidung in dieser Sache fällen könnte.

Josef war so konzentriert am Werk, dass er noch nicht einmal mitbekommen hatte, dass die Wohnungstür geöffnet wurde. Er bemerkte erst, dass sich außer ihm noch irgendjemand in der Wohnung befand, als die Tür zur Küche deutlich hörbar geöffnet wurde.

»Was machst du da, Papa?«, wollte Fred neugierig wissen und besah sich die Einzelteile, die vor Josef Müller auf dem Tisch lagen. Als ihm aufging, um was es sich hierbei tatsächlich handelte, fragte er ängstlich nach: »Wo hast du denn bloß die Waffe her? Hast du die etwa gestohlen?« Sein Gesicht verlor nun deutlich an Farbe. »Was hast du mit der bloß vor? Du willst doch damit nicht etwa einen Menschen erschießen?«

»Jetzt red aber bloß keinen solchen Blödsinn daher, Fred!«, murrte sein Vater äußerst genervt. »Das ist selbstverständlich meine eigene Pistole. Die habe ich noch aus dem letzten Krieg, mein Junge! Ich hatte sie nur die ganze Zeit über versteckt.«

»Aber du warst doch gar nicht im Krieg, Papa. Du warst doch damals schwer krank und durftest daher gar nicht mit den Soldaten in den Krieg ziehen. Hast du das denn schon wieder vergessen? Opa hat dir das doch, wer weiß wie lange, immer wieder vorgeworfen!«

»Wer behauptet denn nur solche Unwahrheiten? Das ist doch alles vollständig aus der Luft gegriffen! Das ist schlichtweg gelogen, Fred! Solche Lügen über mich darfst du einfach nicht glauben!« Er hatte seinen Sohn mit seinen kräftigen Händen an den Schultern gepackt und bohrte ihm dabei seine Finger so fest ins

Fleisch, dass Fred schmerzhaft zusammenzuckte. »Hat dir das deine verlogene Mutter erzählt? Verbreitet die etwa diese bösartigen Lügen über mich?« Josef Müller war außer sich vor Zorn. Er schlug mit der rechten Hand, während er mit seiner linken noch immer Fred festhielt, so fest auf die Tischplatte, dass die Einzelteile der Waffe regelrecht in die Höhe geschleudert wurden. »Ich habe ebenso tapfer gekämpft wie alle anderen deutschen Männer auch! Glaube mir, mein Sohn!«

»Aua! Du tust mir weh!«, beschwerte sich der Junge bei seinem Vater und versuchte die verkrampften Finger zu öffnen, um die starken Schmerzen etwas zu lindern, was ihm allerdings nicht gelang. »Mama hat mir gar nichts gesagt. Sie erzählt mir ja überhaupt nichts aus jener Zeit! Sie macht sich nur sehr große Sorgen, dass du vielleicht eine große Dummheit machen könntest. Das ist dann aber auch schon alles. Opa erzählt mir genau so wenig. Ich mache mir ebenfalls ziemlich viele Gedanken um dich. Wie die anderen im Übrigen auch alle. Du stellst doch nichts an, Papa, oder? Bitte nicht!«

»Natürlich nicht! Wo denkst du bloß wieder hin, Fred?« Müller zog seinen Sohn blitzschnell zu sich herunter und presste ihn fest an seine breite Brust. Dann strich er ihm tröstend über die Haare. »Ich würde niemals etwas tun, was euch schaden könnte, das weißt du doch!«

»Gut, Papa. Kannst du mich dann bitte endlich wieder loslassen, du tust mir nämlich immer noch ganz gehörig weh! Ich bin doch kein Preisringer vom Jahrmarkt!«, lachte er, bereits wieder einigermaßen beruhigt.

***

Oskar Sturm war einer der Männer, deren Namen auf den in Fesers Wohnung gefundenen Schnellheftern stand. Es handelte sich bei dem Inhaber eines seit bereits drei Generationen im Familienbesitz befindlichen Fachgeschäftes für hochwertige Herrenoberbekleidung um einen etwa sechzigjährigen Mann. Der machte in seinem tadellos sitzenden Nadelstreifenanzug mit dem zurzeit hoch modernen breiten Revers einen integren Eindruck auf die Kommissare. Das gute Erscheinungsbild wurde auch durch seine mittelgroße, sehr füllige Statur nicht beeinträchtigt. Herr Sturm kam mit einem strahlenden Lächeln in seinem frisch rasierten Gesicht auf die beiden Kriminalbeamten zugelaufen. Er begrüßte die potentiellen Kunden freundlich und hielt seine zuvorkommende und ansprechende Art, auch noch, nachdem sich Sauerhammer und Hohner als Polizisten vorgestellt hatten, weiterhin aufrecht. Bekanntermaßen mussten sich auch Kriminalkommissare hin und wieder neu einkleiden, überlegte er.

»Was kann ich für Sie tun, meine Herrn?«, erkundigte er sich mit einer volltönenden Stimme dienstbeflissen nach ihren Wünschen. Unterdessen taxierte er die beiden schon einmal mit fachkundigem Blick hinsichtlich ihrer Konfektionsgröße.

»Können wir uns irgendwo ungestört miteinander unterhalten, Herr Sturm? Es geht bei unserem Besuch nicht unbedingt um ein Thema, das man in der Öffentlichkeit behandeln sollte.« Der Hauptkommissar musterte, solange er auf eine Antwort warten musste, den Ladenbesitzer von oben bis unten.

»Ich habe nicht das Geringste zu verbergen oder geheimzuhalten, wir können uns daher ruhig hier unterhalten«, erwiderte dieser verständnislos. »Ich kann doch den Laden nicht so einfach unbeaufsichtigt lassen.«

»Also gut, Herr Sturm, schließlich geht es ja um Ihre Vergangenheit. Speziell um Ihre Nazi-Vergangenheit und Ihre Mitgliedschaft in der deutschen Nat...«, wollte Hohner mit kräftiger Stimme dem Händler die erste Frage stellen.

»Um Gottes Willen, Herr Kommissar!«, fiel ihm dieser aber geradewegs wie ein aufgescheuchtes Huhn ins Wort. »Nicht so laut, bitte! Wenn das jetzt einer von meiner Kundschaft hört!« Er schüttelte, ängstlich um sich blickend und völlig verständnislos, den Kopf.

»Deshalb habe ich Sie doch eben gefragt, ob wir uns vielleicht irgendwo auch ungestört unterhalten könnten.« Nun war es an Fritz Sauerhammer, den Kopf zu schütteln und die Augen zu verdrehen.

»In meinem Büro. Bitte hier entlang, meine Herren«, gab ein eingeschüchterter Sturm die Richtung, in die seine Besucher gehen sollten, vor. Dann übertrug er einem seiner Angestellten die Aufsicht über den Verkaufsraum.

In dem kleinen Büro, oder besser gesagt, in dem kleinen Hinterzimmer direkt neben der Toilette angekommen, bot Sturm den Kriminalbeamten erst Platz, dann eine gute Tasse Kaffee an. Er fügte seiner Tasse einen großzügigen Schluck aus einer teuer aussehenden Cognacflasche hinzu, die Herren von der Kripo hatten aus nachvollziehbaren Gründen dankend abgelehnt.

»Was meinten Sie, als Sie sagten, es ginge um meine NS-Vergangenheit? Ich habe genau die Vergangenheit, die alle Deutschen meines Jahrgangs haben. Mir ist nicht bekannt, dass ich da aus der Reihe tanzen würde«, hakte er bei dem jungen Kommissar nach. Dann öffnete er langsam den mittleren Knopf seines Jacketts, damit es im Sitzen nicht zerknittert würde, und setzte sich hinter seinen schmalen Schreibtisch.

»Lassen Sie mich bitte so beginnen, Herr Sturm«, übernahm Sauerhammer, der neben seinem Kollegen an der gegenüberliegenden Seite des Schreibtisches saß, das Antworten. »Wir sind während einer laufenden Ermittlungsarbeit auf einen Aktenordner oder, sagen wir lieber, eine Art Dossier, über Sie gestoßen. Das gab uns den dringenden Anlass, uns in den vergangenen Tagen genauer mit Ihnen und Ihrer Vita zu beschäftigen.«

»Was wollen Sie gefunden haben, Herr Hauptkommissar? Und vor allem wo oder bei wem sind Sie fündig geworden?«

»Da Sie von mir wissen möchten, wo wir das problembehaftete Material über Sie sicherstellen konnten, gehe ich davon aus, dass Sie die Tatsache, dass es also tatsächlich welches gibt, erst gar nicht leugnen wollen? Wenn dem so ist, möchte ich Ihnen wärmstens empfehlen, offen mit uns zu reden und nichts zu verschweigen. Alles ist in diesem Fall wichtig, glauben Sie mir! Es ist nur zu Ihrem Besten, Herr Sturm.«

»Wenn man heutzutage jemandem etwas anhängen möchte, so geht das, falls es sich bei der Person nicht gerade um einen bekannten Nazi-Gegner handelt, doch relativ einfach, indem man in seiner Vergangenheit herumwühlt. Irgendein negatives Verhalten während der Zeit des Nationalsozialismus oder, noch besser, eine positive Einstellung gegenüber dem Nazi-Regime, finden Sie doch bei nahezu jedem deutschen Bürger. Wenn Sie nur lange und tief genug in dem braunen Morast wühlen! Unter der Voraussetzung natürlich, dass diese bedauernswerte Person das sehr große Pech hatte, diese grässliche Zeit überhaupt zu überleben.«

»Da mag vielleicht etwas Wahres dran sein, mein lieber Herr Sturm. Aber Sie werden mir recht geben, wenn ich behaupte, dass es bei manchen Mitmenschen einfacher wäre. Nämlich bei Menschen, die diesem Unrechtsstaat und dessen teuflischen Anführern blindlings hinterherliefen, und zwar nur, weil sie darin einen persönlichen Vorteil für sich erkannten, den es unbedingt auszunutzen galt!« Der Hauptkommissar legte eine kleine Pause ein, bevor er fortfuhr: »Gehörte dieses wunderschöne, architektonisch hoch interessante Haus nicht einer jüdischen Kaufmanns-Familie? Haben Sie es nicht Anfang der vierziger Jahre für einen Apfel und ein Ei übernommen, nachdem Sie diese armen Leute, die im übrigen eine große Konkurrenz für Ihr eigenes, aber eine ganze Ecke kleineres Geschäft darstellten, denunziert hatten?«, ereiferte sich Fritz Sauerhammer. »Wenn Sie jetzt nur ein klein wenig ehrlich zu sich selber sind, dann geben Sie zu, dass Sie zu jener Gruppe gehören, der man leicht etwas anhängen könnte.«

»Das ist nicht wahr! Das ist alles gelogen! Was reden Sie da nur für einen Blödsinn daher?« Der Geschäftsinhaber, der inzwischen jegliche Contenance verloren zu haben schien, nahm abwechselnd erst eine dunkelrote und dann eine kalkweiße Gesichtsfarbe an. »Was wollen Sie überhaupt von mir? Ich bin mir keiner Schuld bewusst! Überhaupt gar keiner!«, stammelte er mehr, als er sprach. »Der Kauf des Hauses war in vollem Umfang rechtmäßig! Beglaubigt und beurkundet! Das kann man mir doch heute nicht mehr vorwerfen!«

»Das behaupten leider alle, die zu jener Zeit sehr günstig an sehr wertvolle Immobilien gekommen sind!«, hielt Kommissar Hohner ihm vor. »Wir wollen aber trotzdem mit Ihnen ausschließlich über diese unsägliche Zeit reden und Sie vor Schaden bewahren. Weil in einem Rechtsstaat, wie der unsrige endlich einer ist, nun mal auch Leute wie Sie ein Recht auf Polizeischutz haben.«

»Wegen wem oder wegen was sollte ich mir, Ihrer Meinung nach, denn bloß Gedanken machen? Oder sogar Sorgen? Es sei denn um meinen guten Ruf, den Sie allem Anschein nach mit aller Gewalt zerstören wollen! Wie ich Ihnen doch bereits sagte, ich habe mir auch nicht das Geringste vorzuwerfen! Ich bin und ich war immer ein gesetzestreuer Mitbürger!«, echauffierte sich Sturm.

»Nun, Herr Sturm«, gab ihm Fritz Sauerhammer zu bedenken, »der Mann, in dessen Wohnung wir den Ordner mit Ihren Unterlagen gefunden haben, wurde erschossen. Nun stellt sich uns die Frage, ob auch Sie sich in Gefahr befinden, Ihr Leben schneller zu beenden, als Sie es vielleicht selbst geplant haben? Was denken Sie, ist das ein ausreichender Grund, sich Sorgen zu machen?«

»Letzte Frage an Sie, Herr Sturm, kennen Sie möglicherweise einen gewissen Professor Michelberger?«, legte Hohner noch einen nach.

***

Fred spielte an diesem trüben, kalten Nachmittag mit einigen Freunden im Hof des Wohnblocks, in dem die Kinder lebten. Sie hatten den in der vergangenen Nacht frisch gefallenen Schnee dazu benutzt, einen großen Schneemann zu bauen. Rainer hatte ihm einen alten, völlig zerbeulten Kochtopf, den er von seiner Oma einzig für ihr Schneekunstwerk bekommen hatten, leicht schräg auf den Kopf gesetzt, was ihm ein recht verwegenes Aussehen verlieh. Helmut hatte seinen dunkelroten Wollschal, den seine große Schwester für ihn gestrickt und ihm zum letzten Weihnachtsfest zum Geschenk gemacht hatte, locker um den Hals des Schneemanns geschlungen. »Damid der sich bei dem Sauwedder bloß ned aa no verkäld!«, hatte er gewitzelt. Fred hatte ein paar schwarze Eierkohlen aus dem Kohlenkeller seiner Eltern stibitzt, mit denen er wie ein echter Künstler den Mund und die beiden Augen des weißen Mannes gestaltete.

»Jetzt bräuchten wir nur noch vier von den Eierkohlen für die Mantelknöpfe und irgendetwas, das man als Nase hernehmen könnte«, stellte Fred fest und besah sich ihr gemeinsames künstlerisches Meisterwerk mit überaus zufriedenem Gesichtsausdruck.

»Da kümmer ii mi drum, mir fälld da scho was ei«, rief die Bärbel begeistert und rannte auch schon mit großen Schritten davon.

Die Zeit, die sie brauchte, um die fehlenden Sachen zu besorgen, nutzten die Jungs, um ihrem Werk den letzten Schliff zu verpassen. Das Mädchen brachte mehrere zerbrochene Brikettstücke mit, aus denen sie die passendsten für die benötigten Knöpfe aussortierten. Außerdem hatte sie ein langes Wäscheseil dabei, das nun als Gürtel zum Einsatz kam.

»Jedzd fehld em ja bloß no die gelbe Rübe für sei Nas«, stellte Rainer fest. Er kramte umständlich in seinen Hosentaschen herum und holte plötzlich eine große Karotte hervor. Feierlich steckte er diese nun dem Schneemann mitten ins Gesicht. »Ferdich iss er!«

»Die is abba ganz schö groß für dem sein glenne Kopf, odder ned?«, stellte Helmut fest, nachdem er das Gebilde fachmännisch, unter Zuhilfenahme seiner Finger, die er sich in verschiedenen Variationen vor die Augen hielt, um herauszufinden, ob die Perspektive stimmte, unter die Lupe genommen hatte.

»Schdimmd«, pflichtete Bärbel ihm überzeugt bei und nahm kurzerhand die große Möhre an sich, um sie gegen eine kleinere, die sie ebenfalls zu Hause hatte mitgehen lassen, auszutauschen. Diese platzierte sie, leise kichernd, annähernd in der Körpermitte des Kunstwerks. Lachend sagte sie, während sie einen hoch roten Kopf bekam: »Des iss doch schließlich ä Schneemoo, gell!? Un kee so ä klenner Schneebub, wie ihr no alleweil welche seid!« Sie konnte sich vor Lachen kaum noch beruhigen, was die drei Jungs sofort veranlasste, lautstark zu protestieren.

Rainer drehte die Mohrrübe umgehend so, dass sie steil gen Himmel gerichtet war. »Der freud sich scho ganz doll uff sei Schneefraa!«, prustete er nun vor Lachen. Die Stimmung wurde mit einem Schlag ausgelassener und die Buben machten erste anzügliche Bemerkungen, das andere Geschlecht betreffend. Es dauerte nicht lange und es entstand eine Schneeballschlacht, bei der es in erster Linie darum ging, Bärbel mit Schnee einzuseifen. Beziehungsweise sich mit ihr im Schnee herumzuwälzen und sich fest an ihren weichen Körper zu drücken.

Der alte Fridolin Salzmann, aus dem zweiten Stock der Hausnummer 23, der mit der Silberplatte in seinem Schädel, ein Überbleibsel des Bombenangriffs auf Würzburg am 16. März 1945, riss jählings sein Küchenfenster auf. Er beschimpfte die Kinder auf das Allerübelste, da sie sich wieder einmal nicht an die vorgeschriebene Mittagsruhe hielten. Außerdem sollten sie sich schämen, ein derart unsittliches Gehabe an den Tag zu legen. In ihrem Alter! So etwas hätte es zu seiner Zeit nicht gegeben, da hätte man solche wie sie schneller weggeschlossen, als sie hätten schauen können! Das alles schien die spielenden Kinder jedoch nicht allzu sehr zu interessieren. Salzmann griff aus diesem Grund zu seiner Allzweckwaffe. Er bewarf den verdorbenen Nachwuchs seiner durch und durch verkommenen Nachbarn mit einzelnen Eierkohlen. Allerdings waren die rotglühend, da er sie, einzig und allein zu diesem Zweck, aus seinem Kohleherd geholt hatte.

***

Februar 1940

Beinahe hätte er die beiden Gestalten, die bei heftigem Schneetreiben und zu vorgerückter Stunde das Offizierskasino verlassen hatten, nicht bemerkt. Die Männer blieben vor dem überdachten Eingang stehen und der größere der beiden kramte umständlich eine Packung Zigaretten aus einer Brusttasche seiner SS-Uniformjacke hervor. Er pulte sich mit schlotterigen Fingern einen Glimmstängel heraus und bot seinem Gegenüber auch einen an, den der auch dankend annahm. Beim dritten Versuch schafften sie es, sich die Zigaretten an einem Streichholz, das der Größere mühsam aus der Hosentasche hervorgeholt hatte, anzuzünden. Dann sah es so aus, als würden sie sich angeregt über irgendetwas unterhalten. Plötzlich erhob der Hüne jedoch seine Stimme. Er schrie laut auf den überrascht dreinschauenden Mann ein, während er ihn an der Uniformjacke packte und heftig schüttelte.

Da wurde die Tür des Kasinos von innen geöffnet, einige Gäste traten heraus und machten sich auf ihren Nachhauseweg. Sie zogen, da sie urplötzlich mit der im Freien herrschenden Kälte konfrontiert wurden, ihre Mäntel enger um sich und die Mützen tiefer ins Gesicht, während sie beschwingt und Witze reißend, die Treppe hinunter auf die Straße liefen, wo sich dann ihre dunklen Schatten in der finsteren Nacht nach und nach auflösten. Diese abrupte Störung nutzte der Angegriffene, um sich ebenfalls zu entfernen.

Feser betrachtete den Uniformierten, der nun leicht schwankend allein auf dem Treppenabsatz stand, eine kurze Weile. Er nahm verwundert wahr, wie der auf einmal wild gestikulierend, Selbstgespräche zu führen schien. Dann stakste er mit unsicherem Schritt die Treppe hinunter und machte sich auf den Weg, um endlich in sein Bett und zu einer Mütze Schlaf zu kommen. Der Feldwebel folgte ihm mit einem geringen Abstand. Nach nur einigen Metern stürzte der augenscheinlich betrunkene Offizier der SS das erste Mal über seine eigenen Füße. In diesem Moment schien es ihn noch köstlich zu amüsieren. Nachdem er aber auf den nächsten einhundert Metern noch viermal zu Boden gegangen war und sich die eine oder andere schmerzhafte Blessur zugezogen hatte, blieb er leise vor sich hin wimmernd einfach im kalten Schnee liegen.

Der Wehrmachtsangehörige überlegte nicht erst lange, sondern ergriff die Chance, die sich ihm hier unverhofft bot. Er griff dem SS-Offizier unter beide Achseln und zog ihn unter größten Anstrengungen halbwegs wieder auf die Beine. Dann stütze er ihn, damit er nicht noch einmal ausrutschen und sich am Ende noch ernsthaft verletzen würde. Es gelang ihm, den Betrunkenen zu dessen Unterkunft zu bugsieren. Den Türschlüssel hatte Feser schnell in einer der Hosentaschen gefunden. Nachdem er die Tür hinter sich ins Schloss gedrückt hatte, ließ er den hilflosen Mann einfach los, der mit einem lauten Aufschrei zu Boden krachte.

Als der Mann sich nicht mehr rührte, sah Feser besorgt nach, ob er noch am Leben war. Was Gott sei Dank der Fall war! Das wäre seinem Plan äußerst abträglich gewesen, wenn der Scheißkerl hier und heute überraschend das Zeitliche gesegnet hätte! Was er jedoch auf jeden Fall mehr als verdient hätte!

Es fiel ihm nicht leicht, den großen schweren Mann auf das Bett zu wuchten, aber unter Aufbietung seiner gesamten Kräfte, gelang es ihm doch. Mittels ein paar Lederriemen, die er auf einer Kommode im Schlafzimmer gefunden hatte, fixierte Feser ihn an dem Bettgestell.

Der Feldwebel, der wegen der immensen körperlichen Anstrengung völlig durchgeschwitzt war, setzte sich an Michelbergers Schreibtisch und machte eine ausgiebige Verschnaufpause. Dass sich dieser schnell von seinem Rausch erholen und aufwachen würde, war eher nicht zu befürchten. Außerdem stand auf dem kleinen Servierwagen neben Michelbergers Bett eine fast volle Flasche Calvados. Die würde ihm Feser, abzüglich eines Glases natürlich, das er selbst trinken würde, notfalls auch noch einflößen. Er hatte also alle Zeit der Welt, sich sorgsam umzusehen und sich in aller Gemütsruhe seine weiteren Schritte sorgfältig zu überlegen.

7. Kapitel
Januar 1959, Donnerstag

Die junge Frau Beil saß in äußert bemitleidenswertem Zustand und völlig eingesunken wie ein Häufchen Elend in einem der bequemen Sessel im Wohnzimmer ihrer Mutter. Sie trug über ihrem warmen Nachthemd einen dick wattierten, rosafarbenen Morgenmantel, der einen Kragen aus Webpelz hatte. An den Füßen hatte sie die hierzu passenden Pantoffeln. Den Hals wärmte ein kunstvoll bemalter Seidenschal. Ihre im Übrigen doch sehr zierliche Nase war durch das ständige Schneuzen jedoch ansehnlich gerötet und obendrein auch dick angeschwollen. Selbst ihre blauen Augen tränten in einer Tour und hatten momentan einen fiebrigen Glanz. Ihre Haare hatten so gar nichts mehr mit Marilyn Monroe zu tun und klebten stumpf und fettig an ihrem Kopf. Sogar ihre erotisch rauchige Stimme war im Augenblick nur noch ein sehr schwaches Krächzen. Kurz gesagt, sie bot den Herren Kommissaren keinen erbaulichen Anblick.

»Falls es Ihnen heute Morgen zu anstrengend ist, sich mit uns zu unterhalten, Frau Beil, kommen wir selbstverständlich ein anderes Mal wieder auf Sie zu«, schlug Hauptkommissar Sauerhammer, der mit Kommissar Müller-Seefried auf dem gut gepolsterten Sofa saß, vor. »Sie scheinen, verzeihen Sie mir bitte diese Ausdrucksweise, nicht ganz auf dem Damm zu sein.«

»Nein danke, das ist sehr lieb von Ihnen, aber es geht schon. Das heißt, wenn Sie mich überhaupt verstehen«, wendete sie nun leise ein. »Ich höre mich so an, als hätte ich die komplette Nacht fürchterlich einen drauf gemacht. Was müssen Sie nur von mir denken, meine Herrn?«

»Nur das Beste, Frau Beil, nur das Allerbeste«, grinste Müller-Seefried sie an. »Wir machen es auch bestimmt ganz kurz. Also, die Sache ist die, dass wir uns nicht ganz erklären können, woher der Wohlstand kommt, in dem Sie und Ihre Frau Mutter hier leben. Wenn Sie uns da vielleicht freundlicherweise ein wenig weiterhelfen könnten.«

»Ich verstehe Sie nicht richtig«, kam es nur schwer verständlich von ihr. »Was meinen Sie genau mit ›Wohlstand‹?«

»Nun, Frau Beil«, übernahm der Hauptkommissar das Wort. »Es beginnt mit Ihrer eleganten Kleidung und dem hochwertigen Schmuck, den Sie und Ihre Frau Mutter tragen. Selbst so krank, wie Sie heute sind, strahlen Sie eine luxuriöse Atmosphäre aus, wenn ich das anmerken darf. Ein weiteres Beispiel wären die sehr hochwertigen Möbel und die teuren Teppiche oder natürlich auch die vielen Bilder, die hier an der Wand hängen. Alles sehr geschmackvoll, modern und kostspielig, wie ich sicherlich zu recht vermute. Wie können Sie sich das nur leisten? Ihre Mutter verdient nicht gerade ein Vermögen als Bäckereiverkäuferin. Da stimmen Sie mir doch sicherlich vollkommen zu?«

Die augenscheinlich sehr leidende Frau nickte zaghaft, fast schon ein wenig widerstrebend.

»Sie sind eine alleinerziehende Mutter und bekommen auch nicht die Welt, so als Künstlerin. Wir haben uns natürlich dahingehend kundig gemacht. Selbst wenn ich jetzt das sicherlich reichlich sprudelnde Trinkgeld, das eine so attraktive und talentierte Tänzerin, wie Sie ja eine sind, erhalten wird, mit einrechne, erschließt sich mir Ihre Prosperität nicht wirklich.«

»Wie Sie bereits selbst sagten, ist mein Trinkgeld, verglichen mit dem der anderen Tänzerinnen, enorm hoch. Und gemeinsam mit meinem Lohn kommt da schon ein ganz ordentlicher Betrag zusammen. Obendrein dürfen Sie auf gar keinen Fall vergessen, dass mich mein lieber Onkel auch finanziell unterstützt«, erklärte die junge Frau den Kriminalern. »Unterstützte!«

»Was längst nicht ausreichend ist, allein Ihren Lebenswandel zu ermöglichen! Einmal ganz davon abgesehen, welche Summen Sie allein für Ihren goldigen Robert in diversen Spielwaren- und Bekleidungsgeschäften ausgeben. Haben wir also noch den Lohn Ihrer verehrten Frau Mutter aus ihrer Beschäftigung als Bäckereiverkäuferin. Was glauben Sie, wenn Sie sich in diesem Zimmer so umsehen: Stehen die Einnahmen, die Ihnen beiden gemeinsam zur Verfügung stehen, und der aufwändig gepflegte Lebensstil, den Sie beide beinahe schon zelebrieren, tatsächlich im Einklang miteinander?« Fritz Sauerhammer machte ein Gesicht, als würde er berechtigte Zweifel daran hegen.

Erika Beil zuckte mühselig mit den schmalen Schultern. »Meine Mutter ist eine sehr gute Haushälterin. Sie spart wahrscheinlich an anderen Stellen, denke ich mir. Ansonsten müssten Sie tatsächlich noch einmal wiederkommen, wenn auch sie anwesend ist. Sie kann Ihnen das bestimmt schneller und viel genauer erklären als ich.« Sie ließ einen gequälten Seufzer hören, der die Herren daran erinnern sollte, dass sie leider gesundheitlich nicht auf dem Damm war.

»Hinzu kommt dann noch«, fügte Müller-Seefried an, »dass Sie hier nicht zur Miete wohnen.«

»Na also, habe ich es Ihnen nicht gesagt? Da spart meine Mutter das Geld, das Sie dann für andere Dinge ausgeben kann.«

»Es handelt sich hier um eine Eigentumswohnung, verehrte Frau Beil, die auf Ihren Namen eingetragen ist. Die durchaus imposante Kaufsumme wurde, wie uns glaubhaft versichert wurde, auf einen Schlag und in bar beglichen. Wie sind Sie nur an so viel Geld gekommen? Das interessiert uns am meisten«, schoss der ältere der Kommissare punktgenau einen weiteren Pfeil ab.

»Davon habe ich überhaupt keine Ahnung. Es ist wirklich besser, wenn Sie sich heute Abend noch einmal melden. Kurz nach 18.00 Uhr ist meine Mutter wieder zu Hause. Sie hat bekanntlich keinen weiten Nachhauseweg. Sie wird Sie sicherlich besser über alles aufklären können, als ich dazu in der Lage bin. Außerdem habe ich jetzt leider das Gefühl, dass mein Fieber wieder gestiegen ist. Mir wird nichts anderes übrig bleiben, als mich stante pede wieder ins Bett zu legen, fürchte ich. Das werden Sie doch bestimmt verstehen, oder?« Zum Zeichen, dass das Gespräch zu diesem Zeitpunkt für sie beendet war, stand Erika Beil auf und ging Richtung Haustür, wo sie die Herren verabschiedete.

***

»Liegt dieser Faulenzer am Ende immer noch im Bett? Hat der denn gar nichts zu tun? Ich dachte, der hat einen einträglichen

Auftrag an Land gezogen! Muss er sich denn da nicht drum kümmern, oder macht sich beim Herrn Leichtfuß die Arbeit von alleine?« Der alte Herr Hörner sah seine Tochter ärgerlich an.

»Macht er doch auch, Vater. Aber in der alten Villa in der Silcherstraße ist es eiskalt, weil sie die Heizung noch immer nicht richtig zum Laufen bringen konnten. Er arbeitet täglich zehn Stunden in dieser Kälte. Er kann einfach nicht mehr. Er muss jetzt unbedingt einmal eine Pause einlegen. Das musst du doch verstehen, Vater!« Elisabeth Müller saß mit trauriger Miene auf dem Sofa ihres Wohnzimmers. In ihren zitternden Händen hielt sie ein nass geweintes Taschentuch. »Er hat es ja auch bald geschafft. Der Wagner und selbst der Herr Professor sind von seiner Arbeit mehr als beeindruckt. Ich glaube, dass er in absehbarer Zeit weitere Aufträge von Herrn Wagner bekommen wird. Dann ist bald alles wieder gut!«, sprach sie sich selbst Mut zu.

»Ach, Lisbeth, sei doch bitte nicht so naiv, das zu glauben. Gar nichts wird sich ändern. Es ist doch immer wieder dasselbe mit ihm. Kurzfristig bäumt er sich auf und alle denken, jetzt hat er es endlich geschafft. Dann dauert es aber nicht lange und er fällt in sein altes Muster zurück. Erst beginnt er wieder zu saufen. Dann hat er irgendwo eine Hure aufgetan, mit der er das letzte bisschen Geld durchbringt. Im Anschluss kommt der große Katzenjammer und er wird auf einmal tief gläubig. Oder er fällt ins andere Extrem und er wünscht sich den Adolf zurück. Seinen persönlichen Heilsbringer! Du weißt doch ganz genau, dass die ihn selber, nachdem er damals in Polen so ausgerastet ist, in ein KZ gebracht haben und auch nicht gezögert hätten, ihn ganz schnell aufzuknüpfen! So waren die, seine guten Freunde von der Partei und von der SS!«

»Das ist doch alles längst vorbei! Hitler und seine NSDAP gibt es doch schon lange nicht mehr! Er braucht nur noch etwas Zeit. Bitte, Vater!«

»Nichts da! Wenn der die nächsten Tage nicht, wie besprochen, zu Doktor Schmiedbauer in die Praxis geht und sich von ihm gründlich untersuchen lässt, kann ich nichts mehr für euch tun! Elisabeth, ich will doch nur dein Bestes! Es geht nicht mehr so weiter! Er braucht professionelle Hilfe, das musst du doch einsehen! Und zwar ganz schnell!«

Die Zimmertür öffnete sich und Josef Müller kam herein. Bekleidet war er nur mit einer weiß-blau gestreiften Schlafanzughose und einem Unterhemd. Er sah zum Erbarmen aus. Ein dünner Schweißfilm stand auf seinem farblosen Gesicht und seine Augen glänzten fiebrig. Mit heißerer Stimme sagte er: »Na, geliebter Schwiegervater, bist du wieder einmal zum Stänkern hergekommen? Hetzt du meine geliebte Ehefrau schon wieder gegen mich auf? Mit meinem Sohn wirst du heute aber kein Glück haben, der ist nämlich nicht zu Hause.«

»Josef, ich bitte dich. Vater ist nur gekommen, um uns zu helfen. Um auch dir zu helfen! Sieh dich doch nur an! Du bist krank, Josef, du brauchst einen Arzt! Ohne medizinische Hilfe kannst du nicht mehr weiter arbeiten! Wovon sollen wir dann bloß leben und die Miete bezahlen? Das musst du doch verstehen!«

»Ich weiß, Lisbeth, ich weiß. Aber nicht den Schmiedbauer. Den ganz gewiss nicht! Der letzte Doktor, der mir, laut deinem Vater hatte helfen sollen, war dieser Michelberger, dieser Irrenarzt. Inwiefern mir der geholfen hat, habt ihr ja am eigenen Leib erfahren! Außerdem soll dein feiner Herr Vater jetzt ein für alle Mal damit aufhören, unserem Fred diese Lügengeschichten über mich aus dem Krieg zu erzählen! Was soll das arme Kind von seinem Vater halten, wenn es ständig solch einen Mist vorgesetzt bekommt? Wo soll da der Respekt herkommen, den ein Sohn seinem Vater gegenüber schuldig ist?«

»Glaubst du wirklich, er hätte mehr Respekt vor dir, wenn ich ihm von deinen Heldentaten als Säufer und Hurenbock erzählen würde? Das kann ich gerne für dich tun, Josef. Aber beschwere dich dann ja nicht bei mir, wenn es hinterher nicht so ausgeht, wie du es dir vorgestellt hast!«

»Schon wieder solche intriganten und haltlosen Lügen über mich! Wie lange soll das denn noch so weitergehen, frage ich dich? Ist das die Art Hilfe, die du mir zuteil werden lassen willst?« Müller war inzwischen außer sich vor Wut.

»Das sind nichts als Tatsachen, mein geliebter Josef! Ich habe dich doch mit meinen eigenen Augen gesehen, bei deinen amourösen Eskapaden! Ich will dir jetzt einmal sagen ...!«, hielt ihm der alte Mann vor.

»Ach, bespitzelst du mich seit Neuestem auch noch? Ist ja fast schon wie früher! Was willst du denn alles beobachtet haben?«, unterbrach Josef seinen Schwiegervater unwirsch.

»Deine verfluchte Geliebte und ihren Bankert!«, schrie der ihn darauf hin an. »Willst du wirklich allen Ernstes immer noch leugnen, dass du es mit deiner ehelichen Treue nicht immer so ganz genau nimmst?«

»Na und?«, erwiderte Josef, der kurzfristig die Fassung zu verlieren schien. »Wenn deine Angetraute nicht mehr mit dir verkehren will, im Bett meine ich damit, dann musst du eben sehen, wie du dich behilfst. Das steht mir zu!«

»Wenn du nicht auf der Stelle damit aufhörst und nicht schnellstens Doktor Schmiedbauer konsultierst, wirst du mich noch kennenlernen! Auf eine ganz neue Art und Weise, das schwöre ich dir, du elender Sauhund! Ich lasse doch mein einziges Kind nicht von dir fertig machen! Von dir nicht, das schwöre ich dir, bei allem, was mir heilig ist!«

»Wenn du nicht gleich dein großes Maul hältst und dich davon machst, dann wirst du mich kennenlernen!« Müller wies mit ausgestrecktem Arm und vor Wut verzerrtem Gesicht in Richtung Tür. »Und wenn es das Letzte ist, was ich in diesem Leben noch tun werde! Das schwöre ich dir!«

***

Conny Zimmermann sah verständnislos auf die beiden Kriminalbeamten herab, die an einem der kleineren Tische Platz genommen hatten. »Ja, wie schaudsn jedzd aus? Wollder endlich was zum Dringe und zum Esse beschdell, odder no immer ned?«

»Herr Zimmermann, eine Information hätten wir gerne von Ihnen. Aber das sagte gerade eben mein Kollege schon. Nehmen Sie doch bitte einen Moment bei uns Platz und beantworten Sie liebenswürdigerweise unsere Fr...«, probierte es Sauerhammer, da der bärbeißige Gastwirt der kleinen, heruntergekommenen Eckkneipe offensichtlich noch immer nicht richtig verstanden hatte, worum es bei ihrem Besuch in erster Linie ging.

»Was gläbdn ihr eichendlich, was des hier sei soll?«, fiel ihm Zimmermann ins Wort. Dabei machte er eine weit ausladende Bewegung mit seinem rechten Arm. Da der unrasierte Mann das blau karierte Baumwollhemd, das er trug, wegen der starken Hitze, die der bullernde Kanonenofen ausstrahlte, weit nach oben gekrempelt hatte, war seine stark entwickelte Armmuskulatur deutlich zu erkennen. Außerdem hatte er an jedem seiner beiden Unterarme eine auffällige Tätowierung. »Ä Wärmeschdube für so Hungerleider, wie ihr welche seid, vielleichd? Odda ä Obdachloseasül für heimadlose Karusellbremser?« Er zog abwechselnd seine pechschwarzen, buschigen Augenbrauen hoch, was ihn noch gefährlicher aussehen ließ. »Endweder ihr beschdelld jedzd was bei mir, und zwar uffn schnellsde Wech, odder ii bagg euch an euerm Grawärdle un schmeiß ...«, drohte Zimmermann und wies grimmig dreinschauend mit dem Kopf gen Ausgang.

Kriminalassistent Peter Hohner kam blitzschnell auf die Beine, wobei er unbeabsichtigt den schweren Holztisch mit seinen gut trainierten Oberschenkeln so heftig beiseite schob, dass ein weiterer rustikaler Stuhl, der zu dieser Tischgarnitur gehörte, polternd zu Boden fiel.

»Was passiert sonst, Herr Zimmermann? Wollen Sie sich gegebenenfalls mit zwei Polizeibeamten gleichzeitig anlegen?« Der junge Mann fixierte den sich ihm gegenüber befindlichen Kneipier mit seinen eisgrauen Augen. Für eine Weile starrten sie sich gegenseitig wutschnaubend an. Der Hauptkommissar überlegte vorab, wer wohl den ersten Schlag austeilen würde. Dann hob der Muskelmann überraschend langsam den Stuhl auf und stellte ihn an seinen angestammten Platz zurück. Er ging mit lockerem Schritt zu der kleinen Theke und holte von dort drei Flaschen Bier. Zwei davon stellte er vor die Beamten auf den Tisch. Die dritte behielt er für sich zurück. Durch einen kräftigen Schlag mit seiner Handkante gegen einen der seitlich an der Flasche angebrachten

Drahtbügel des Flaschenverschlusses, öffnete der sich mit einem weithin hörbaren Plopp.

»Nix für unguud, die Herrn Griminaler«, vollführte er eine Kursänderung um 180 Grad. »Gehd aufs Haus. Brosd!« Zimmermann zog sich den dritten Stuhl zurecht und setzte sich mit an den Tisch. »Also, um was isses Ihne grad genau gange, hamse gsachd?«

Bevor der junge Hohner wegen des Alkohols im Dienst lang und breit lamentieren konnte, hatte auch Fritz Sauerhammer eine Flasche Bier der Marke Bürgerbräu, die ihr Brauereigelände am Ende der Frankfurter Straße hier in der Zellerau hatten, geöffnet und nahm einen großen Schluck zu sich. Er wischte sich genüsslich den weißen Schaum von seinen Lippen, dann lehnte er sich zufrieden zurück. »Prost, Hohner, lassen Sie es sich auch schmecken!«

»Bier, Herr Hauptkommissar, obendrein auch noch Bürgerbräu! Ich als ein waschechter Unterfranke bevorzuge dann doch lieber ein anständiges Viertele vom hiesigen Wein! So, wie sich das gehört!«

»Brosd!«, rief der Wirt und stieß mit seiner gegen Hohners grüne Flasche. »Ä indelligender Würzburcher had ämal zu mir gsachd, äm gschengde Gaul, schaud mer ned neis Maul! Also, hau wech die Brüh! Außerdem bisd du im Läbe kee waschechder Unnerfrange, sonsd würdsd ja aa ned ›Franken‹ sach!«

»Nachdem wir das nun geklärt haben, können wir uns jetzt vielleicht endlich unseren Fragen zuwenden, Herr Zimmermann«, eröffnete der Hauptkommissar die Befragung. »Sie waren im Dritten Reich Mitglied der NSDAP. Sie wurden im Laufe der Entnazifizierung als, sagen wir einmal, unbedeutender Mitläufer eingestuft und zu einer empfindlichen Geldstrafe verurteilt. Außerdem war es Ihnen untersagt, für einen längeren Zeitraum ein politisches Amt zu bekleiden.«

»Die Geldbuse hab ii aa glei an Ord un Schdelle begliche un des Verbood, mi boliddisch zu bedädiche, hab ii aa eighalde. Obwohl ii dadurch in erhöhdem Maß in meinerer Eggsisdäns gfährded war! Ii wüssd also wirglich ned, was die Gribbo diesbezüchlich vo mir nur wolle könnd! Ä unbescholdne Berson bin ii! Außerdem behaubd ii no ned emal mehr, dass des alles ganz anners gloffe wär, hädde mer den Griech nur gwonne! Un ned die Alleierde! Im Rechd iss immer der Gwinner, nie der Verlierer bei so enerer Sach! War scho immer so. Ii hald abba besser scho mai Maul, sonsd gibds bloß widder ä saffdiche Geldbuse!«

»Da haben Sie vollkommen recht. Dieses Kapitel ist hoffentlich ein für alle Mal beendet. Es geht uns auch mehr um die Zeit danach, Herr Zimmermann. Sie sind Mitglied der DRP, wie wir wissen«, fuhr Sauerhammer fort.

»Was no lang ned verboode iss! Gans im Gechedeil, wenn mer sich emal die Zahle der viele neue Badeimidglieder so aschaud! Irchndenner muss denne Schaumschlächer un Dampfblauderer da obe in Bonn doch emal sach, wo der Bardel sein Moschd hold!«

»Das wollen wir hier und heute mit Ihnen gar nicht erst weiter vertiefen. Uns geht es momentan einzig und allein darum, Sie zu beschützen.« Der erfahrene Kriminaler legte eine Kunstpause ein.

»Mich? Beschüdz? Seh ii aus, als ob mer mich beschüdz müssd?«, reagierte der Befragte auch sofort. »Vor was nur, odder vor wem?« Conny Zimmermann blickte mit verwirrtem Gesichtsausdruck von einem zum anderen. »Glaube Se wirglich, dass ii vo irchndwas Angsd hab könnd?« Er lehnte sich auf dem Stuhl zurück, wobei er alle Muskeln seines athletischen Oberkörpers spielen ließ.

»Von wem wurden oder werden Sie erpresst, Herr Zimmermann?«, stellte nun Hohner eine weitere Frage an den Wirt. »Mit uns können Sie darüber ganz offen sprechen!«

Zimmermann verlor wahrhaftig kurzzeitig seine Haltung. »Woher …? Wie komme Se nur uff so was? Bloß weil ii mai Kneibe hier in der Zellerau hab, muss ii do ned glei erbressd wär! Es wohnd doch ned nur Bagasch hier. Dess is aa so ä dumms Gschmarr! Die schlimmsde Verbrecher hause doch obe im Fraueland oder im Schdeinbachdal!«, hatte er gerade noch so die Kurve erwischt.

»Wir haben im Laufe einer Tötungsermittlung eine akribisch geführte Akte über Sie und einige andere Personen sicherstellen können, Herr Zimmermann! Alles ehemalige NSDAP-Mitglieder oder SS-Angehörige. Derjenige, bei dem wir dies bezüglich fündig wurden, war das bedauernswerte Mordopfer!«, war nun Sauerhammer wieder an der Reihe, verbal noch einen drauf zu legen.

»Es ›Bimberle Wichdich‹, die alde Dreggsau, nadürlich! Wer denn aa sonsd, wenn ned der? Der wär aa über Leiche gange! Wär der fei wirglich, nur um an sei Ziel zu komme!«, polterte Zimmermann lautstark.

»Bei Herrn Feser handelt es sich um das Mordopfer. In welcher Beziehung stehen oder standen Sie eigentlich zu Herrn Professor Doktor Michelberger?«, überraschte nun der junge Kriminalassistent wie aus heiterem Himmel Conny Zimmermann.

»Wann haben Sie ihn kennengelernt? Und wann war das genau? Überlegen Sie jetzt bitte äußerst konzentriert. Das ist für die weiteren Ermittlungen extrem wichtig! Verstehen Sie mich, Herr Zimmermann?« Mit dieser Frage hatte der Chefermittler nun endgültig den völlig deppert dreinschauenden Gastwirt von seinem hohen Sockel gestoßen.

***

Fred und Bärbel saßen gemeinsam auf einem der Treppenabsätze vor Bärbels Wohnungstür. Sie hatte ihren Wohnungsschlüssel, den sie sich sonst immer an einem roten Band um den Hals hängte, vorhin beim Weggehen wahrscheinlich drinnen liegen lassen. Jetzt standen sie deswegen vor verschlossener Tür. Die beiden waren den ganzen Weg, den sie gegangen waren, noch einmal abgelaufen. Der Schlüssel blieb leider unauffindbar.

»Komm doch mit zu mir nach Hause. Später, wenn deine Mutti wieder von ihrer Arbeit zurück ist, begleite ich dich und sage ihr, dass du nicht gebummelt hast, sondern, dass du einfach nicht hineingekommen bist.«

»Abba ii muss do no des ganze Gschirr abschbül un den Müllemmer nunner drach«, jammerte sie auf einmal los. »Dess schaff ii dann abba nimmer, bis der Baba vo seiner Ärbd hemm kommd! Un dann gibds widder nix wie Äecher. So ä verdammder Scheibngleisder abba aa!« Eine erste Träne lief ihr über ihre blasse Wange.

»Ich helfe dir natürlich auch bei deiner Hausarbeit. Ich lass doch meine Bärbl nicht hängen!«, beruhigte der gute Junge seine kleine Freundin und strich ihr beruhigend über die Haare.

»Ächd jedzd? Dess würdsd du für mi mach, Fred?« Das Mädchen sah ihn mit großen, feuchten Augen verwundert an.

»Jetzt sag bloß keinen solchen Unsinn, wie ›Des had fei no kee Moo für mii gmachd!‹« Fred äffte sie nach und lachte herzlich über seinen eigenen Witz, während Bärbel strahlte, wie ein Honigkuchenpferd.

»Dann hasd bei mer aa än Wunsch frei! Ganz egal, was es iss! Ii erfüll dern! Ganz großes Indianerehrnword!« Bärbel nahm seine kräftige Jungenhand fest in ihre kleine Mädchenhand und ließ sie ab jetzt nicht mehr los.

»Quatsch!«, empörte sich der Junge. »Das mache ich doch gern. Dafür musst du mir doch nichts geben!«

»Des machsd du aus reiner Liebe zu mir, gell, Fred!?«, flüsterte sie verschämt. »Ii möchd dir abba aa zeich, dass ii di ganz arch lieb hab! Un nur dich ganz allee. Desweche dürfsd der aa was wünsch vo mir!«

»Ich wüsste nicht, was ich mir von dir wünschen sollte. Außer dass du immer für mich da bist, vielleicht. Weil ich dich doch ganz arg lieb habe.« Seine Augen strahlten voller Stolz auf sich selbst, weil er es endlich ausgesprochen hatte. Ja, er mochte die hübsche Bärbel schon verdammt gut leiden. Seit vielen Jahren schon.

»Irchnän Wunsch wersd doch scho hab, Fred.« Sie sah ihm ganz tief in die Augen. »Willsd mi vielleichd emal küss? Odda soll ii dir emal was beschdimmdes vo mer zeich?« Mit hochrotem Kopf wartete sie auf die Antwort des verblüfften Buben. »Was indiems, vielleichd?«

Fred hauchte ihr, als er sich erst mal von dem ersten Schock erholt hatte, einen zärtlichen Kuss auf ihre glühende Wange. Er fühlte sich plötzlich so erwachsen.

»Also, was willsdn seh? Schänier di bloß ned vor mer. Mir

kannsd alles sach, ehrlich. Ii zeich der abba aa alles, wennde des lieber willsd!«, flüsterte sie ihm verschämt ins Ohr.

»Na ja, Bärbel«, gab der kleine Müller mit knallrotem Kopf zurück. »Brüste habe ich schon mehrmals gesehen. So etwas sehe ich natürlich auch sehr gern, wie du dir vielleicht vorstellen kannst! Aber da gäbe es schon noch was, das mich sehr interessieren würde.«

»Kann ii sogar sehr guud verschdeh. Bisd ja aa scho fasd ä richdicher Moo. Mai Baba glodzd der annern Weiber ja aa immer uff die Diddn! Abba wo hasd jedzd du denn scho welche gsenn? Bei deiner Mama? Odda bei deinerer Schwesder? Los, sach mers endlich!«

»Blödsinn, die zählen doch nicht!«, klärte Fred sie auf. »Die von der Inge, also der Inge Großmann, aus der Hausnummer fünfzehn. Ihre Brüste habe ich schon gesehen! Die sind, mit Verlaub gesagt, wunderschön«, schwärmte er.

»Des gibds do ned! Die is doch scho mindesdens zwanzich Jahr ald! Un die had dir ihre Didden gezeichd? Ii gläbs ja ned!« Bärbel war fassungslos. Wenn sich jetzt auch schon erwachsene Frauen auf die kleinen Jungen stürzen, dann hatte sie wohl über kurz oder lang überhaupt gar keine Chance mehr, noch einen halbwegs anständigen Kerl abzukriegen.

»Doch, das hat sie. Die arbeitet, wenn sie Nachtschicht in der Schokoladen-Frankonia hat, doch immer bis zum Morgen. Dann schläft sie natürlich bis Mittag. Wenn sie dann aufwacht, hat sie selbstverständlich immer einen Mordshunger. Aber sie möchte sich verständlicherweise noch nicht auf der Straße zeigen. Sie ist halt eine typische Frau. Deshalb hat sie mich kürzlich gefragt, ob ich ihr nicht an den Wochentagen ihrer Nachtschichtwoche frische Brötchen vom Bäcker, an dem ich auf meinem Nachhauseweg aus der Schule sowieso vorbeikomme, mitbringen würde. Was ich auch, aus besagtem Grund, gerne mache.« Fred zwinkerte ihr vielsagend zu.

»Un dafür had se dir nur ihre Möbbse gezeichd? Mehr hadse dir wirglich ned dafür gäbe?« Nun zwinkerte das Mädchen ihm zu. »Iss die vielleichd geizich!«

»Eigentlich habe ich immer zwanzig Pfennige von ihr bekommen, dafür habe ich mir dann ein Schokoeis gekauft. Aber irgendwann war es dann zu kalt und ich wollte kein Eis mehr. Außerdem konnte ich, wenn sie mir das Geld aus dem Fenster reichte, tief in den Ausschnitt ihres Nachthemdes schauen. Da habe ich ihr also den Vorschlag gemacht, dass sie das Geld behalten und mir dafür lieber einmal ihren Busen in aller Ruhe zeigen solle.

»Ii kanns immer no ned glebb, dass die des gmachd had. Einfach so? Odda wolld die am End no was anners vo dir?« Jetzt zeigten sich erste Anzeichen der Eifersucht auf ihrem hübschen Gesicht. »Sags ehrlich raus, Fred, jedzd könnd ii dirs nämlich grad no so verzeih, wenn da no mehr gwese wär!«, fragte sie ihn mit schicksalsschwerer Stimme, während sie ihm tief in die Augen blickte.

»Da war gar nichts, Bärbel, ich schwör's dir. Sie zeigt mir nur hin und wieder ihre Brüste. Wenn ich einmal eine eigene Frau habe, die betrüge ich bestimmt nicht. Der bleib ich immer treu, versprochen.« Feierlich hielt er drei Finger der Schwurhand hoch. »Das schwöre ich dir hoch und heilig, Bärbel!«

Skeptisch tastete sie nach seiner anderen Hand, um zu überprüfen, ob er vielleicht Zeige- und Mittelfinger gekreuzt hielt, was seinen Schwur hinfällig gemacht hätte, was ja jedes Kind weiß! Aber da war nichts. Fred versuchte also wirklich nicht, sie hinters Licht zu führen.

In diesem Moment war sie das glücklichste Mädchen der Welt. Das änderte sich erst am späten Abend wieder schlagartig, als zur vorgerückten Stunde, ihr Vater sturzbetrunken nach Hause kam. Er verprügelte erst völlig grundlos die Mutter und dann, als Bärbel versuchte dazwischenzugehen, auch sie auf das Allerheftigste. Es hatte auch überhaupt nichts genutzt, dass Fred seiner kleinen Freundin noch bei ihrer Arbeit in der Küche geholfen hatte, so dass sie sogar noch rechtzeitig fertig geworden war.

***

In den Erthalstuben herrschte, obwohl es noch sehr früh am Abend war, schon reger Betrieb. Josef Müller brauchte eine ganze

Weile, bis er Feser endlich in einer der hinteren Ecken entdeckt hatte. Das ›Bimberle Wichdich‹ winkte ihm lässig zu. Zum Glück hatte der ihm einen Platz frei gehalten, ansonsten hätte Müller keinen Sitzplatz mehr bekommen.

»Da bist du ja endlich, Josef. Komm, setz dich her zu mir«, forderte der Kassier der DRP ihn auf. »Ich habe schon mal für jeden ein gutes Viertele bestellt. Die Resi wird's uns gleich bringen.«

So tranken sie auch noch ein weiteres Viertele und Müller hörte dem belanglosen Gerede, das Feser in der Zwischenzeit so von sich gab, gar nicht mehr zu. Längst beschäftigte er sich mit dem wahren Grund für das Treffen. Er war sich am Mittag noch ziemlich sicher gewesen, das Angebot, das der alte Feser ihm erst kürzlich unterbreitet hatte, abzulehnen. Allerdings hatte er die Vorteile noch einmal gegen die Risiken abgewogen und war zu dem Entschluss gekommen, es doch anzunehmen. Erstens konnte er die vielen Kröten, die ihm Feser dafür angeboten hatte, gerade jetzt, so knapp vor Weihnachten, gut gebrauchen. Zweitens, wurde Feser ohne diesen verhassten Michelberger neuer Vorsitzender der DRP und somit wäre er so gut wie sicher im Stadtrat. Was könnte er sich also noch mehr wünschen? Er hätte ausgesorgt bis an sein Lebensende!

Plötzlich wurde er von Feser an seinem Jackenärmel gezogen. »Du bist wohl gerade irgendwo ganz woanders, Josef? Du hörst mir ja schon eine Weile gar nicht mehr zu. Ich habe dich gefragt, ob du dich bereits entschieden hast, ob du meinen kleinen Auftrag annehmen wirst oder nicht?«

»Lass uns woanders darüber reden, Adolf, hier sind mir einfach viel zu viele fremde Leute! Was, wenn da einer mithört?«

»Das ist genau die richtige Kulisse für unser Gespräch. Für den Fall, dass uns tatsächlich jemand belauschen wollte, kann er bei dem Geräuschpegel doch kein einziges Wort verstehen! Also, wie sieht es jetzt aus?«

»Lass uns doch noch einmal über die Summe der Erfolgsprämie sprechen. Ich denke, sie könnte durchaus etwas höher ausfallen! Meinst du etwa nicht?«

Feser nahm einen Stift zur Hand und schrieb eine Zahl auf

seinen Bierdeckel. Diesen schob er dann zu Müller hinüber. Der nahm den Deckel auf und besah sich die Ziffer genau. Feser hatte den ursprünglich ausgemachten Betrag sogar noch einmal verdoppelt. Donnerwetter!

»Warum? Was hat er dir nur getan, das eine solch endgültige Maßnahme rechtfertigt? Ich muss das jetzt unbedingt wissen!«

»Das musst du ganz und gar nicht. Das belastet dich am Ende doch nur. Mach es oder lass es bleiben. Aber so langsam hätte ich gerne eine Antwort, Josef!«

»Nach dem Essen bekommst du sie. Zeige dich mit deiner Menüauswahl jetzt also bloß nicht kleinlich! Darauf kommt es letztendlich an!«

Feser ließ tatsächlich das Beste, was die Erthalstuben in puncto Küche zu bieten hatte, auffahren. Zum Abschluss spendierte er auch noch eine Runde der teuersten Zigarren, die der Wirt auf Lager hatte.

Zwischen zwei tiefen Zügen ließ Müller seinen Auftraggeber, mit leiser Stimme wissen, dass er besagten Auftrag hiermit verlässlich angenommen habe und er seinen Plan, den er bereits ausgearbeitet habe, zügig in die Tat umsetzen würde. Dann trank er mit einem Zug sein Weinglas leer, stand auf und verließ wortlos das Gasthaus.

***

Die Ehefrau des Bäckermeisters war gerade dabei, hinter ihren Verkäuferinnen, die nun in ihren verdienten Feierabend gingen, die Ladentür zu schließen. Frau Beil war nicht unter ihnen, da sie bekanntlich durch das Treppenhaus zu ihrer Wohnung ging. Stets trockenen Fußes, wie sie stolz erwähnte.

»Auf ein Wort, Frau Schlöhr«, rief Müller-Seefried und schob die Glastür mit sanftem Druck wieder auf. »Entschuldigen Sie bitte die späte Störung, aber wir hätten ganz gerne noch mit Ihnen und Ihrem Herrn Gemahl gesprochen.«

»Ja, bitteschön, dann kommen Sie halt herein! Mein Mann ist allerdings schon oben in unserer Wohnung.« Frau Schlöhr, eine

Frau um die sechzig, mit silbergrau gefärbten Haaren und einer Figur, die man landläufig gerne mal als kompakt bezeichnet, ging den Herren voraus. Das Gehen fiel ihr sehr schwer, was an den vielen Jahren, die sie stehend in dem kühlen Laden zugebracht hatte, lag.

Sie führte die Kommissare in eine modern eingerichtete Küche, wo der Herr des Hauses bereits den Tisch für das Abendbrot deckte, was Müller-Seefried ein anerkennendes Lächeln abnötigte. Sauerhammer übersah dies geflissentlich. Er gehörte noch einer Generation an, die solche Tätigkeiten für reine Frauenarbeit hielt.

»Wir würden uns noch gerne mit Ihnen über Ihre Angestellte, Frau Hilde Beil, unterhalten«, eröffnete der Hauptkommissar nach der Begrüßung das Gespräch.

Das Ehepaar Schlöhr war sich einig, in Frau Beil eine ehrliche, zuverlässige und kompetente Mitarbeiterin zu haben, die nun schon seit fast fünfzehn Jahren immer pünktlich zur Arbeit erschien. Keinen einzigen Tag habe sie gefehlt! Mit ihr habe es noch nie Ärger gegeben. Weder zwischen Frau Beil und ihnen, noch zwischen ihr und den anderen Verkäuferinnen. Sogar mit den ungehobelten, nicht immer umgänglichen Gesellen habe sie sich jederzeit ausnehmend gut verstanden. Was man nicht von jeder ihrer Mitarbeiterinnen behaupten konnte. Kurzum, Frau Beil war eine rechtschaffene und überaus fleißige Frau, mit der man gut zusammenarbeiten konnte.

»Haben Sie, bei dem guten Verhältnis das zwischen ihnen besteht, auch einen Einblick in ihre Finanzen?«, wollte Sauerhammer wissen, der das Angebot, mit dem Ehepaar gemeinsam zu Abend zu essen, dankend abgelehnt hatte, was sein junger Kollege sehr bedauerte, vor allem nachdem der gesehen hatte, welche Auswahl an Wurst und Käse aufgetragen wurde. Selbst den Wein, der dazu kredenzt wurde, konnte sich Müller-Seefried nur an Sonntagen leisten.

»Na ja, sie hat sich schon das eine oder andere Mal von uns beraten lassen, was finanzielle Fragen anging. Aber eigentlich kümmerte sich ihr Bruder, Herr Feser, um ihre Geldangelegenheiten.«

»Wie erklären Sie sich, dass sich eine Ihrer Angestellten eine recht teure und übrigens auch komfortable Eigentumswohnung hier im schönen Frauenland leisten kann?«

»Sie hatte damals wohl gerade eine kleine Erbschaft gemacht und ihr Bruder hat einen Teil dazugelegt, so eine Art Anzahlung, für seine Pflege, um die sie sich kümmern würde, wenn er erst einmal ein Pflegefall sein würde. Den Rest hat sie, zumindest nach unseren Informationen, fremdfinanziert«, gab der Bäckermeister, den das Thema offensichtlich langsam, aber deutlich nervös machte, schon nicht mehr ganz so bereitwillig Auskunft.

»Wovon hat sie Ihrer Meinung nach eigentlich gelebt? Wenn sie am Ersten eines jeden Monats die Kreditraten für so eine Finanzierung überwiesen und die auch nicht gerade geringen laufenden Kosten dieser Wohnung beglichen hatte, blieb doch von ihrem Lohn für den Lebensunterhalt nichts mehr übrig. Wie hat sie das nur gemacht?«

»Sie hat doch noch die Kriegerrente von ihrem Mann. Der ist leider, wie so viele anderen auch, in Russland geblieben«, meldete sich Frau Schlöhr zu Wort. »Außerdem habe ich ihr auch immer etwas zugesteckt. Mal ein frisches Brot, mal ein paar Hörnchen für die Kleine, oder wenn ich vom Metzger kam, auch mal ein Stück Braten oder eine Fleischwurst. Ja, uns hat es nicht weh getan und sie dankte es uns, indem sie uns eine tadellose Mitarbeiterin war und noch immer ist. Eine gute Freundin, sozusagen.«

»Das klingt ja alles schön und gut, Frau Schlöhr. Es gibt da allerdings noch einen kleinen Haken. Wie uns Frau Beils Bank bestätigte, hat Frau Beil damals den Betrag in einem Stück und in bar eingezahlt. Bei der hohen Summe, um die es sich handelte, konnte sich die Dame hinter dem Geldschalter noch ganz gut daran erinnern. So etwas kommt natürlich, sogar in einer Stadt wie Würzburg, nicht allzu oft vor, verstehen Sie?« Der Hauptkommissar sah abwechselnd zu Frau und Herrn Schlöhr. »Was sagen Sie dazu? Haben Sie eine Vorstellung, wie sie zu so einem Batzen Bargeld kam?«

Sie äußerten sich mit keinem Wort dazu. Frau Schlöhr warf ihrem Gemahl Blicke zu, dass die Kommissare schon befürchteten, er könne jeden Moment tot umfallen. Er wiederum machte ein Gesicht, als ginge es auf direktem Weg von der Küche zum Schafott. Er zuckte beleidigt mit den Schultern, dann verließ er mit hängenden Schultern den Raum.

Nur einige Minuten später saßen die Kriminaler im Beilschen Wohnzimmer, wo sie nun Frau Beil über die Finanzierung der Eigentumswohnung befragten.

Diese bestätigte im Großen und Ganzen anstandslos die Angaben ihrer beiden Arbeitgeber. Jedenfalls was den Anteil betraf, den ihr Bruder dazu beitrug. Da dessen NS-Opfer-Rente damals gerade bewilligt worden sei, habe er eine Nachzahlung erhalten, die er ihr großzügig zur Verfügung stellte. Im Gegenzug hierzu, habe sie sich verpflichtet, im Falle des Falles seine Pflege zu übernehmen. Hierüber existierten natürlich notariell beglaubigte Verträge, die sie den Polizeibeamten auch umgehend vorlegte.

Auf Nachfrage bestätigte sie auch die kleine Erbschaft, die sie beziehungsweise Erika zu diesem Zeitpunkt erhalten hatte. Es war der Erbteil ihres Vaters, der ihr zufiel, nachdem nun beide Großeltern väterlicherseits verstorben waren. Auch darüber gab es beglaubigte Papiere. Aus diesem Grund habe sie die Wohnung selbstverständlich auf den Namen ihrer Tochter gekauft.

Ja, so berichtete sie weiter, es sei vollkommen richtig, dass sie den fehlenden Betrag nicht von ihrer Bank habe, denn die hätte einen viel zu hohen Zinssatz von ihr gefordert, sofern sie ihrem Kredit überhaupt zugestimmt hätten.

»Wo kam also das noch fehlende Kapital damals her, Frau Beil? Schließlich haben sie die komplette Summe in bar gezahlt?«, wollte Sauerhammer nun von ihr wissen.

»Ich habe es mir privat geliehen, von einem guten Freund. Wie sollte ich denn sonst an einen solchen Betrag gekommen sein?«, stellte sie eine Gegenfrage. »Oder glauben Sie vielleicht, ich hätte eine Bank ausgeraubt?«

Er zuckte lakonisch mit den Schultern. »Also, einen nicht geringen Teil hat ihre Tochter geerbt, einen weiteren Teil hat ihr

Bruder zur Verfügung gestellt«, zog der Chefermittler ein Resümee. »Den weitaus größeren Teil aber haben Sie sich von einem Freund geliehen. Wer ist dieser gute Mensch, der Ihnen so unter die Arme gegriffen hat, wenn ich Sie das fragen darf?«

Frau Beil druckste noch einen Moment lang beunruhigt herum, dann sagte sie mit leiser Stimme: »Ferdinand.«

»Ferdinand wer?«, wollte es diesmal Müller-Seefried genauer wissen.

»Ferdinand Schlöhr, mein Chef.« Nach einem kleinen Moment der Besinnung fügte sie noch an: »Frau Schlöhr weiß meines Erachtens jedoch nichts davon! Es wäre schön, wenn das auch weiterhin so bleiben könnte.«

***

Februar 1940

Dem Sturmbannführer, der an seinem überdimensionalen Schreibtisch saß, quollen vor Erstaunen beinahe seine Augen aus den Höhlen. So etwas hatte er noch nicht erlebt! Hatte er sich eventuell gerade verhört oder hatte sich dieser Winzling von einem Feldwebel nun tatsächlich erdreistet, Forderungen an ihn, einen Offizier, zu stellen? Was bildete der sich eigentlich ein? Glaubte der denn allen Ernstes, dass er hier in sein Büro marschieren und ungestraft sein Maul aufreißen könne? Der wäre doch wegen der Aktion mit den Anstaltsinsassen sowieso schneller vor dem Kriegsgericht, als er sich in seinen kühnsten Träumen überhaupt vorstellen könne. Ein schneller Abgang durch den Strang ist dem doch näher als alles andere! Versuchte dieser Wichtel nun doch tatsächlich, ihm, Doktor Michelberger, ans Bein zu pissen! Einfach unglaublich!

»Treiben Sie es bloß nicht auf die Spitze, Feser! Schließlich ist es doch Ihr Herr Bruder, der flüchtig ist. Es ist nur noch eine Frage von ein paar Tagen, bis wir ihn haben und ich Sie vor das Kriegsgericht bringe! Dann können Sie mir noch einmal sagen, was Sie eben so von sich gegeben haben. Falls Ihnen dann noch danach zumute sein sollte!«

»Ich befürchte wirklich, dass Sie mich nicht verstanden haben, Michelberger! Ich bin ab jetzt derjenige, der sagt, was gemacht wird! Sie sind, wenn Sie es nur richtig anstellen, derjenige, der machen darf, was ich befehle! Ansonsten sind Sie derjenige, der ganz schnell am Pranger Ihrer arischen Parteigenossen stehen dürfte. Also, jetzt Schnauze halten und zuhören, was ich Ihnen zu sagen habe! Andernfalls werde ich ganz schnell ungemütlich, haben Sie mich endlich verstanden?«

Der SS-Offizier schlug mit seiner rechten Pranke auf die Schreibtischplatte, dass die drei in einem silbernen Rahmen steckenden Familienfotos, die darauf standen, umfielen. »Was erlauben Sie sich hier eigentlich, Feser? Ich mache Sie alle!«, schrie er sein Gegenüber an. »Sie sind ab sofort so gut wie tot! Und jetzt raus aus meinem Büro, bevor ich mich vergesse und Sie erschieße!«

»Na, na, Michelberger, jetzt reißen Sie sich aber mal am Riemen!« Feser schüttelte verständnislos den Kopf. »Das ist aber nicht die feine englische Art, die ein Mann von Welt, wie Sie doch so gerne einer sein möchten, an den Tag legen sollte!« Er nahm einen weißen Briefumschlag aus der Innentasche seiner Uniformjacke und warf ihn vor dem großen Mann lässig auf den Tisch. »Lesen Sie, Michelberger! Dann sage ich Ihnen, was Sie für mich tun werden! Und jetzt legen Sie einmal einen Zahn zu! Ich habe nicht den ganzen Tag Zeit für Sie!«

Der Doktor nahm das Schreiben äußerst widerstrebend zur Hand und begann langsam zu lesen. Mit jedem weiteren Satz verlor der stattliche Offizier mehr an Selbstvertrauen. Seine Gesichtsfarbe glich inzwischen beinahe dem Weiß, mit dem die Bürowände gestrichen waren.

»Bevor Sie jetzt etwas unternehmen, dass Sie später wahrscheinlich bedauern werden, möchte ich erst noch erwähnen, dass die Originale der Dokumente bei einem Anwalt meines Vertrauens hinterlegt sind, der sie umgehend öffentlich macht, für den Fall, dass ich mich nicht regelmäßig persönlich bei ihm melde. Also, verehrter Herr Sturmbannführer, sagen Sie mir doch bitte, ob Sie nun so weit sind, um meine Anweisungen entgegenzunehmen!«

8. Kapitel
Januar 1959, Freitag

Vier Wochen zuvor

»Gott sei Dank, Herr Pfarrer, dass Sie endlich hier sind! Ich weiß nicht, was ich noch tun soll. Stellen Sie sich vor, er hat gedroht, sich etwas anzutun! Diesmal meint er es wirklich ernst! Bitte helfen Sie uns, Hochwürden!«, bettelte Elisabeth Müller, die den Geistlichen schon unten an der Haustür empfangen hatte. »Ich flehe Sie an, bitte unternehmen Sie etwas! Ich halte das einfach nicht mehr länger aus! Am Ende springe ich noch vom Dach!«

»Ich bitte Sie, Frau Müller, versündigen Sie sich nicht! Wie oft hat er uns nun schon damit gedroht, sich oder anderen etwas anzutun! Nie ist etwas passiert«, versuchte der katholische Geistliche Josef Müllers bessere Hälfte zu beruhigen. »Auch diesmal, wird er wieder zur Vernunft kommen, glauben Sie mir. Wo hält er sich jetzt auf?«, erkundigte sich der Priester bei Frau Müller und lief schnellen Schrittes in das Haus hinein.

»Oben, Herr Pfarrer«, gab sie ihm aufgeregt Auskunft. »Auf dem Dachboden. Ganz oben unter dem Dach. Mit einem Wäscheseil um den Hals! Schnell, bitte kommen Sie ganz schnell mit nach oben!«

Nun ging es dem Geistlichen aber plötzlich nicht mehr schnell genug. Immer zwei Stufen der glatt polierten Steintreppe auf einmal nehmend, sprang er die restlichen Stockwerke des Mietshauses hoch. Oben angekommen und heftig nach Atemluft ringend, wollte er wissen, hinter welcher der beiden Türen sich Müller befand.

»Links, Herr Pfarrer! Schnell, vielleicht ist es schon zu spät! Beeilen Sie sich doch bitte ein bisschen!«, rief Frau Müller, die kurz nach dem alten Priester oben angekommen war.

»Gott bewahre! Malen Sie den Teufel ja nicht an die Wand!« Er bekreuzigte sich und faltete anschließend die alten Hände, um schnell noch ein Stoßgebet zu sprechen. Dann griff er zur Türklinke und drückte diese langsam nach unten. Nachdem er sich flott einen groben Überblick verschafft und Müller nirgendwo entdeckt hatte, öffnete er mit einer schnellen Bewegung die Tür. »Wie ich zu Ihnen sagte, wieder einmal nichts als heiße Luft. Ich kenne doch alle meine Pappenheimer! Kommen Sie, Frau Müller! Jetzt kommen Sie endlich herein! Es herrscht Entwarnung. Überzeugen Sie sich bitte selbst! Ihr Ehemann ist Gott sei Dank nicht mehr hier!«

»Noch mal eins höher, Herr Pfarrer, das hier ist doch erst der Trockenboden. Dahinten, hinter der Wäsche von Frau Hofmann müssen Sie erst noch die Holztreppe hoch, dann sehen Sie ihn schon«, klärte Müllers Ehefrau ihn ängstlich auf. »Bitte schauen erst Sie, ob er noch am Leben ist. Ich würde den Anblick wirklich nicht ertragen, für den Fall, dass er schon schlaff und kraftlos an dem blöden Wäscheseil hängen sollte.«

Der Gottesmann schnaufte tief durch. Er schloss die Augen und konzentrierte sich erneut. Dann ging er zielstrebig zur Holztreppe hinüber. Auch hier machte er erneut einen kurzen Halt. Anschließend erklomm er langsam und bedächtig die Sprossen der Holztreppe. Auf halben Wege rief er laut in die dort oben herrschende Finsternis hinein nach Müller. Er erhielt jedoch keine Antwort, was er erst einmal als gutes Zeichen wertete.

Kurz danach streckte er seinen Kopf über den Treppenabsatz hinaus. Seine Augen hatten sich mittlerweile an die Dunkelheit gewöhnt und so konnte er auch alles recht gut erkennen. Da er den Gesuchten nicht auf Anhieb entdecken konnte, fühlte er sich noch in seiner Annahme bestärkt, dass alles nur halb so wild war, wie es die arme Frau Müller befürchtete.

Plötzlich hörte er eine Art Rascheln aus der hinteren, linken Ecke kommend. Er drehte den Kopf langsam in diese Richtung und erkannte Josef Müller, der auf einem alten, wackligen Stuhl stand. Er hatte sich in der Tat das handgedrehte Wäscheseil aus Sisal um den Hals gebunden.

»Um Himmels Willen! Nicht, Herr Müller! Bitte bewegen Sie sich bloß nicht! Das können Sie doch Ihrer armen Familie nicht antun! Denken Sie doch bitte an Ihre liebe Frau und Ihre braven

Kinder!« Der Pfarrer der Kirche ›Zur lieben Frau‹ hob beide Arme gen Himmel, als ob er den himmlischen Beistand, den er in dieser Situation gerade bitter nötig zu haben schien, dort zu fassen bekommen würde. »Bitte, Herr Müller, bleiben Sie nur ganz ruhig stehen! Es ist doch bald Weihnachten!«

»Sie bleiben ruhig dort stehen, wo Sie sich befinden, Herr Pfarrer! Als Erstes schicken Sie meine Frau wieder runter in unsere Wohnung! Dann nehmen Sie mir die Beichte ab! Haben Sie mich verstanden?«

»Ja, ja, natürlich«, sprach der Seelsorger beruhigend auf ihn ein. »Natürlich mache ich alles genau so, wie Sie es wünschen. Aber ich muss erst noch näher an Sie heran, da Sie das, was Sie zu beichten haben, wahrscheinlich nicht dem ganzen Hausbewohnern anvertrauen wollen, oder? Da ich bekanntlich schlecht höre, müssten Sie schon immens laut mit mir sprechen, damit ich Sie verstehe.«

»Bleiben Sie sofort da stehen«, schrie Müller hysterisch den Priester an, der, während er gesprochen hatte, ganz langsam weiter nach oben geklettert war, »oder ich stoße den Stuhl um! Dann haben Sie meinen Tod zu verantworten! Sie müssen dann meiner Familie erklären, dass sie so kurz vor Weihnachten keinen Vater und Ernährer mehr hat!«

»Machen Sie keine Dummheiten, bevor ich Ihnen nicht die Absolution erteilt habe. Das wäre sehr fatal für Sie. Denken Sie an Ihr Seelenheil! So, warten Sie, ich habe es gleich geschafft! Ich bin jeden Moment bei Ihnen!« Der alte Mann ging mit einer Konsequenz auf Josef Müller zu, die man ihm und vor allem seinem ausgemergelten Körper, gar nicht mehr zugetraut hätte. Er hatte die durch Müller angedrohte Maßnahme, schlichtweg überhört. Zumindest tat er mit großer Überzeugung so.

Elisabeth Müller, die sich ebenso weiter nach oben vorgearbeitet hatte, spähte vorsichtig über den Rand des Dachbodens. Entsetzt riss sie bei dem Anblick, der sich ihr bot, die Hände vor ihr Gesicht. Im letzten Augenblick konnte sie noch einen entsetzten Schrei unterdrücken.

Nachdem Frau Müller zum zweiten Mal aufgefordert wurde,

wieder runterzugehen und sich um ihre Kinder zu kümmern, gab sie ihren Widerstand auf und befolgte letztendlich die Anweisung des Priesters.

Auf dem eiskalten Dachboden, wo zwischen den einzelnen Dachziegeln kleine Schneeflöckchen hereingeschneit kamen, sprach der Geistliche konzentriert, bedächtig und mit einer beruhigenden Stimme auf sein Schäfchen ein. Er schaffte es tatsächlich, dass sich Müller ein klein wenig öffnete und die Fragen seines Beichtvaters beantwortete. Etwas später stellte Müller auch selbst Fragen an den Kleriker, auf die dieser sehr gewissenhaft einging.

Nach mehr als einer Stunde hatte er Müller dann so weit, dass er freiwillig seinen Kopf aus der Schlinge zog und sich zutiefst erschöpft auf den alten Stuhl niederließ.

Der Priester kniete nieder und forderte sein Gemeindemitglied mit einer Handbewegung auf, es ihm gleich zu tun. »Lass uns beten, mein Sohn«, lud er den lebensmüden Josef ein, mit ihm gemeinsam das Vaterunser zu beten.

Nachdem der Beichtvater Josef Müller von seinen Sünden freigesprochen und dem reuigen Sünder eine adäquate Buße auferlegt hatte, nahm er ihm das Versprechen ab, sich strikt an die getroffenen Abmachungen zu halten. Ansonsten könne er für gar nichts mehr garantieren. »Haben wir uns jetzt dahingehend verstanden, Herr Müller? Anna-Maria, die Gemeindeschwester, holt Sie heute so gegen achtzehn Uhr von zu Hause ab und begleitet Sie in die Praxis. Dort lassen Sie sich von Doktor Schmiedbauer gründlich untersuchen. Ganz wesentlich ist allerdings, dass, egal welche Medizin Ihnen der Herr Doktor verschreiben wird, Sie diese streng nach seinen Angaben einnehmen. Haben Sie mich verstanden?«

»Selbstverständlich, ich bin ja nicht blöd!«, murrte der Angesprochene beleidigt. »Ich weiß jetzt genau, was ich zu tun habe.«

»Gut so, Herr Müller, das ist doch mal ein positiver Anfang«, lobte ihn der Priester und legte ihm seine große Hand auf die Schulter. »Kommen Sie jetzt mit nach unten. Ihre Frau wird Ihnen bestimmt eine heiße Tasse Tee kochen. Die trinken Sie und wärmen sich dabei auf. Versprechen Sie mir jetzt nur noch, dass

Sie die nächsten Tage keinen Blödsinn mehr anstellen werden, dafür verspreche ich Ihnen, dass wir für Ihr anderes Problem auch eine Lösung finden werden!«

»Ja, versprochen, Herr Pfarrer! Ich mache bestimmt keine Dummheiten mehr! Da gebe ich Ihnen mein Ehrenwort drauf!«

***

Im Gebäude der Rechtsmedizin stieß Sauerhammer schon im Eingangsbereich auf den hünenhaften Doktor Streitenberger, der sich dort wort- und gestenreich von einem Kommissar der Schweinfurter Kripo verabschiedete. Offensichtlich genervt, fuhr er sich immer wieder mit der Hand durch seine schlohweißen, beinahe schulterlangen Haare.

Der Hauptkommissar konnte sich immer noch so überhaupt keinen Reim auf Streitenbergers Aussage die alte Behinderung Adolf Fesers betreffend machen. Deshalb wollte er sich das jetzt ganz genau erklären lassen. Er nickte dem Doktor und seinem Schweinfurter Kripokollegen freundlich zu.

Nach kurzem Überlegen entschloss er sich, schnell noch eine zu rauchen. Da er den alten Doktor schon seit Längerem kannte, konnte er sich ausrechnen, dass es, so wie der gerade gestikulierte, noch geraume Zeit dauern würde, bis er den Kollegen hinaus komplimentiert und Zeit für ihn haben würde. Sauerhammer verließ also das Gebäude und zündete sich eine seiner geliebten Peter Stuyvesant an. Er sah in den endlich wieder strahlend blauen Himmel, an dem sich im Moment die Sonne ihren Weg durch die dunkelgrauen Wolken kämpfte. Es versprach heute ein zwar kalter, aber doch sehr angenehmer Wintertag zu werden. Der Chefermittler genoss jeden Zug seiner Zigarette. Er wollte sich gerade eine weitere anzünden, als sein Schweinfurter Kollege an ihm vorbei in Richtung Parkplatz lief und dort in seinen Wagen stieg.

»So, und jetzt zu dir, mein lieber Fritz«, hieß ihn der Chef der Würzburger Rechtsmedizin willkommen. »Du kommst also noch einmal wegen dem alten Feser? Hat mir wenigstens meine Sekretärin so mitgeteilt. Eigentlich ist das ja pure Zeitverschwendung.

Es steht doch alles bereits in allen Einzelheiten in meinem Bericht. Ich kann dem wirklich nichts mehr hinzufügen.«

»Darum geht es mir auch nicht, Hannes«, erwiderte der Hauptkommissar. »Ich möchte eigentlich nur, dass du mir diese Behinderungen, beziehungsweise die alten Verletzungen, wie du sagst, die er sich deiner Meinung nach erst vor etwa fünfzehn Jahren zugezogen haben kann, ganz genau erklärst. Das ist dann auch schon alles, was ich von dir wissen will. Ich störe dich wirklich nicht länger, als es unbedingt nötig ist!«

»Dann komm halt wieder mit rein. Ich werde es dir an seinen sterblichen Überresten verdeutlichen. Wenn du diese Verletzungen erst mit deinen eigenen Augen gesehen hast, dann verstehst du die Zusammenhänge vermutlich auch sehr viel schneller.«

»Die habe ich doch das letzte Mal bereits gesehen. Ich verstehe es nur nicht. Wie kann Feser, der ja gerade wegen einer Behinderung, die er seit seiner Geburt an hat und die, ganz nebenbei gesagt, auch von offizieller Stelle anerkannt ist, auf einmal diese schweren Verletzungen aufweisen, die nicht viel älter als fünfzehn Jahre sein dürften? Das, Hannes, verstehe ich beim besten Willen leider nicht!«, erklärte Fritz Sauerhammer resigniert dem Mediziner. »Ist es eventuell für dich vorstellbar, dass die Auswirkungen seiner Behinderung, durch einen, zu einem sehr viel späteren Zeitpunkt stattgefundenen Unfall dermaßen überdeckt wurden, dass sie aufgrund dessen einfach nicht mehr festzustellen sind? Wäre das eventuell eine Option?«

»Komm bitte zu mir herüber, Fritz, ich zeige es dir«, winkte der Doktor, der inzwischen den Leichnam Adolf Fesers von seinem grünen Tuch befreit hatte, den Kriminaler zu sich. »Lass mich bei seinem, der Aktenlage nach, durch Kinderlähmung verkrüppelten Bein beginnen.«

Nun folgte ein einstündiger, durchaus interessanter und ziemlich ausführlich vorgebrachter Fachvortrag über Poliomyelitis im Allgemeinen und die diversen Verletzungen, die sich das Mordopfer entweder bei einem sehr schweren Unfall oder durch Schläge mit einem harten Gegenstand zugezogen hatte, im Besonderen.

Auch der entstellte rechte Arm rührte nicht von einer Kinderlähmung oder einem dilettantisch durchgeführtem Versuch, die Behinderung einigermaßen zu beheben, her. Es handelte sich, wie man anhand der Röntgenaufnahmen, die er persönlich gemacht habe, auch sehr schön erkennen könne, eindeutig um nicht behandelte und aus diesem Grund nur unzureichend und teilweise sogar an falscher Stelle wieder zusammengewachsene Knochenbrüche. Außerdem seien damals mehrere Sehnen und Bänder im Schulter-, Ellenbogen- und Kniebereich gerissen und ebenfalls nicht oder nur halbherzig behandelt worden.

Außerdem gäbe es auch keinerlei weiteren Anzeichen, dass Feser jemals unter der tückischen Kinderlähmung gelitten habe.

»Ich bin felsenfest davon überzeugt, dass unser Toter sehr schwer misshandelt wurde und seine Verletzung durch brutale Schläge mit einem harten runden Gegenstand verursacht wurden. Eine Eisenstange vielleicht oder ein solider Holzknüppel. Solche schlimmen Schäden kenne ich selbst nur von Folteropfern der Gestapo oder der SS«, gab der Doktor ein mögliches Beispiel. »Aber ich habe so etwas auch schon bei organisierten Verbrechern gesehen. Da machte man so etwas, um dem potentiellen Gegner ein Zeichen zukommen zu lassen, das der auch ganz bestimmt richtig verstehen würde.«

»Oder bei den brutalst malträtieren Insassen der vielen Konzentrationslagern, die im letzten Moment noch gerettet werden konnten und die, wenn überhaupt, auch nur notdürftig behandelt wurden«, fügte Sauerhammer nachdenklich an. »Da hat man solche verbrecherischen Vorgehensweisen wie durch die Täter, die Feser damals vermutlich so zugerichtet haben, auch beobachtet.«

»Du solltest dich noch viel intensiver mit Fesers Vergangenheit auseinandersetzen als bisher, Fritz! Ich denke, das ist der einzige Weg, der dir weiterhilft.«

»Das denke ich allerdings auch.«

»Wie aus Ihren Akten und Militärunterlagen einwandfrei ersichtlich ist, waren Sie während des Krieges Wehrmachtsangehöriger. Uns interessiert einzig und allein der Abschnitt ihrer Dienstzeit, den Sie in Hammelburg verbrachten. Dort haben Sie 1940 Ihren Unteroffizierslehrgang absolviert. Zu jener Zeit hatten Sie kurzfristig die schwierige Aufgabe, in der Kreisirrenanstalt Unterfranken, die damals bekanntlich in dem idyllischen Städtchen Werneck untergebracht war, den reibungslosen und vor allem auch den lautlosen Abtransport der vielen Patienten, die angeblich nicht weiter therapierbar waren und durch die Nazis als lebensuntaugliches Material eingestuft wurden, zu beaufsichtigen. Stimmen Sie dem so zu, Herr Eisenhauer?«, gab Friedrich Sauerhammer dem schmächtigen Mann mittleren Alters, der eine rote Krawatte zu seinem blauen Arbeitsmantel trug und hinter dem Verkaufstresen der Eisenwarenhandlung stand, die Gelegenheit, zu dem von ihm Vorgebrachten Stellung zu nehmen.

»Freilich! Abba ii war des doch ned allee, wie Se sich beschdimmd dengge könne! Da warn scho no ä baar mehr dran bedeilichd! Verandwordlich für mai Grubbe war seinerzeid der Feldwebl Feser, zum Beischbiel. Ii hab mer gar nix zu Schulde komm lass! Mir dengds no wie heud, als wärs grad ersd gwese, wie ii des ganze Elend, des dord in derer bsychiadrischen Glinig gherrschd had, gsenn hab. Mer had ja scho des enne oder annere Mal was ghörd, abba, dass des so schlimm war, had doch vo uns kenner gegläbd! Ii hab mid dene Verbrecher aa gar nix am Huud ghabd. Ganz im Gechedeil sogar! Der Feser un ii sinn ja damals beinah aa vors Griegsgerichd komme, weil mer was mach wollde, um dene arme Schweine zu helfn! Wenns nach diesm blöde SS-Schnösel gange wär, der des seiner Zeid alles befehlichd had un des a alles zu verandworde ghabd had, gäbs uns ja scho lang nimmer! Der häd uns am liebsde am Schdrigg bauml lass! So war's nämlich, Herr Haubdkommissar!« Albrecht Eisenhauer, oder Ali, wie er von allen genannt wurde, schnaufte schwer, da er sich gewaltig aufregte, als er wieder an die vergangenen Zeiten erinnert wurde.

»Sie erwähnten eben einen gewissen Feldwebel Feser. War das eventuell so ein kleiner, schwächlicher Mann, mit einem verkrü...? Ach, entschuldigen Sie bitte meine übereilten Gedankengänge, aber das kann ja überhaupt gar nicht möglich gewesen sein!«

Hohner sah mit schuldigem Blick zu seinem Chef. Der schüttelte kaum merklich den Kopf über solch einen dämlichen Gedanken seines Mitarbeiters.

»Berichten Sie doch bitte weiter. Was ist also damals geschehen, dass man Sie und diesen Feldwebel fast vor ein Gericht gebracht hätte?«

»Ned vor so ä simbls Gerichd, vors Griegsgerichd ham se uns schdell woll, die Erzgauner! Des Lumbebagg, des elende!« Im Anschluss daran schilderte der Mann in Seelenruhe und ohne sich dabei besonders hervorzuheben, was er, Feser und ein weiterer, allerdings zwischenzeitlich verstorbener Kamerad, zu jener Zeit veranstalteten, um diesen armen Insassen, die gnadenlos einem sehr schnellen und grausamen Ableben geweiht waren, die Flucht zu ermöglichen.

»Können Sie sich noch an den Namen des SS-Offiziers erinnern, der Ihnen so böse mitspielte?«, erkundigte sich der Chefermittler neugierig.

»Als ob ii den jemals vergess könnd!«, antwortete Ali Eisenhauer mit zittriger Stimme. »SS-Schdurmbannführer war der gwese. Ä ganz hochs Viech damals, gell! Abba der Feser haddn, da bin ii voll überzeuchd davo, weche irchndwas in der Hand ghabd. Ii wäss abba ned wessweche. Abba es muss scho was Größers gwese sei! Uff jeden Fall had er ganz schnell sein Schwanz zurügg gezoche! Ganz ruhich war der uff emal! Dess war fei scho arch komisch, wenn ii jedzd so drüber nachdeng!«

»Das glaube ich Ihnen gern. Ein SS-Offizier, auch noch ein Sturmbannführer, der sich von einem Wehrmachtfeldwebel mundtot machen lässt, der eigentlich wegen eines schweren Verbrechens vor ein Militärgericht gestellt werden soll, ist schon sehr eigentümlich. Um nicht zu sagen schier unmöglich!«

»Gell, sach ich doch die ganze Zeid! Des muss scho ä gwaldichs Ding gwese sei, was der Feser dem Scheißkerl unner sei große Nas griebe had! Des war aa no so ä riesn Kerl.« Herr Eisenhauer streckte beide Arme nach oben, um den Kommissaren zu verdeutlichen, wie groß der Offizier war.

»Können Sie uns jetzt vielleicht noch den Namen des Offiziers nennen?«, hakte Kriminalassistent Hohner noch einmal nach. »Dann hätten wir es schon für heute geschafft, Herr Eisenhauer.«

»Den Name vo dem? Ja, nadürlich wess ii no, wie der Debb ghesse had. Den vergess ii meiner Lebdag aa nimmer! Michelbercher! Oddo Michelbercher had der gheiße, der verdammde Menscheschinder!«

»Professor Doktor Otto Michelberger?«, fragte der Chefermittler fassungslos. »Facharzt für Psychiatrie und baldiger Chefarzt an der Universitätsklinik?«

»Schdurmbannführer Dogder Michlbercher. Ganz genau. Des war dieser Dreggsagg damals! Brofesser war der damals abba no kenner.«

Als Sauerhammer und Hohner wieder vor der Eisenwarenhandlung auf dem Gehsteig der Ludwigstraße standen, fragte der junge Kommissar seinen Chef: »Ich kann mich da natürlich auch täuschen, Herr Sauerhammer, aber glauben Sie hierbei wirklich an einen puren Zufall?«

»An welchen Zufall soll ich Ihrer Meinung nach glauben?«

»Dass es sich bei diesem Feldwebel, der damals in Werneck ausgerechnet mit Michelberger zu tun hatte, um einen anderen Feser gehandelt haben soll, als um unseren. Wäre es nicht viel wahrscheinlicher, dass es doch unser Feldwebel Feser gewesen ist?«

»Na ja, wenn man weiterhin bedenkt, dass Doktor Streitenberger stur und fest behauptet, die verkrüppelten Gliedmaßen hätte Adolf Feser auf gar keinen Fall durch eine Erkrankung in seiner Kindheit, sondern eher durch einen späteren Unfall erlitten, oder etwas Ähnliches, kann man schon ins Grübeln kommen! Da muss ich Ihnen nun tatsächlich einmal recht geben, mein lieber Hohner.«

***

Vier Wochen zuvor

In der kalten und nur schummrig beleuchteten Kirche ›Zur lieben Frau‹ kniete Josef Müller in einer der vorderen Bänke und hatte seine Hände gefaltet. Er war tief in ein Gebet versunken, so dass er nicht bemerkte, wie eine weitere Person das Kirchenschiff betrat und sich leise hinter einem Pfeiler, der sich nicht weit von der Bank befand, in der Müller andächtig betete, versteckte.

Müller gingen viele Gedanken durch den Kopf. Dass der Priester ihn heute Vormittag davon abgehalten hatte, sein Leben selbst zu beenden, sah er als ein Zeichen Gottes. Aber welches Zeichen wollte der ihm damit senden? In welche Richtung sollte er sich nur wenden? Welche war die einzig richtige? Sollte er weiterhin auf Gott und seinen Glauben bauen, oder sollte er sich dann doch wieder verstärkt an seine alten Parteifreunde von früher wenden? Schließlich waren viele von ihnen heute ordentliches Mitglied in der DRP! Und wie sagten auch viele von denen heutzutage, allerdings die meisten von ihnen nur hinter der vorgehaltener Hand: ›Alles war damals doch auch nicht schlecht!‹

Er dachte unvermittelt an längst vergangene Begebenheiten, an die er schon seit ewigen Zeiten keinen Gedanken mehr verschwendet hatte. Geschehnisse, von denen er auch nichts mehr zu befürchten hatte. In seiner Jugend war er sehr impulsiv und auch ein klein wenig jähzornig gewesen, das stimmte schon. Vielleicht war es auch eine ganze Ecke mehr, als nur ein wenig jähzornig. Aber im Großen und Ganzen, hatte er sich eigentlich schon ganz gut im Griff gehabt. Manchmal hatten ihn aber auch die paar echten Freunde, die er hatte, im allerletzten Moment davor bewahrt, etwas äußerst Dummes anzustellen.

Was jedoch schnell wieder zu einem dicken Problem für ihn werden könnte, so dachte er, war dieser saudumme Vorfall Ende 1940 in Polen. Damals hatte er wirklich großen Dusel gehabt. Wenn ihn da sein Schwiegervater nicht zu guter Letzt doch noch aus diesem Schlamassel herausgeholt hätte, wäre das mit an Sicherheit grenzender Wahrscheinlichkeit ganz schlimm für ihn ausgegangen. Ein längerer KZ-Aufenthalt wäre noch das angenehmere Übel gewesen, das da auf ihn zu gekommen wäre. Das musste er sich eingestehen, das stimmte schon. Aber zum Glück konnte der Vater seiner Ehefrau noch zum rechten Augenblick seine sehr guten Beziehungen zur Parteispitze ins Spiel bringen und ihn somit halbwegs unbeschadet aus Polen zurück in die Heimat holen. Seitdem musste er sich allerdings ständig von ihm anhören, was für ein großer Versager er doch sei, der nichts, aber auch rein gar nichts, auf die Reihe bekäme. Einen solchen Blindgänger wie ihn habe seine Tochter wahrlich nicht verdient! Diese ewigen Gängeleien und seine bösartigen Vorwürfe, er wäre geistig nicht normal und müsse unbedingt zu so einem Psychiater, der doch oft selbst nicht ganz richtig im Kopf ist und selber professionelle Hilfe benötigt, in Behandlung gehen, waren zwar äußerst nervenaufreibend, aber die hätte er schon noch überstanden.

Sehr viel schwerwiegender für ihn war jetzt allerdings die Tatsache, dass der blöde Scheißkerl Michelberger plötzlich hier in Würzburg aufgetaucht war. Der hatte seinerseits zwar in Polen, warum auch immer, mit seinem psychiatrischen Gutachten letztendlich dafür gesorgt, dass er nach dieser blöden Angelegenheit ungeschoren davongekommen war. Er glaubte fest, dass sein Schwiegervater etwas über Michelberger in der Hand hatte, das diesen eine Bitte von ihm unter keinen Umständen ablehnen ließ. Was hätte er nur darum gegeben, dieses große Geheimnis zu erfahren. Aber sein Schwiegervater hat ihn unmissverständlich wissen lassen, dass, wenn es überhaupt etwas gäbe, das er über den Professor wisse, er der Allerletzte sei, dem er es anvertrauen würde!

Was sollte er jetzt nur tun? Er hat dem ›Bimberle Wichdich‹ sein Wort gegeben, Michelberger ein für alle Mal zum Schweigen zu bringen. Er hat sogar schon die Anzahlung dafür entgegengenommen. Den größeren Teil, den er hinterher bekommen würde, hatte er bereits auch schon so gut wie ausgegeben. Außerdem drohte dann von Michelbergers Seite auch endlich keine Gefahr mehr für ihn. Obendrein würde er Stadtrat werden, darum würde sich Feser kümmern, was er ihm bekanntlich hoch und heilig versprochen hatte. Dann hätte er endgültig ausgesorgt!

Für den konzentriert nachdenkenden Müller völlig unbemerkt hatte sich der Geistliche zu ihm auf die Holzbank gesetzt. Er hat ihn eine ganze Weile von der Seite her gemustert und überlegt, was der Mann, der sich am Morgen noch selbst töten wollte, nur hierher zu ihm geführt haben konnte.

Als Müller den Hausherrn der Kirche schließlich doch wahrnahm und er sich mit ihm zu unterhalten begann, schlich sich die Gestalt, die sich hinter dem Pfeiler versteckt hatte, leise und äußerst vorsichtig näher an die beiden Männer heran.

»Was führt dich zu mir, mein Sohn?«, wollte der Geistliche von ihm wissen. »Oder zu unserem Herrn?«

»Ich bin völlig hin- und hergerissen. Auf der einen Seite denke ich, dass Hitler und seine NSDAP nicht alles falsch gemacht haben. Unter anderem wurde vielen Leuten, vor allem den kleinen, sehr geholfen. Mit Arbeit, Wohnung und auch mit Dingen des täglichen Gebrauchs. Andererseits hat die Kirche die Verbrechen, die diese Nazis begangen haben, verteufelt!«, begann Müller.

»Und das auch mit vollem Recht! Denk nur an die vielen Toten des Krieges und den massiven Völkermord an den Juden und Roma, mein Sohn! So viel Leid und Ungerechtigkeit ging von ihnen aus!«

»Aber jetzt denken Sie einmal einige Jahrhunderte zurück, Hochwürden. Gerade was großes Leid und Ungerechtigkeit angeht, hat auch die Kirche ihre Erfahrung gesammelt. Auch sie hat, noch dazu im Namen unseres Herrn, Andersgläubige verfolgt. Während der Kreuzzüge zum Beispiel. Aber auch im Mittelalter hatten sie überhaupt keine Skrupel, nicht nur sogenannte Hexen, sondern auch Juden zu verfolgen und grausam zu töten! Wem soll, wem kann ich überhaupt noch glauben?« Müller legte seinen Kopf in seine Hände, die er auf die Lehne der sich vor ihm befindlichen Bank gelegt hatte.

»Bei den Interessen der Nazis ging es um Besitz und Macht über alle anderen. Bei dem Interesse der Kirche geht es immer um den Glauben und das Wort Gottes. Um den Glauben, zu dem auch du dich bekannt hast, mein Sohn! Daran darfst du niemals zweifeln.«

»Es gibt noch eine Sache, bei der ich nicht weiß, was ich tun soll! Ich bin völlig ratlos. Bitte helfen Sie mir. Ich habe auf der einen Seite Ihnen heute Morgen mein Wort gegeben, ab sofort nichts Dummes mehr anzustellen. Auf der anderen Seite habe ich aber jemand anderem gegenüber, schon eine ganze Weile vor

Ihnen, auch mein Wort gegeben. Wenn ich dieses einhielte, würde ich eindeutig gegen dasjenige, das ich Ihnen gegeben habe, verstoßen. Wie soll ich mich denn jetzt nur verhalten, Hochwürden? Bitte raten Sie mir, was ich tun soll!«

»Wem gegenüber hast du ein Versprechen abgegeben, mein Sohn?«, fragte der katholische Seelsorger und legte beruhigend seine linke Hand auf Müllers Schulter. »Und was genau hast du ihm versprochen?«

»Der Name tut hier eigentlich nichts zur Sache. Ein gegebenes Versprechen oder ein Ehrenwort gilt doch jedem gegenüber gleichermaßen, oder vielleicht nicht?«, erwiderte der Gefragte ausweichend.

»Im Prinzip hast du natürlich recht, aber es gibt schon die einen oder anderen Unterschiede. Ein Ehrenwort, das du gegenüber einem Geistlichen der heiligen, katholischen Kirche gegeben hast, gilt natürlich mehr als eines, das du einem deiner Stammtischbrüder gegenüber abgelegt hast! Es ist noch nicht zu spät, glaube mir. Aber sag mir bitte zu allererst, um was es bei deinem Ehrenwort überhaupt geht, mein Sohn. Das musst du mir im Vorhinein schon mitteilen, ansonsten kann ich dir leider auch keinen rechten Rat erteilen. Das verstehst du doch sicherlich, oder?«

»Ich weiß direktemang nicht, womit ich nur beginnen soll«, druckste Müller innerlich völlig aufgewühlt herum. »Wenn ich jetzt hier auf der Kirchenbank die Beichte ablege, gilt das dann genauso, als hätte ich, wie ansonsten üblich, im Beichtstuhl meine Sünden gebeichtet? Es geht mir hierbei in erster Linie um das Beichtgeheimnis, wie Sie sich wahrscheinlich schon denken können, Hochwürden. Das wäre mir nämlich schon verdammt wichtig!«

»Du weißt doch ganz genau, dass du nicht fluchen sollst! Und in der Kirche schon zweimal nicht! Wie oft soll ich dir das denn noch sagen? Erinnere mich später bitte daran, dass ich dir dafür zwei Ave Maria zusätzlich aufbrumme!«, erwiderte der Geistliche erbost. »Aber, ja, was nun deine Frage betrifft, das Beichtgeheimnis hat selbstverständlich auch außerhalb eines Beichtstuhls seine Gültigkeit. Erzähle mir rundheraus, was deine Seele bedrückt, und ich will sehen, was ich für dich tun kann!«

»Das ist viel zu beschissen, als dass wir uns so einfach darüber unterhalten könnten!«, wendete der Unglückliche ein und sah hoch zum Kreuz.

»Müller, jetzt ist aber gut mit diesen Ausdrücken!«, echauffierte sich nun der Priester. »Entweder du sagst mir jetzt sofort, um was es bei deinen Problemen geht, oder du machst dich auf den Nachhauseweg!«

»Ich habe geschworen ..., äh, na ja, ... ich habe also geschworen jemanden ... umzubringen. So, jetzt ist es also heraus, Herr Pfarrer.« Auf seiner kalten Stirn hatten sich unzählige Schweißperlen gebildet.

»Herr, bitte vergib ihm! Er weiß offensichtlich nicht, von was er da spricht!« Der geschockte Seelsorger bekreuzigte sich gleich mehrmals. »Versündige dich nicht, Josef! Wir sollten jetzt besser zusammen für dich und dein Seelenheil beten.«

»Da hilft doch kein Beten mehr!«, ereiferte sich Müller und wischte sich mit einer fahrigen Handbewegung über seine dunkelrot unterlaufenen Augen. »Ich brauche jetzt einen sehr guten Ratschlag von Ihnen, das ist alles. Und den bräuchte ich selbstverständlich auch sehr schnell, Hochwürden. Ansonsten ist mir wirklich nicht mehr zu helfen! Auch durch Sie oder unseren Herrn nicht mehr!«

Während die beiden im Anschluss gemeinsam ein Gebet sprachen, schlich sich die im Dunklen der kalten Kirche gut verborgen gebliebene Gestalt lautlos aus dem Gotteshaus.

***

»Herrgott, noch mal!«, donnerte der wutschnaubende Polizeipräsident mit lauter Stimme. »Was zum Teufel haben Sie sich nur dabei gedacht, Sauerhammer? Ich habe Ihnen gegenüber doch klar und deutlich zum Ausdruck gebracht, dass der Herr Professor in keinster Weise in den Fall involviert ist. Weiterhin habe ich Ihnen erklärt, dass dieser Mann für diese unsere Stadt viel zu wertvoll ist, als dass Sie ihn mit Ihren Hirngespinsten behelligen dürfen. Können Sie sich noch an dieses Gespräch erinnern? Es ist doch noch gar nicht mal so lange her, oder haben Sie das gar nicht erst aufgenommen, weil Sie sich auf den ehrenwerten Herrn Professor als Täter oder mindestens als Mittäter eingeschossen haben? Wenn ich nur noch einmal mitbekommen sollte, dass Sie ihn mit irgendwelchen dummen Fragen belästigen, dann laufen Sie in einem unserer schönen Vororte Streife bis zum Sankt Nimmerleinstag! Haben wir uns jetzt endlich verstanden, mein lieber Herr Hauptkommissar?« Auch diesmal zog er das ›ie‹ in ›lieber‹ extrem in die Länge.

»Wenn Sie damit meinen, ob ich Sie rein akustisch aufgenommen habe, so lautet meine Antwort ›Ja‹. Ob ich mich noch an das Gespräch erinnern kann, das wir geführt haben, wollen Sie von mir wissen? Aber natürlich kann ich das, schließlich ist es erst drei Tage her. Verstanden habe ich Sie jedoch nicht! Ich habe Ihnen und auch dem Herrn Kriminalrat Langenlüdegge mehr als einmal versucht meinen Standpunkt nahezubringen!«

»Wie meinen Sie das?«, fragte sein Chef mit spitzer Stimme.

»Ich habe Ihnen beiden gegenüber mehrfach zum Ausdruck gebracht, dass dieser feine Pinkel und vorgebliche Menschenfreund vermutlich sehr viel mehr auf seinem Kerbholz hat, als für unsere Stadt gut sein dürfte!«, fuhr Sauerhammer gefrustet fort.

»Nun werden Sie bloß nicht auch noch impertinent, sonst könnte ich Ihnen gegenüber doch glatt meine gute Kinderstube vergessen!« Der Präsident stand inzwischen kurz vorm Überkochen.

»So, jedzd is es abba guud, meine Herrn!«, mischte sich ›LaLü‹ genervt in das Streitgespräch ein. »Mir sinn doch hier wahrlich ned im Kinnergadde! Mer sollde uns doch besser wie gsiddede Leud unnerhald und ned wie so ä baar halbwilde Bananebiecher aus em Urwald!«

»Also«, begann der Präsident, der sich vor dem Kriminalrat keine Blöße mehr geben wollte, erneut. »Was haben Sie explizit gegen Professor Michelberger vorzubringen? Da bin ich jetzt aber gespannt? Und was sagen Sie eigentlich zu seinem Alibi?«

»Na, na, Herr Bräsidend! Gehds scho widder los?« LaLü drohte seinem Chef mit dem Zeigefinger. »Ich sag's ja, wie in so em Kinnergadde!« Er schüttelte verständnislos den Kopf.

»Drei der sieben Personen, von denen wir die leeren Aktenordner in Fesers Wohnung sichergestellt haben, sind bereits verstorben«, fuhr der Hauptkommissar fort. »An die prominenteste Person aber, besagten Herrn Professor, durften wir uns, aus Ihnen allen wohl bekannten Gründen, bislang leider noch nicht heranwagen. Die drei übrigen Herren, Oskar Sturm, Konrad Zimmermann und Albrecht Eisenhauer, haben wir zwischenzeitlich überprüfen können und sind dabei auf mehrere sehr interessante Dinge gestoßen, die meine ungeteilte Aufmerksamkeit erregt haben. Hinzu kommt der zurückgetretene Vorsitzende der DRP, Herr Bernhard Wagner. Herr Wagner verdient sich seinen Lebensunterhalt mit dem Verkauf und der Betreuung von teuren Immobilien. Und das schon seit drei Jahrzehnten. Wagner lebt, vorsichtig ausgedrückt, sehr gut davon, obwohl er bisher noch nicht einmal annähernd an seine exorbitanten Einnahmen, die er während der Zeit des Dritten Reiches eingeheimst hatte, anknüpfen kann!«

»Das klingt alles sehr interessant, aber was haben diese Erkenntnisse bloß mit Herrn Michelberger zu tun?«, fuhr ihm der oberste Polizeibeamte der Stadt Würzburg in die Parade. »Jetzt kommen Sie doch endlich mal zum Punkt, Herr Hauptkommissar!«

»Ich bin doch schon dabei«, erwiderte der Gerügte. »Wie gesagt, alle sieben Personen haben mit Herrn Wagner fadenscheinige Geschäfte mit Immobilien gemacht, die alle jüdische Vorbesitzer hatten und somit für einen Apfel und ein Ei zu haben waren, da die Eigentümer Deutschland aus sehr gutem Grund, versteht sich, so schnell wie irgend möglich verlassen wollten. Alles ganz legal und rechtens übrigens! Zumindest nach damaligem Recht! Rein moralisch gesehen äußerst zweifelhaft, wenn ich das kurz anmerken darf?«

»Na, da sehen Sie es doch selbst. An Ihren Anfeindungen ist nichts Haltbares dran! Moral hin oder her.«

»Ich war noch nicht am Ende meiner Ausführungen angelangt! Es waren allesamt treue Parteimitglieder, das heißt, sie hatten lange vor 1933 schon ein Parteibuch der NSDAP! Heute haben sie alle selbstredend eines der DRP. Sie gehörten gemeinsam der

Ortsgruppe Würzburg an, woher sie sich, nebenbei bemerkt, auch alle kennen. Wir, das heißt, meine Mitarbeiter und ich, konnten, anhand der Bankunterlagen einwandfrei nachweisen, dass die Herren Sturm, Zimmermann und Eisenhauer wegen der ehrlosen und skrupellosen Geschäfte, die sie mit Wagner tätigten, erpresst wurden! Jetzt kommt auch das Mordopfer mit ins Spiel. Adolf Feser kannte sie nicht nur alle, sondern er war in derselben Ortsgruppe wie die anderen und ist mittlerweile der Kassier der DRP. Er hatte genaueste Einsichten in die Vermögenslage der einzelnen Mitglieder, wie wir aus Aufzeichnungen wissen, die wir in seiner Wohnung sicherstellen konnten. Er hatte auch detaillierte Kenntnisse über die vielen Gemeinsamkeiten der drei Männer mit Herrn Michelberger! Der war auch derjenige, der damals immer wieder für Wagners Nachschub, was die jüdischen Immobilien angeht, sorgte!

Fesers Schwester, Frau Hildegard Beil, die bekanntlich ihr tägliches Brot als Bäckereiverkäuferin verdient, besitzt eine luxuriöse und obendrein noch bar bezahlte Eigentumswohnung. Sie lebt dort mit ihrer volljährigen Tochter, nebst einem Enkelkind, in sehr gut situierten Verhältnissen. Das benötigte Geld hierfür muss aber selbstverständlich auch erst einmal irgendwo herkommen! So, wie es im Moment aussieht, war dafür Feser verantwortlich, der offiziell von seiner Rente lebte, die er als NS-Geschädigter erhielt. Da es sich bei dem Geld, von dem die Familie Beil lebt, um immer wiederkehrende Einnahmen handelt, bietet sich eine Erpressung als Einnahmequelle doch geradezu an! Daher frage ich mich, liegt hier vielleicht das Motiv für den oder die Täter?«

»Ich frage Sie erneut, Herr Sauerhammer, was hat mit alldem Professor Michelberger zu tun?« Der Polizeipräsident saß mit übereinandergeschlagenen Beinen und verschränkten Armen auf seinem Stuhl und sah mit einem fast schon mitleidigen Lächeln im Gesicht zu seinem Mitarbeiter hinüber.

»Dass der persönlich an diesem Mord beteiligt war, denke ich eigentlich nicht. Aber, bevor Sie mir jetzt erneut vorhalten, ich hegte ein persönliches Ressentiment gegen den Professor, muss ich Ihnen noch mitteilen, dass der ehrenwerte Professor Michelberger einen großen dunklen Fleck auf seiner braunen, oh pardon, ich wollte natürlich weißen Weste sagen, hat.«

»Werden Sie doch endlich konkret! Was werfen Sie Michelberger vor?«, ließ sich der Chef des Polizeipräsidiums wieder einmal hören.

»Der ehemalige treue und verdiente Parteifreund, tapfere Sturmbannführer der SS und hoch ausgezeichnete Mediziner, der am 11. November 1933 das ›*Bekenntnis der Professoren an den deutschen Universitäten und Hochschulen zu Adolf Hitler*‹ unterschrieben hatte und somit indirekt mitverantwortlich für den grausamen Tod von 100.000 Mitbürgern ist, hat außerdem im Sommer 1939, als Philipp Bouhler und Viktor Brack von der Kanzlei des Führers in einem Kreis einflussreicher Psychiater das ›Euthanasie-Programm‹ vorstellten und sich alle anwesenden Mediziner zur Mitarbeit erklärten, ebenfalls seine uneingeschränkte Mithilfe zugesagt. Er war im Jahr 1940 als Obergutachter in der Kreisirrenanstalt Werneck für die Umsetzung der ›*Aktion T4*‹, die nach dem Sitz der zentralen Dienststelle in der Berliner Tiergartenstraße 4 benannt wurde, höchstpersönlich für die zentral organisierte Massenvernichtung von zirka 800 unschuldigen Menschen verantwortlich! Dieser, in den Augen der Partei hoch verdiente Mann, hat jedoch einen kleinen Schönheitsfehler! Ausgerechnet er hat in seiner eigenen Ahnenreihe einen sogenannten Halbjuden!«

»Was soll denn das jetzt bedeuten?«, rief der aufgebrachte Polizeipräsident.

»Ich persönlich habe und hatte auch noch nie etwas gegen unsere Mitbürger jüdischen Glaubens, dass da kein falscher Eindruck entsteht!«, schnitt Friedrich Sauerhammer seinem Chef unfreundlich das Wort ab. »Ich gehöre, was das betrifft, leider immer noch zu einer Minderheit in unserem Land. Das, was ich noch zu sagen habe, ist, dass Josef Müllers Schwiegervater, Adalbert Hörner, der damalige Gauleiter vor Ort war. Josef Müller und Adolf Feser wiederum waren, zumindest was die politische Überzeugung anging, fast so etwas wie dicke Freunde! Genau hier, so denke ich, sollten wir uns jetzt unbedingt mit Professor Otto Michelberger unterhalten!«, schloss ein inzwischen zufrieden dreinschauender Hauptkommissar seine Ausführungen. »Sein Alibi, falls Sie das noch interessiert, wird übrigens gerade überprüft.«

»Des gläb ii jedzd abba aa!«, stimmte Kriminalrat Langenlüdegge seinem Mitarbeiter zu. »Had sich doch gelohnd, dass mern zughörd ham, gell, Herr Bräsidend? Also los an die Ärbd, meine Herrn!«

»Sie haben bis Montag, 9.00 Uhr, um mir stichhaltige Beweise vorzulegen, andernfalls will ich von Ihnen nichts mehr über Michelberger hören!« Darauf verließ der Polizeipräsident auf schnellstem Wege Sauerhammers Büro.

»Das bedeutet ab sofort jede Menge Überstunden und jede Menge Geld, die da gerade auf uns zukommen!«, nahm es Müller-Seefried doch eher von der sportlichen Seite.

Peter Hohner war nicht so erfreut über den zusätzlichen Verdienst, schließlich hatte er am Sonntag eine Einladung zum Mittagessen. Er freute sich schon sehr auf die bildhübsche und liebenswerte Frau Koch.

***

April 1940

Der kleine Berghof in den Schweizer Bergen war wie für ihre Pläne gemacht. Gut, dass ihr Großvater damals, noch lange vor dem ersten Weltkrieg, als er als nicht mehr ganz junger Mann nach Würzburg gegangen war, das bescheidene Anwesen seiner Familie nicht veräußert hatte. Feldwebel Feser, heute ganz Zivilist, war leger mit dicker, warmer Wintergarderobe bekleidet. Auf dem Rücken hatte er einen großen Rucksack und an jeder Hand einen großen Koffer.

Vom Bahnhof, unten im Dorf gelegen, war es ein gewaltiger Anstieg gewesen, bis sie endlich das kleine Haus heroben erreicht hatten. Er war völlig außer Puste und der Schweiß rann ihm in Strömen über sein Gesicht. Aber nun waren sie Gott sei Dank angekommen. Endlich waren die gewaltigen Strapazen der letzten

Wochen vorüber. Jetzt würde er noch sicherstellen, dass für seinen Bruder gesorgt werden würde, dann könnte er sich auch noch ein oder zwei Tage ausruhen. Dann wäre es allerdings höchste Zeit, dass er wieder zu seiner Einheit zurückkehren musste.

»Um die Uhrzeit ist der Jakob noch drüben im Ziegenstall«, erklärte ihm Karl und deutete auf ein kleines Gebäude zwischen Wohnhaus und Scheune. Karl war einer seiner Cousins, die noch immer in dem Dörfchen wohnten, in dem der Großvater in den frühen siebziger Jahren des 19. Jahrhunderts geboren wurde. »Warte hier einen Moment, ich hole ihn schnell.«

Feser stellte das schwere Gepäck auf die Holzveranda vor die Tür des Hauses und besah sich den Hof nun etwas genauer. Er konnte das eine oder andere, was sein Vater ihm früher vom Großvater und dessen Leben hier oben in den Bergen erzählt hatte, tatsächlich sehr gut erkennen.

Karl, der einen jungen Mann, so in etwa Mitte zwanzig, bei sich hatte, holte seinen Cousin unsanft aus seinem Tagtraum zurück.

»Das hier ist der Friedhelm«, rief er schon von Weitem und deutete dabei auf den jungen blonden Mann, der hinter ihm herlief. »Er ist leider nicht der Allergescheiteste heroben bei uns, aber man kann sich bedingungslos auf ihn verlassen. Und was noch viel wichtiger ist, keine Arbeit ist ihm zu viel oder zu schwer. Er wird sich ab sofort rund um die Uhr um deinen armen Bruder kümmern. Bei Friedhelm ist er in den besten Händen. Da brauchst du dir wirklich keine Sorgen mehr um ihn zu machen! Gell, Friedhelm! Da hab ich doch recht, oder?«

»Ja, ist ja schon recht«, antwortete dieser lakonisch, offensichtlich war er es gewohnt, dass man sich über seine geistigen Fähigkeiten eher lustig machte, als dass man sich darüber anerkennend äußerte. Er nahm das Gepäck auf, das noch vor der Haustür stand.

»Wenn es dir nur nicht zu viel wird, Friedhelm, meinem älteren Bruder geht es in der Tat nicht sehr gut und da ist er halt nicht so umgänglich. Das ist er eigentlich schon nicht, wenn es ihm besser geht als im Moment! Du musst das nicht machen, wenn du dir das nicht zutraust, hörst du? Ich möchte, dass du das weißt.«

»Da freue ich mich schon riesig drauf! Da ist mir wirklich auch nichts zu viel! Auch keine zusätzliche Arbeit, wenn mir überhaupt eine entstehen sollte. Was ich mir aber nicht vorstellen kann. Ich kenne mich doch aus mit kranken Leuten, schließlich habe ich doch den Großvater mütterlicherseits und auch den schwer kranken Vater gepflegt.«

»Da hoffe ich für dich, dass das wirklich so sein wird. Auf jeden Fall sind wir dir unsagbar dankbar, dass du es überhaupt versuchen willst!«

Für Friedhelm war hiermit das Thema ›Pflege des kranken Cousins‹ abgeschlossen. Er stapfte, mit den schweren Koffern und dem Rucksack bepackt, den anderen voraus in die kleine, behagliche Behausung.

9. Kapitel
Januar 1959, Samstag

»Bärbel, komm doch herein! Du möchtest sicher zu Fred, stimmt's? Der ist noch in der Küche, um mir beim Backen zu helfen«, bat eine glückliche Frau Müller. »Heute Nachmittag gibt es nämlich einen leckeren Käsekuchen mit Schlagsahne. Den essen doch meine Männer allesamt besonders gern und ich dachte mir, es wäre nun langsam an der Zeit, dass ich ihnen die kleine Freude wieder einmal machen sollte.« Sie lächelte Bärbel strahlend an. »Backt denn deine Mutti für das Wochenende auch einen Kuchen für euch?«

Das zierliche Mädchen verneinte mit traurigem Blick und berichtete ihnen, nachdem sie die gut beheizte Wohnküche der Müllers betreten hatte, dass sie es leider nicht so schön habe wie Fred, da ihr Vater in der Nacht einen Unfall auf der Arbeit gehabt habe und seitdem schwer verletzt im König-Ludwig-Haus läge. Er sei zwar sofort operiert worden, aber es habe bis in den Morgen hinein gedauert, bis sie fertig wurden. Etwas Genaues wisse sie deshalb leider noch nicht. Ihre Mutter sei aber im Moment bei ihm und heute Nachmittag müsse sie auch noch bei der alten Tante Erna in deren Café aushelfen, da dort ein runder Geburtstag gefeiert würde. Außerdem habe sie ihr das schon vor zwei Wochen versprochen.

Fred und seine Mutter bemitleideten die Ärmste und versuchten sie zu beruhigen. Das gelang Frau Müller jedoch erst mit einer großen, heißen Tasse Schokolade und vier doppelten und gut geschmierten Marmeladenbroten. Dass so ein zartes Ding, wie die Bärbel eines war, so viel essen konnte, wollte Elisabeth Müller kaum glauben. Sie staunte jedoch noch mehr, als das Kind die Schüssel mit dem Teigrest mit ihren Fingern auskratzte, ohne Fred, der das für sein Leben gerne auch gemacht hätte, überhaupt einen Hauch einer Chance zu lassen. Er schien tatsächlich bereitwillig zugunsten Bärbels darauf zu verzichten! Er erhob jedenfalls keine lautstarken Einwände, wie er es aber gemacht hätte, wenn eines seiner Geschwister die Schüssel an sich genommen hätte. Der Frau Müller huschte bei diesem Gedanken ein freudiges Schmunzeln über ihr bildschönes Gesicht.

Nachdem der Kakao und die süßen Marmeladenbrote restlos vertilgt waren und Bärbel wieder halbwegs beruhigt, machte sie sich gemeinsam mit Fred auf den Weg. Der musste beim Kupsch, in der Erthalstraße, noch einiges für das Sonntagsessen einkaufen. Auch seine Freundin hatte noch einige Besorgungen für das Wochenende zu erledigen, die ihre Mutter ihr aufgeschrieben hatte.

So gingen sie also Hand in Hand die Straße entlang und Fred versuchte auch weiterhin beruhigend auf sie einzuwirken. Plötzlich aber wurde ihr Griff etwas fester und sie drückte sich ganz nah an den Jungen heran. Sie sagte ihm mit nur halblauter und leicht zitternder Stimme, dass sie sich ausgesprochen darüber freuen würde, wenn er heute Nachmittag etwas Zeit erübrigen könnte, um bei ihr zu Hause vorbeizukommen. Sie habe ja, wie er sich bestimmt erinnern könnte, noch ein beträchtliches Versprechen einzulösen. Dabei zwinkerte sie schamhaft mit ihren großen braunen Rehaugen und bekam einen knallroten Kopf. Danach trennten sich ihre Wege. Sie musste zum Konsum, weil ihre Mutter die Rabattmarken sammelte, die es dort gab.

»Hädde se vielleichd grad ämal ä baar Minudde Zeid für mich? Ii häd Ihne da nämlich was ganz was Indressandes zu berichde! Vo der Fraa Eriga Beil, Herr Haubdkommissar«, erkundigte sich Polizeiobermeister Schorsch Fischer mit einem bedeutsamen Gesichtsausdruck, als er am Morgen das Büro der Mordkommission betrat.

»Aber natürlich, kommen Sie doch bitte herein«, forderte Sauerhammer den Schutzpolizisten höflich auf. »Was haben Sie denn für Neuigkeiten für mich, Herr Fischer?«

»Des is jedzd ä bissele delikad, wenn ii des so sach dörff. Ned dass Se no än falsche Eindrugg vo meiner Sibbschafd grieche, gell!?«

»Sie und Ihre Familie sind grundsätzlich über alle Spekulationen erhaben! Ich versichere Ihnen, ich habe einen enorm guten Eindruck, was Sie und Ihren Anhang betrifft. Also, legen Sie los!« Der Chefermittler bot dem Polizisten mit einer saloppen Handbewegung einen Stuhl an.

»Also dann«, begann Fischer. »Die Beils Eriga had uns gecheüber behaubded, dass se obe in der Skailain als Künsdlerin, beziehungsweis als Naggddänzerin, ihr däglich Brod verdiend. Abba des schdimmd fei so gar ned! Die Dochder vo meim Nachber, die ärbed nämlich im En-Sie-Oh-Glubb, obe am Galcheberch! Die had mer gsachd, als ii se auf die Eriga agschbroche hab, dass die dord gar kenner kennd, weil se gar ned dord arbeid!«

»Das heißt im Klartext, dass sie ihren Lebensunterhalt woanders verdienen muss. Sehe ich das richtig?«

»Abba nadürlich, Herr Sauerhammer, genau so isses!«

»Hat Ihnen Ihre Bekannte vielleicht auch mitgeteilt, womit sie genau ihr täglich Brot verdient? Welcher Tätigkeit Frau Beil nun tatsächlich nachgeht?« Der Chefermittler griff nach seinen Zigaretten und dem Feuerzeug.

»Falls es Ihne nix ausmachd, könnde Se vielleichd wadd, bis ii widder an der frische Lufd bin, bevor Se hier alles ausräuchern!« Fischer sah streng zu seinem Vorgesetzten. »Des wär fei scho arch nedd vo Ihne. Außerdem hab ii ja gsachd ghabd, dass des bloß widder alles verdrehd wird. Dess is ned mei Bekannde, sondern äm Nachber sei Dochder!«

Sauerhammer legte seine Rauchutensilien unwillig auf die Schreibtischplatte zurück. Er war einfach viel zu gutmütig für diese Welt und für Fischer sowieso. »Also gut, entschuldigen Sie bitte das Missverständnis. Wo und vor allem als was, arbeitet Frau Beil denn nun? Das werden Sie doch bestimmt in Erfahrung gebracht haben?«

»No frailich, was dengge Se denn nur vo mir? Wär ja blöd, wenn ii des jedzd ned wüssd, gell? Es is also so, dass die Eriga, als so ä Ard Liebesdienerin für Guudbeduchde unnerwegs is, die mehr odder wenicher uff jungi Fraue, odder besser gsachd, uff jungi Mädli schdehn, wenn Se verschdehn, was ich damid sach will? Un no ämal, bloß so fürs Brodokoll, des had alles nix mid meinerer Familie zu dun!«

»Haben Sie schon mit den Kollegen von der Sitte darüber gesprochen? Liegt etwas gegen Erika Beil vor? Ist sie bei denen bereits bekannt? Was ist, Fischer, hat es Ihnen plötzlich die Sprache verschlagen? So kenne ich Sie ja überhaupt nicht!«, konsterniert sah Sauerhammer zu Fischer. »Meinen Sie, das wird heute noch was?«

»Des sinn fei jedzd mehr Frache, als ii uff emal überhaubd beandword kann, verehrder Herr Haubdkommissar.« Fischer zog ein für ihn typisches Gesicht, das er immer dann zeigte, wenn sein Gegenüber nicht merken sollte, dass er ihn auf den Arm nehmen wollte.

»Dann beantworten Sie mir meine Fragen doch bitte einfach eine nach der anderen. In einem gemäßigten Tempo, sagen wir, genau so, wie es ein nicht ganz so reges Denkvermögen wie das Ihre es denn zulässt!« Der Chefermittler verlor langsam die Geduld mit seinem uniformierten Kollegen. Irgendwann einmal trieb der es auf die Spitze und Fritz Sauerhammer wollte sich nicht vorstellen, was er dann mit diesem Kerl machen würde.

»Mid denne vo der Sidde, hab ii freilich scho gschbroche. Der Mayers Karl had mer gsachd, dass die Beils, also die Mudder, scho länger, un die hübsche Dochder seid kurzem aa, bei ihne bekannd, abba scho lang nix mehr auffällich worn wärn. Was heiße soll, dass die Beils Hilde, seid se nimmer uffn Schdrich gehd, sondern ihre Freier in angenehmer, brivader Admosfäre embfängd, kenn Äecher mer gmachd had.« Der Polizist mit dem markanten Schnauzbart hatte den eben durch seinen Vorgesetzten erhaltenen Rüffel bereits wieder vergessen. Süffisant die Augenbrauen hochziehend fügte er an: »Der Karl hads anners ausgedrüggd, ›brivade, familiäre Admosfäre‹ had ers gnennd! Vor ä baar Jahr, als die Eriga no ned volljährich war, hads öfders ämal Äecher gäbe, weil die bei dene Liebessbiele vo ihrer Mudder un derer ihrer männlicher Kundschafd angeblich, je nach der schbezielle Veranlachung der Freier verschdehd sich, midgmachd häd, oder besser gsachd, häd midmach müss! Abba, so had der Karl weiderhin zu mer gsachd, nachweis hamse ihr ned emal was könn!«

»Das hieße also, dass die ganze Penunze, die die beiden Damen verprassen, nicht komplett von Herrn Feser kommen musste«, zog der Hauptkommissar ein Resümee. »Sie bestellen die zwei für heute Mittag, gleich nach der Pause, ins Präsidium ein, Fischer. Zur Not lassen Sie sie vorführen!«

»Da wär fei no was«, fuhr der Uniformierte fort. »Der ersde Gasd, der in dem edlen Ambiende vo dene zwä Liebesdienerinne brivad verwöhnd worn sei soll, war der Hilde ihr Scheff.«

»Der zuvorkommende und hilfsbereite Bäckermeister Schlöhr? Na, da schau hin! Wer hätte jetzt das gedacht? Ist ja auch ganz praktisch, die Beils wohnen schließlich im selben Haus! Wie sagte Frau Beil doch auch so schön: ›Ich habe auf meinem Weg zur Arbeit noch nie einen Regenschirm gebraucht!‹ Das trifft für Herrn Schlöhrs Weg zu seiner Gespielin wohl genauso zu.«

»Jedzd, wo Ses sache, Herr Sauerhammer, fälld mers aa wie Schubbe aus der Haar. Soll ii den Hallodri Schlöhr heud Middach aa glei mid uffs Bräsidium bring? Wär braggdisch ee Uffwasch.«

»Vielen Dank, Fischer, aber mit dem feinen Herrn unterhalte ich mich lieber in seinen eigenen vier Wänden. In der unmittelbaren Nähe von Ehefrau und Mätresse. Die Möglichkeit, schnell mal eine zu dem Gespräch hinzu kommen zu lassen, wird ihm ganz bestimmt die Zunge lösen!«

Im Büro der Deutschen Reichspartei, war Rosi seit mehr als zwei Stunden damit beschäftigt, die einzelnen Möglichkeiten zu überprüfen, wo sich Wagners Geheimunterlagen hätten befinden können. Viktor Becker, der ihr die denkbaren Verstecke genannt hatte, war ihr gegenüber wohl nicht ganz ehrlich gewesen. Ansonsten hätte sie doch längst fündig werden müssen! Falls der sie verschaukelt haben sollte, würde er das bitter bereuen. Davon könne er getrost ausgehen!

Als sie eine Verschnaufpause einlegte, um eine Tasse Kaffee zu trinken und im Kopf noch einmal schnell alle erdenklichen Stellen durchzugehen, kam Professor Michelberger zu ihr in Wagners ehemaliges Büro.

»Und, Rosi, bist du endlich auf etwas Brauchbares gestoßen?«, fragte er und setzte sich wie selbstverständlich auf den bequemen ledernen Bürostuhl, auf dem bis vor Kurzem der Vorsitzende gesessen hatte. Er schaute interessiert auf die vielen Schubladen, die sauber aufgereiht neben dem Schreibtisch auf dem Fußboden lagen. »Da war wohl auch nichts Erwähnenswertes drin zu finden, oder, Rosilein?« Der Professor hatte seine Füße, die in hochwertigen und dick gefütterten Stiefeletten steckten, auf den Schreibtisch gelegt.

Die attraktive Sekretärin konnte als Antwort nur den Kopf schütteln, da sie gerade im Begriff war, einen Schluck von ihrem Kaffee zu trinken. Als sie die heiße Tasse wieder abgestellt hatte, sagte sie: »Ich habe jede einzelne Schublade untersucht und das Innenleben des Schreibtisches auch, genau wie Viktor es mir geraten hatte, aber nichts von dem Gesuchten ist dabei zum Vorschein gekommen. Bei den Aktenschränken bin ich ebenso verfahren, aber auch hier leider gänzlich ohne Erfolg.«

»Wahrscheinlich liegen die Unterlagen ganz harmlos im Safe. Hast du an die Möglichkeit auch schon gedacht?«

»Selbstverständlich, Otto. Das war mein erster Gedanke. Da habe ich bereits nachgesehen. Es war gar nicht schwer, an den Schlüssel heranzukommen. Als Übergangschef des Kreisvorstandes denkt Viktor sozusagen, er hätte Bernhards Anspruch, wann immer er wolle, mit seiner Sekretärin zu vögeln, gleich mitübernommen. Diesen kleinen Gefallen habe ich ihm bereitwillig getan und als er hinterher splitterfasernackt auf den Balkon ging, um eine Zigarette zu rauchen, habe ich mir den Schlüssel aus seiner Jacke geangelt und nachgesehen. Wie ich jedoch schon sagte, waren dort aber auch keine Ordner oder Unterlagen verstekct, die irgendwie relevant für uns hätten sein können. Den Rest des Büros habe ich gestern durchsucht. Nichts!«

»Gibt es hier in der Zentrale eigentlich eine einzige männliche Person, vom Zeitungsjungen bis zu dem alten, tatterigen Hausmeister, von dem du dich noch nicht in allen erdenklichen Positionen hast bespringen lassen? Du bekommst wohl nie genug davon, liebste Rosi? Na ja, so eine naturgeile Tippse soll mir nur recht sein!«, grinste er sie süffisant an.

»Na, hör mal, das habe ich doch einzig und allein für dich getan! Glaubst du wirklich, ich würde einfach so für jeden dahergelaufenen Bauernsohn meine schönen Beine breit machen? Das klingt ja gerade so, als wolltest du sagen, es würde mir am Ende tatsächlich auch noch Spaß bereiten, ständig von einem anderen potenten Hengst herangenommen zu werden! Das mache ich alles nur für unser Volk und unseren Führer!« Nach einem winzigen Moment fügte sie noch an: »Und natürlich für dich, du rattenscharfer Hengst!« Noch während sie das sagte, spreizte sie ihre langen, wohl geformten Beine so, dass Michelberger deutlich erkennen konnte, dass sie keine Unterwäsche unter ihrem Rock trug.

»Bemühe dich erst gar nicht, mich scharfzumachen, dafür kann ich nämlich heute gar keine Zeit erübrigen. Und du brauchst deine ganze Kraft, um endlich diese beschissenen Akten zu finden. Ich brauche diese verdammten Unterlagen unbedingt und zwar ganz schnell! Du solltest dich noch etwas mehr anstrengen als bisher. Nicht dass ich noch auf die Idee komme, wenn ich hier erst der Boss bin, mir eine neue, fleißigere Schreibkraft zuzulegen!«

»Dann musst du mir helfen, die Regale von der Wand wegzurücken, damit ich mir noch die Rückwände besehen kann. Andere Möglichkeiten, um hier doch noch fündig zu werde, kann ich mir beim besten Willen nicht mehr vorstellen. Eine weitere Option wäre, dass Bernhard die Sachen mit nach Hause genommen und dort versteckt hat. Ich weiß genau, dass er dort auch einen Safe zur Verfügung hat. Oder Viktor hat mich glattweg verarscht!«

»Du hast da eine Kleinigkeit übersehen, schönes Kind, ich bin nämlich dein Chef und nicht dein Lakai! Zum Möbelrücken holst du dir mal schön deinen Hausmeister. Aber lass dabei deine Kleider an, hörst du? Es ist wirklich äußerst dringend! Also strenge dich gefälligst an und besorge mir die Dossiers. Jetzt, wo ich gerade ›besorgen‹ gesagt habe, fällt mir noch ein, falls du heute noch erfolgreich sein solltest, werde ich es dir, als Belohnung, sozusagen, heute die ganze Nacht über besonders besorgen. Meine Frau ist die nächsten beiden Tage bei ihrer kranken Schwester. Wir hätten somit die ganze luxuriöse Hotelsuite nur für uns alleine. Das sollte doch Ansporn genug für dich sein, oder nicht?«

Bäckermeister Ferdinand Schlöhr war in der Backstube damit beschäftigt, seinen Lehrbuben zu zeigen, wie man einen Weißbrotteig fachgerecht zubereitet. Die Gesellen arbeiteten unterdessen nebenan an den Kuchen. Eigentlich hatte er großes Glück gehabt mit seinen Lehrlingen. Sie hatten ausnahmslos ein sehr gutes Verständnis zu ihrer Arbeit und fleißig waren sie auch noch. Bis auf Wolfgang, diese Schlafmütze von einem Buben. Mit ein paar kräftigen Ohrfeigen von Zeit zu Zeit würde er auch ihn noch auf den rechten Weg bringen. Er wäre nicht der erste faule Stift, aus dem er einen halbwegs brauchbaren Bäckergesellen machen würde.

Mitten hinein in seine Lehrvorführung platzten die Herren von der Polizei. Erst hatte er, sehr verärgert über die Störung, versucht, sie auf ein andermal zu vertrösten. Schlöhr musste allerdings schnell erkennen, dass die Kripomänner nicht mit sich spaßen ließen. Nachdem sie ihm angedroht hatten, ihn kurzerhand mit in das Polizeipräsidium zu nehmen, holte er den Altgesellen hinzu, der in Vertretung für ihn mit den Lehrbuben weiterarbeitete. Dann fragte der angesäuerte Bäckermeister die Beamten, was sie eigentlich schon wieder von ihm wollten.

»Am besten wäre es, wenn wir uns irgendwo ungestört unterhalten könnten, Herr Schlöhr«, äußerte Friedrich Sauerhammer noch schnell eine Bitte, bevor sie ins Eingemachte gingen.

Nachdem sie hinauf in die Wohnung des Ehepaares Schlöhr gegangen waren und sich in der großen, heimeligen Wohnküche an den großen Esstisch gesetzt hatten, begann der Chefermittler mit der offiziellen Befragung.

»Sie waren nicht ganz ehrlich zu uns, Herr Schlöhr, und das war nicht klug von Ihnen, da es sich in dem Fall, zu dem wir Sie kürzlich erst befragten, um Mord handelt. Sie haben uns nicht mitgeteilt, dass Ihre Angestellte nicht nur Ihre Brotwaren für Sie verkauft. Es wäre viel besser für Sie gewesen, Sie hätten uns gleich zu Anfang gebeichtet, dass Sie und Frau Hilde Beil ein Liebesverhältnis haben!«

»Danach haben Sie mich doch gar nicht gefragt. Also habe ich auch nicht die Unwahrheit gesagt.« Schlöhr sah, die muskulösen Arme vor der Brust gekreuzt, grimmig auf die Tischplatte.

»Sie geben also zu, mit Frau Beil ein Techtelmechtel am Laufen zu haben?«, bohrte Müller-Seefried rigoros nach.

»Aber ja doch«, kam es jetzt leise von der Seite des Bäckermeisters. »Das ist doch aber kein Verbrechen, um das sich die Kripo kümmern müsste!«

»Wie man's nimmt, Herr Schlöhr«, widersprach der junge Kommissar. »Wenn das allerdings mit einem Mord in Verbindung steht, dann geht uns das allemal etwas an! Außerdem sind Sie verheiratet, was denkt denn, ganz offen gefragt, Ihre Frau darüber?«

»Das geht Sie gar nichts an, mein Lieber!«, brauste der Befragte auf der Stelle auf. »Fragen Sie mich, was Sie wollen, solange es den Mord an Feser betrifft, aber lassen Sie mein Privatleben aus dem Spiel! Haben Sie mich verstanden?«

»Was hat es eigentlich mit dem Kredit auf sich, den Sie Frau Beil gewährt haben?«, übernahm der Hauptkommissar wieder die Befragung. »Von dem Sie Ihre Frau übrigens auch nicht in Kenntnis gesetzt haben! Es ist in Ihrem Sinn, wenn Sie endlich Tacheles reden, glauben Sie mir!«

»Als Hilde vor vielen Jahren bei uns in der Bäckerei zu arbeiten anfing«, begann Schlöhr nach einer kurzen Besinnung, »befand sich unsere Ehe in einer tiefen Krise. Wir hatten gerade erfahren, dass wir niemals eigene Kinder haben werden, womit wir nicht klarkamen. Ich bin wegen einer Erkrankung, die ich als Junge durchmachte, zeugungsunfähig. Ich habe im Anschluss an jene Zeit dem Alkohol mehr zugesprochen, als mir anscheinend gut tat. Hilde war damals noch eine sehr attraktive und sehr junge Witwe, die auch so ihre sexuellen Bedürfnisse hatte, wenn Sie verstehen, was ich Ihnen damit sagen will.«

Sauerhammer nickte. »Ich verstehe Sie sehr gut. Weiter. Sprechen Sie ruhig weiter, Herr Schlöhr, wir hören Ihnen zu.«

»Als dann die Wohnung oben zum Verkauf stand, bot sich

natürlich an, sie zu erwerben. Noch dazu weil Erika eine kleine Erbschaft gemacht und Adolf seine Mithilfe angeboten hatte. Ich legte auch noch etwas drauf, schließlich hatte ich so meine Geliebte ständig ganz in meiner Nähe. Den Rest, knapp die Hälfte des Kaufpreises, finanzierte ich ihr. Es hatte sich im Laufe der Zeit doch eine ganze Menge an Schwarzgeld in der Bäckerei angehäuft, das ich ursprünglich für die Ausbildung und Aussteuer unserer Kinder auf Seite gebracht hatte. So fand dann das Geld doch noch eine gute Verwendung.«

»Irgendetwas muss aber im Lauf der Jahre schiefgelaufen sein, denn Hilde Beil begann nebenbei eine Karriere als Prostituierte. Konnte sie die Raten an Sie nicht mehr begleichen? Haben Sie ihr mit Kündigung gedroht?«

»Nein, natürlich nicht. Ich liebe sie doch, wenn auch auf eine andere Art als meine Frau. Einen Teil von dem Geld, das sie monatlich zurückzahlte, habe ich ihr für ihre Zuwendungen von Haus aus erlassen.«

»Zuwendungen sexueller Natur?«, unterbrach ihn Müller-Seefried.

»Ja. Mit dem Rest kam sie ganz gut zurecht. Wie gesagt, meine Frau steckte ihr immer etwas zu. Aber auf einmal wollte sie neue teure Möbel, edle Kleider für sich und die damals noch kleine Erika. Teppiche, Bilder! Lauter Sachen, die sie doch nicht brauchte. Das war die reinste Verschwendungssucht! Plötzlich musste ich feststellen, dass es neben mir noch einen älteren Mann gab, der sie aushielt. Es dauerte nicht lange und das Gerede über sie, das im Haus kursierte, erreichte auch meine Ehefrau. Da ich selbstverständlich nicht wollte, dass sie durch die alten Klatschweiber von mir und Hilde erfuhr, mietete ich ihr eine kleine Wohnung hier in der Nähe, in der sie sich mit dem anderen Mann traf. Erst war ich ja recht zufrieden mit diesem Zustand, da ich Hildes ganz privates Umfeld mit keinem wildfremden Mann mehr teilen musste. Die vielfältigen Möglichkeit allerdings, in der anderen Wohnung nun ungehindert und von mir auch weitestgehend unbemerkt noch sehr viel mehr Herrenbesuch als bisher zu empfangen, ließen plötzlich Hildes Geschäftssinn richtig aufblühen.«

»Wusste Ihre Frau von Ihrer Affäre mit Hilde?«

»Nein. Und wenn Sie es irgendwie möglich machen können, wäre es wirklich mehr als zuvorkommend von Ihnen, meine Herren, wenn Sie es für sich behalten.«

»Das wird Ihnen nichts bringen, Herr Schlöhr. Dafür ist es, glaube ich, nämlich schon zu spät! Ich hege das untrügliche Gefühl, dass Ihre Frau schon sehr lange ahnt, was hinter ihrem Rücken gespielt wird.«

Professor Michelberger wurde an seinem Mahagonischreibtisch, an dem er für seine Rede arbeitete, die er am morgigen Abend im hiesigen Hofbräukeller vor besonders ausgewählten Parteifreunden halten wollte, durch das Klingeln seines Telefons aufgeschreckt.

Herr Viktor Becker meldete sich am anderen Ende der Telefonleitung und teilte ihm sehr kurz angebunden mit, dass das gesamte Führungsgremium der Würzburger Ortsgruppe in einer Stunde im Parteibüro auf ihn warten würde. Es hätten sich, was die kommenden Wahlen betreffe, schwerwiegende Gegebenheiten eingestellt, die sein persönliches Erscheinen unabdingbar machten.

Zu einer Nachfrage, den genauen Grund betreffend, ließ ihm der stellvertretende Vorsitzende nicht den Hauch einer Möglichkeit. Der beendete das Telefongespräch unmittelbar, nachdem er seine Mitteilung an den Mann, oder besser gesagt, an den Professor gebracht hatte.

Was hatte das nun wohl zu bedeuten, dass man ihn wie einen Pennäler vor das Gremium der Partei zitierte, fragte er sich. Dieses unflätige Verhalten ihm gegenüber würde er besonders schnell abstellen müssen. Wofür hielten diese Dilettanten sich eigentlich, dass ihnen so etwas Ungebührliches überhaupt in den Sinn kam? Ganz zu schweigen davon, diese Frechheit auch noch in die Tat umzusetzen!

Oder hatten sie letztendlich doch Fesers Unterlagen aufgetrieben und wussten nun Bescheid über ihn und seine Vergangenheit? Das wäre nicht nur sein politisches Ende, das wäre auch das

Ende seines gut bürgerlichen Lebens! Seine immensen Anstrengungen, sich in den vergangenen Jahren ein völlig neues Leben aufzubauen, wären mit einem Mal vollkommen umsonst gewesen. Wer steckt da wohl dahinter? Oder ist Feser doch zu spät liquidiert worden? Konnte der im Vorfeld noch seine Seite der Geschichte bei einem seiner Kollegen unterbringen? Alles Lamentieren half nichts, er musste jetzt in die Höhle der Löwen springen und herausfinden, was die von ihm wollten!

Knapp eine Stunde später stand er vor dem Parteibüro und lauschte an der Tür. Aber er konnte auch nicht einen Laut hören, was ihm ausgesprochen sonderbar vorkam, da doch Menschen, die in größeren Gruppen auftreten, im Allgemeinen einen erhöhten Geräuschpegel verursachen. An diesem Ort hier herrschte dahingegen absolute Stille. Der Jagdinstinkt des Offiziers war im Handumdrehen wieder zu neuem Leben erweckt. Langsam und ohne ein Geräusch dabei zu verursachen, öffnete er die Tür. Als er das Büro betreten hatte, horchte er erneut angestrengt. Aber es war immer noch kein einziger Laut zu vernehmen, was sein ungutes Gefühl noch verstärkte.

Michelberger ging den Flur entlang, der zu Wagners ehemaligem Büro führte. Dabei schaute er in jeden Raum. Was ihn wunderte, war der Umstand, dass jede Tür, an der er auf seinem Weg in das Büro des Vorsitzenden vorbei kam, weit offen stand, was absolut unüblich war.

Nach etwa zwei Minuten stand er vor der geschlossenen Bürotür, hinter der sich, nach Beckers Angaben, der gesamte Vorstand befinden sollte. Er drückte sein rechtes Ohr gegen das Türblatt, allerdings konnte er auch hier nicht das geringste Geräusch wahrnehmen. Ob es daran lag, dass sich hinter dieser Tür keine Gruppe plapperten Menschen befand, oder ob es daran lag, dass es sich hier um eine Schall geschützte Doppeltür handelte, vermochte der angespannte Professor nicht zu entscheiden.

Kurz entschlossen nahm er mit festem Griff die Klinke in die Hand, drückte sie herunter und öffnete mit einer schnellen Bewegung die erste Tür. Genauso verfuhr er im Anschluss mit der gepolsterten zweiten.

Er war auf alles vorbereitet gewesen, aber was er da sah, überraschte ihn doch ein bisschen. Der glatzköpfige Viktor Becker saß mit einem triumphierenden Grinsen in seinem feisten Gesicht genau in dem teuren Ledersessel, der für den Vorsitzenden bestimmt war und in dem es sich noch vor Kurzem Professor Michelberger schon einmal probehalber bequem gemacht hatte. Vor ihm auf dem Schreibtisch lagen fein säuberlich sortiert einige Unterlagen und ein Füllfederhalter.

»Das ist sehr nett von Ihnen, dass Sie meiner Einladung so schnell folgen konnten, Herr Professor«, wurde dieser von Wagners Stellvertreter begrüßt. »Die Herren lassen sich entschuldigen, aber sie können, aus wichtigen Gründen versteht sich, leider erst in einer Stunde zu uns stoßen. Lassen Sie uns die Zeit nutzen und vorher noch schnell das Geschäftliche erledigen. Bevor Sie sich nun fragen, was ich mit Ihnen vorhabe, schlage ich vor, dass Sie zuerst in aller Gemütsruhe Wagners politisches Erbe lesen«, dabei deutete er mit dem Zeigefinger seiner rechten Hand auf den linken Papierstapel. »Anschließend würde ich Ihnen als Lektüre Fesers Dossier über Sie empfehlen«, der Finger schwenkte zum mittleren Stapel. »Den Vertrag, den ich vorbereitet und in doppelter Ausführung vor mir liegen habe, brauchen Sie nicht erst lang und breit zu studieren, es reicht mir vollkommen aus, wenn Sie ihn schlicht und einfach unterzeichnen! Bitte beide Anfertigungen, wenn Sie so liebenswürdig wären.« Er schob den rechten Stapel, ohne dass er seinen Gegenüber zum Platz nehmen aufforderte, noch näher zu Michelberger.

»Ach, bevor ich das am Ende noch vergesse, die Herren haben Ihren Verzicht auf das Amt des Vorsitzenden doch gelassener aufgenommen, als ich vermutet hätte. Sie haben in mir einen würdigen Nachfolger für Bernhard Wagner gefunden, meinen Sie nicht auch? Falls Sie mich, zu meinem Coup beglückwünschen möchten, wäre nun der geeignete Zeitpunkt!«

Der Käsekuchen, den Frau Müller gebacken und von dem sie Fred vier Stück eingepackt hatte, waren in null Komma nichts verputzt gewesen. Bärbel war sehr erfreut darüber, dass Frau Müller auch an sie gedacht hatte. Die war nämlich für ihren Käsekuchen im ganzen Stadtviertel berühmt! Fred hatte auf seinem Weg hierher in dem kleinen Lebensmittelgeschäft an der Ecke noch in Windeseile einen halben Liter offene Milch besorgt, den seine kleine Freundin nur noch warm zu machen brauchte. Die Milchkanne würde er später, neu gefüllt, zur Inge Großmann bringen. Den Rest ihrer heutigen Bestellung hatte er bereits bei sich im Hausflur deponiert.

Während sie es sich schmecken ließen, berichtete das Mädchen, was sie, bevor sie sich auf den Weg zu Tante Erna gemacht hatte, von der Mutter über den Gesundheitszustand ihres Vaters erfahren hatte. So, wie es momentan aussah, hatte er die Operation gut überstanden und war erst einmal außer Lebensgefahr. Allerdings, so prophezeiten die behandelnden Ärzte, würde es eine langwierige Angelegenheit, mit ausgedehntem Krankenhausaufenthalt und anschließender Reha werden.

»Was bessers häd uns gar ned bassier könn, als dass der Vadder rechd lang im Grangnghaus bleib muss!«, lachte Bärbel erleichtert auf, als sie das ihrem Gast schilderte. »Des had mei Mudder fei aa glai gsachd: ›So schnell brauche mer den aa gar ned widder, Herr Dogder! Mir sinn doch froh über jeden Daach, wo mern ned dahemm hamm müss! Da hamer scho unner Ruh vorm un er kann uns aa ned so schnell widder verhau!‹«

»Was hat der Arzt darauf geantwortet, als ihm deine Mutti gesagt hatte, dass dein Vater euch verprügelt? Hat er nicht zu ihr gesagt, sie soll so schnell wie nur möglich zur Polizei gehen und ihn endlich anzeigen? Wie ich diese feigen Männer hasse, die ihren eigenen Familien so etwas Schäbiges antun! Die gehören alle hinter Schloss und Riegel! Ich werde so etwas später einmal nicht machen, das kannst du mir glauben, Bärbel. Ich werde ein guter Ehemann und ein noch besserer Vater werden, versprochen!«

»Des wess ii doch, Fredy. Du würdsd so was ja aa gar ned ferdich bring! So brudal zu deinerer Familie sei! Dess würd dei Karaggder gar ned midmach!«, antwortete Bärbel tief überzeugt, von dem, was sie sagte. »Abba woher wessdn du, wie des iss, wenn mer vo seim Vadder gschlache wird? Dai Vadder machd des beschdimmd ned! Da iss der viel zu anschdändich! Der is in der Beziehung genau wie du, gell!?«

»Wer's glaubt wird selig, wer's nicht glaubt, wird es auch, sagt meine Mutter immer«, erwiderte der Bub darauf. »Täusche dich nicht in meinem Vater, der macht mir mit ganz anderen Dingen das Leben schwer genug.«

»Jedzd sag bloß so was ned, dei Vadder is do ä ganz ä lieber. Ii gläb dir ned, dass der irchendwas mach würd, was dir wehdud! Ganz beschdimmd ned!«

»Bei Gelegenheit erzähle ich dir mal die eine oder andere Geschichte, die ich mit meinem Vater erleben durfte, dann wirst du schon sehen, wie lieb der sein kann!« Fred schaute einen Moment lang traurig aus dem Fenster, so, als ob er gerade eine ganz bestimmte Situation vor Augen hätte.

Bevor die gelöste Stimmung nun komplett kippen konnte, brachte Bärbel ihr Versprechen, das sie neulich ihrem Freund gegeben und dessen Erfüllung sie ihm für heute Nachmittag angekündigt hatte, ins Spiel. Verführerisch klimperte sie dabei mit ihren langen Wimpern.

Erst wollte Fred gar nicht glauben, dass Bärbel wirklich ernst gemeint haben könnte, ihm diese Intimität zu gewähren. Er war ja schon verwundert genug darüber, dass sie sein heimliches Vergnügen, das er sich mit Inge teilte, so ganz ohne Bestürzung hingenommen hatte. Dass es für ihn ein großes Amüsement darstellte, stand außer Frage. Dass Inge die Situationen, sich ihm oben ohne zu zeigen, tatsächlich auch genoss, wusste er von ihr selbst. Sie erklärte ihm, indem sie sich vor anderen Menschen zeigte, wie der liebe Gott sie geschaffen hatte, würde ein sexuell erregendes Gefühl ihren Körper durchströmen. Den Gefallen wollte er ihr gerne erfüllen, so oft sie nur wollte!

Bärbel hatte sich fest dazu entschlossen, Fred gegenüber ihr Versprechen einzulösen. Da konnte passieren, was wolle, es hielt sie nichts und niemand mehr davon ab. Fred glaubte, gespürt zu haben, dass es seiner kleinen Freundin ähnlich erging wie seiner großen. Schließlich war Inge auch so etwas wie seine Freundin. Allerdings musste er sich eingestehen, dass nicht nur sich nackt zu zeigen ein schönes Gefühl hervorrufen konnte, sondern auch das Betrachten eines nackten Frauenkörpers sehr angenehm war. Zumindest für ihn!

Als er am späten Nachmittag überglücklich den Nachhauseweg angetreten hatte, ahnte er noch nicht, dass er in wenigen Minuten ein weiteres Kapitel, was schmerzliche Erfahrungen mit seinem Vater betraf, erleben würde. Noch war er gut gelaunt, sodass er sich nicht einmal darüber ärgerte, dass er die Milchkanne bei Bärbel vergessen hatte und er den ganzen Weg noch einmal zurücklaufen musste. Deswegen hätte er beinahe keine Milch mehr kaufen können, da der Geschäftsinhaber in dem Augenblick schließen wollte, als er endlich den Laden erreichte. Dass Herr Grün, während er die Milch in die Kanne pumpte, ihn seltsam, man könnte schon fast sagen, mitleidig ansah, fiel Fred erst nicht auf. Doch als ihm Herr Grün die Milch umsonst gab und ihm noch fünf der von ihm heiß geliebten Brausestäbchen zusteckte, ahnte Fred, dass während er nicht zu Hause war, etwas Schlimmes passiert sein musste.

Als er in seine Straße einbog, sah er schon von Weitem den Streifenwagen und auch das Rettungsfahrzeug. Wie bei solchen Ereignissen nicht anders zu erwarten, standen auch schon jede Menge Schaulustiger vor dem Hauseingang.

In panischer Angst, sein Vater könnte nun doch noch freiwillig aus dem Leben gegangen sein, ließ er die Kanne mit Inges Milch einfach auf die Straße fallen und rannte, sich mit seinen Ellenbogen Platz verschaffend, durch die Menge hindurch und die Treppe hoch. Sein Großvater fing ihn an der Wohnungstür ab und berichtete ihm, als er wissen wollte, was mit seinem Vater passiert sei, da schließlich die Sanitäter vor dem Haus stehen würden, dass diese nicht wegen des Vaters, sondern wegen der Mutter hier seien. Für seinen Vater wäre eigens der Polizeiobermeister Fischer mit seinen Kollegen angerückt!

Fred stieß einen fürchterlichen Schrei aus, der bis hinunter auf die Straße zu hören war und den immerhin kriegserfahrenen Opa bis tief in Mark und Bein erschüttert. Dann überfiel den Enkel ein so gewaltiger Weinkrampf, dass der Großvater den Hausarzt kommen lassen musste. Dem blieb nichts anderes übrig, als dem armen Jungen ein Beruhigungsmittel zu spritzen.

10. Kapitel
Januar 1959, Sonntag

An diesem heiligen Sonntag war der Fischer Schorsch in aller Herrgottsfrühe schon in Sauerhammers Büro. Er sah zum Erbarmen aus, gerade so, als habe er eine anstrengende Nacht hinter sich und bisher noch keine Zeit gehabt, sich frisch zu machen. Ein untrügliches Zeichen seiner Unpässlichkeit war sein Schnurrbart, dessen Haare wild in alle Richtungen abstanden.

»So, Fischer, trinken Sie erst einmal einen Schluck guten Bohnenkaffee und wärmen sich ein wenig auf. Dann berichten Sie bitte genau, was sich gestern in Müllers Wohnung zugetragen hat.« Der alte Streifenpolizist war bass erstaunt über so viel Zuwendung und ehrliche Besorgnis seitens seines Vorgesetzten. Eigentlich hatte er bisher immer den Eindruck, dass dieser ihn in Wirklichkeit nicht besonders gut leiden konnte. So staunte er nicht schlecht, als der jetzt auch noch einen Teller mit Weihnachtsplätzchen vor ihn auf den Tisch stellte. »Die hat meine Gattin erst kürzlich selbst gebacken!«, betonte Sauerhammer stolz. Nun begann der Polizeiobermeister sogar kurzfristig an seinem ansonsten gesunden Menschenverstand zu zweifeln.

Sobald er sich wieder beruhigt hatte, trank Fischer genüsslich seinen Kaffee, den er so bei sich zu Hause nicht bekam. Bohnenkaffee konnte sich ein kleiner Polizeibeamter, wie er einer war, nur zu den höchsten Feiertagen des Jahres leisten! Dazu verspeiste er in aller Gemütsruhe das in der Tat köstliche Gebäck, während ihn der Kriminalhauptkommissar, stillschweigend und unaufdringlich vor sich hinschmunzelnd, von der Seite her beobachtete.

Irgendwann wurde es dann doch zu ruhig und der Uniformierte begann von den gestrigen Geschehnissen, die sich bis in die Morgenstunden des heutigen Tages hingezogen hatten, zu berichten.

Josef Müller habe heute Morgen völlig erschöpft zu Protokoll gegeben, dass er eine Erscheinung des Erzengels Gabriel gehabt hätte, der ihm zweifelsohne befahl, das Böse um ihn herum sofort zu liquidieren. Also wollte er bei seinem Schwiegervater, der Ausgeburt des Bösen schlechthin, wie er sich ausdrückte, anfangen. Da ihn aber seine Frau partout daran hindern wollte, war ihm nichts anderes übrig geblieben, als mit ihr den Anfang zu machen. Im Endeffekt habe sie es mit ihren ewigen Lügen, die sie zu jeder Stunde und überall über ihn verbreitete, auch mehr als verdient!

Die Schlampe, das waren seine Worte, habe sich in der Küche verbarrikadiert und sich lautstark über ihn lustig gemacht. Demzufolge habe er seine Pistole holen wollen, die er aber vor lauter Aufregung nicht finden konnte. Draufhin zertrümmerte er eine der vier Milchglasscheiben, die sich in der oberen Hälfte der Küchentür befanden. Dabei verletzte er sich zwar erheblich an seiner rechten Hand, hatte sich aber Zutritt zu dem späteren Tatort verschafft. Müller habe seiner Ehefrau erneut ihre Vergehen vorgehalten und die Sünderin zur Reue aufgefordert, was sie wiederum nur mit Hohn und Spott über seine Person beantwortet habe. Was ihn wiederum zur Weißglut trieb. Er hätte ein so abscheuliches und widerwärtiges Benehmen ihm gegenüber nicht mehr länger hinnehmen können.

Letztendlich sei ihm nichts anderes übrig geblieben, als eine Flamme am Gasherd zu entzünden, was im Übrigen mit einer verletzten Hand gar nicht so einfach gewesen sei. Die andere benötigte er, um Elisabeth Müller, seine Ehefrau, an der Flucht zu hindern und dann ihren Kopf dicht über die Flamme zu halten! Der Verlust ihrer schönen blonden Haare sollte, wie Müller ihm erklärte, ein Zeichen ihrer schändlichen ehelichen Untreue und, nicht zu vergessen, ihrer ihr schon seit langen Jahren abhandengekommenen Gottesfürchtigkeit sein! Durch diese Tat kam zu den erheblichen Kopfverletzungen, die es nötig machten, Müllers Ehefrau nach der Erstversorgung durch den Rettungsarzt stationär in einem städtischen Krankenhaus unterzubringen. Müller hatte eine weitere Behandlung seiner verletzten Hand abgelehnt. Am Morgen habe er schlussendlich ein umfassendes Geständnis abgelegt. Worauf ihn der Revierleiter in der Wittelsbacher Straße liebend gern unmittelbar in Haft genommen hätte. Das habe er, Fischer, aber im letzten Moment gerade noch verhindern können, indem er Doktor Schmiedbauer verständigt habe. Der Arzt wiederum habe nun Müller für die Nacht und eine gründlichen Untersuchung seines geistigen Zustandes in der geschlossenen Abteilung der Psychiatrie in der Füchslein Straße untergebracht. Im Laufe des heutigen Tages würde wohl ein Haftprüfungstermin anberaumt werden, falls der heute diensthabende Amtsrichter überhaupt zu erreichen sei. Viel Hoffnung hege er jedoch nicht, denn immerhin sei heute Sonntag.

»Also, verehrder Herr Sauerhammer, des wars jedzd fürs ersde!«, beendete Fischer, zufrieden mit sich und seiner vollbrachten Leistung, seinen Vortrag. »Ii hab Ihne alles gsachd, was ersd emal wichdich für Ihre Ermiddlung wär. Un jedzd geh ii hemm un schlaf ämal ä Runde, wenn's beliebd!?«

»Halt, nicht gar so schnell, Herr Fischer!«, hielt ihn der Ermittler zurück. »Sie haben da gerade etwas von einer Pistole erwähnt, die der Müller nicht finden konnte. Das interessiert mich jetzt aber schon noch. Was hat es mit dieser auf sich?«

»Äh, ahso!«, mobilisierte Fischer seine letzten Kräfte. »Die had er angeblich vo enere Bekanndn aus der Walendin-Begger-Schdraß. Die häd ned so richtich gwussd, wohie mid dere Bisdole un da häd er se hald in Verwahrung gnomme! Genaue Anschrifd und Name vo der Fraa hab ii mer uffgschriebe. Abba glaube Se mer, ii kann nimmer! Ii muss mi fei endlich emal, wenichsdns ä Schdündle, hielech!« Dabei kramte er mühsam sein Notizheft aus der Brusttasche seiner Uniformjacke hervor und riss mit einer schnellen Bewegung das Blatt heraus, auf dem er sich die persönlichen Daten der Bekannten Müllers notiert hatte und übergab es Sauerhammer.

»Danke, nun können Sie Feierabend machen, Herr Fischer. Und übrigens, das war eine ganz hervorragende Arbeit von Ihnen. Respekt!«

Zwischenzeitlich war jetzt auch der Bericht vom Leiter des Reviers Frauenland über das nächtliche Geschehnis in der Erthalstraße beim Chefermittler im Polizeipräsidium eingetroffen.

Fritz Sauerhammer las sich das mit einer gut leserlichen Handschrift dicht beschriebene Protokoll in Ruhe durch. Dann informierte er Kommissar Erhard Müller-Seefried telefonisch, dass er ihn, freier Sonntag hin oder her, spätestens in einer halben Stunde vor dem Eingang des Polizeipräsidiums abholen solle, um ihn zu Herrn Müllers Bekannten zu begleiten.

In der Valentin-Becker-Straße öffnete ein kleines Mädchen, das einen Säugling auf den Armen hielt, die Eingangstür. Dem Baby lief die Nase und als es nieste, traf Müller-Seefried förmlich ein Regenguss aus blassgrünem Schleim nicht näher bestimmten Ursprungs. Während der Hauptkommissar das etwa fünfjährige Mädchen fragte, ob denn die Mutter auch zu Hause und zu sprechen wäre, versuchte Müller-Seefried mit Hilfe seines Taschentuches den erlittenen Schaden an seinem Mantel halbwegs zu beseitigen.

Das Mädchen bejahte die Frage eingeschüchtert und führte die beiden Herrn zur Wohnung ihrer Mutter in den zweiten Stock. Sie hatte beide Hände voll zu tun, den wild zappelnden Säugling, während des steilen Anstiegs, nicht fallen zu lassen. Oben an der Wohnung angekommen, fanden sie eine sperrangelweit aufstehende Wohnungstür vor. Der Hauptkommissar, selbst Vater einer kleinen Tochter, erklärte dem Mädchen ruhig und nachdem er in die Hocke gegangen war, dass es bei dieser eisigen Kälte keine gute Idee von ihr sei, solange die Tür aufstehen zu lassen.

In der Wohnung wurde eine Zimmertür geöffnet und eine junge Frau kam, begleitet von sogenannter Schlagermusik, die laut aus einem Transistorradio zu kommen schien, zu ihnen in den Flur.

»Wie oft habe ich dir schon gesagt, dass du nicht einfach hinuntergehen und fremde Leute ins Haus lassen sollst, ohne mir wenigstens Bescheid zu sagen?«, empörte sie sich über das arglose Verhalten ihrer Tochter. Die Männern beäugte sie skeptisch. »Du weißt doch gar nicht, wer da unten auf der Straße plötzlich vor dir steht, und was derjenige überhaupt von uns will. Vielleicht nichts Gutes!« Zu Sauerhammer und seinen Kollegen gewandt, sagte sie: »Sind Sie auch vom Jugendamt, so wie Ihre vielen Kollegen? Gibt es auch nur noch einen einzigen Mitarbeiter in Ihrem Amt, der uns noch nicht besucht hat?«

Der Hauptkommissar stellte sich und seinen Kollegen daraufhin schleunigst vor und entschuldigte sich für die frühe Störung am heiligen Sonntag. Aber sie hätten einige wichtige Fragen an sie zu richten, einen gewissen Josef Müller betreffend, die sich auch beim besten Willen nicht länger aufschieben könnten.

Die Mutter der beiden Kinder bat sie daraufhin herein. Als ihr Blick zufällig in den Garderobenspiegel fiel, stieß sie einen schrillen Schrei der Überraschung aus, da sie bemerkte, dass sie noch ihren Morgenmantel trug. Selbst die handlichen Lockenwickler, die sie sich erst neulich in der Drogerie gegönnt hatte, steckten noch in ihren frisch gewaschenen, schwarzen Haaren.

Nachdem die Frau sich in Windeseile ein adäquates Kleid angezogen, ein dezentes Make-up aufgetragen und auch die Frisur gerichtet hatte, kam sie, nun äußerlich völlig verändert, aus dem Bad zurück.

»Bitte entschuldigen Sie meinen unattraktiven Aufzug von vorhin, meine Herrn, aber ich habe die ganze Woche über so viel um die Ohren, dass ich es wenigstens am Sonntag ganz gern einmal ruhig angehen lasse. Was führt Sie zu so einer unchristlichen Zeit zu mir?«, wollte sie wissen und lächelte die beiden freundlich an.

»Bei ›unchristlich‹ fällt mir siedend heiß ein, dass der Gottesdienst jeden Moment beginnen muss«, erwiderte der junge Kommissar. »Ich hoffe inständig, dass wir Sie nicht von Ihrer Christenpflicht abhalten und sie bei der nächsten Beichte wegen uns noch Schwierigkeiten bekommen. Oder besuchen Sie für gewöhnlich den Gottesdienst nicht, Frau Grasser?«

»Nein. Früher schon, natürlich. Aber mit jedem der vier Kinder, die ich in den letzten Jahren zur Welt brachte, wurde es naturgemäß schwieriger, die Zeit dafür zu erübrigen. Der Umstand, dass ich eine alleinerziehende Mutter bin, macht die Sache leider auch nicht leichter, das können Sie mir glauben! Gerade bei den allerchristlichsten meiner lieben Nachbarn, habe ich deswegen nicht viel zu lachen!« Die schlagfertige Person verdrehte hierbei vielsagend ihre großen, tiefschwarzen Augen. Müller-Seefried wunderte sich sehr, dass eine so junge, ansehnliche Frau, wie Johanna Grasser immerhin eine war, schon vier Kinder haben sollte.

»Wir sind auch nicht gekommen, um Ihre sonntäglichen Gepflogenheiten zu diskutieren, sondern möchten Sie zu Herrn Müller befragen«, schloss Sauerhammer das Thema Kirchgang ab. »Sie kennen Herrn Josef Müller?«

»Ja, ich kenne Josef. Gut sogar. Aber zuerst möchte ich selbstverständlich von Ihnen wissen, was es damit auf sich hat, dass Sie mich seinetwegen aufsuchen und nicht seine Ehefrau, wie es doch richtiger und auch viel sinnvoller wäre!«, verlangte sie zu erfahren. »Ist ihm etwas zugestoßen?«

Ohne auf die Fragen zu reagieren, fuhr der Hauptkommissar fort: »Wie genau kennen Sie sich?«

»Ich könnte Ihnen jetzt irgendwelche schönen Geschichten über uns erzählen, die jedoch nicht der Wahrheit entsprächen«, begann Frau Grasser, nachdem sie einen Moment in sich gegangen war. »Er ist schlicht und einfach der Erzeuger meiner beiden jüngsten Kinder, die sie bereits kennengelernt haben. Er besucht uns regelmäßig und unterstützt uns, so gut er eben kann. Er kann ohne mich und ich kann ohne ihn nicht leben. Obwohl wir beide wissen, dass wir nie als Mann und Frau zusammenkommen werden. So einfach und unkompliziert ist unsere Beziehung.«

»Das ist wahrhaft mutig von Ihnen, uns so schnell die Wahrheit zu sagen. Schließlich sind wir zwei fremde Männer für Sie. Nachdem Sie aber so ehrlich bei der Beantwortung der Frage über Ihrer Beziehung zu Josef waren, hoffe ich, dass sie bei meiner kommenden Frage ebenso schnell und selbstredend auch ehrlich antworten werden.«

»Ich bin von Haus aus eine sehr ehrliche Haut, wissen Sie, es kommt mir aber doch in erster Linie darauf an, welche Frage Sie mir gleich stellen werden, Herr Kommissar.«

»Ihr Liebha... Also, Herr Müller hat uns gegenüber behauptet, von Ihnen eine Pistole, um exakt zu sein, eine Walther P38, erhalten zu haben, die Sie nicht mehr benötigen würden. Jetzt stellt sich für uns, in der Tat die wichtige Frage, hatten Sie tatsächlich eine Handfeuerwaffe dieser Herstellerfirma in Ihrem persönlichen Besitz?«, wollte der jüngere der beiden Männer von ihr wissen.

»Ja«, lautete die einfache wie ehrliche Antwort.

»Die zweite Frage ist, nachdem Sie diese todbringende Waffe nun nicht mehr benötigen, wofür brauchten Sie die früher?«

»Die erste Frage beantwortete ich mit einem klaren ›Ja‹. Sie gehörte aber nicht mir, sondern meinem Vater, der vor etwa sechs Wochen verstorben ist. Ich weiß natürlich, dass ich sie den Behörden hätte übergeben müssen. Aber es war die Wehrmachtpistole meines alten Vaters. Ein Andenken an den Verstorbenen sozusagen!« Frau Grassers Stimme war, während sie berichtete, immer leiser geworden, was die Polizeibeamten als eine Art Schuldeingeständnis werteten.

»Das mit Ihrem Vater tut uns wirklich sehr leid, aber eine schussfähige Pistole als Andenken aufzubewahren, ist dann doch sehr merkwürdig, das müssen Sie zugeben«, wurde sie prompt von Fritz Sauerhammer gerügt. »Verboten ist es obendrein! Aber wie kam die Waffe letztendlich in Josef Müllers Hände?«

»Ich habe sie ihm gegeben«, flüsterte die eingeschüchterte Frau beinahe. »Er sagte, es sei viel zu gefährlich mit den Kindern. Wenn sie die Waffe fänden und damit spielen würden, könnte sich schnell ein Schuss lösen und ein grässliches Unglück passieren. Aber was hat er damit angestellt? Sie wären doch nicht bei mir aufgekreuzt, wenn Josef nicht irgendetwas Dummes damit gemacht hätte.«

»Genaues können wir hierzu noch nicht sagen, Frau Grasser, dafür brauchen wir erst die Waffe. Wir müssen sie mit der vergleichen, die bei einem Mord zum Einsatz kam!«

»Mord? Was für ein Mord? Wen soll denn mein Josef ermordet haben? Der kann doch keiner Fliege etwas zuleide tun! Der doch nicht! Er ist ein herzensguter Mensch! So ein zärtlicher Liebhaber und fürsorglicher Vater! Er ist unschuldig. Ganz bestimmt!«

»Das sagen Sie jetzt aber besser nicht zu seiner Frau!«, wandte Sauerhammer ein. »Die liegt, nachdem er sie fast getötet hätte, mit schweren Verletzungen im Krankenhaus.«

»Er hat doch wohl nicht mit der Pistole meines Vaters auf sie geschossen?« Der Frau rannen inzwischen Tränen der blanken Wut und der Enttäuschung über ihre blassen Wangen. »Wollte er wirklich damit seine Ehefrau töten?«

»Wie gesagt, um Ihnen etwas Handfestes sagen zu können, ist es noch viel zu früh! Unsere Ermittlungen laufen allerdings auf Hochtouren! Aber eines kann ich Ihnen schon mit Bestimmtheit sagen, geschossen hat er nicht auf sie.«

»Dann war es mit Sicherheit der arme Herr Feser, stimmt's?« Frau Grasser, die von einer Sekunde auf die andere das Aussehen einer viel zu früh gealterten Frau angenommen hatte, blickte besorgt zu den Kriminalbeamten. »Habe ich recht, Herr Hauptkommissar?«

»Sagen Sie es mir, Frau Grasser!«

Frau Koch war sehr aufgeregt, eigentlich hatte sie damit gerechnet, dass der junge Kommissar die Einladung zum Mittagessen im letzten Moment noch absagen würde. Dass sich ein so gut aussehender, junger Mann mit guten Manieren und obendrein mit einem sicheren Einkommen, immerhin war er ja Beamter, ausgerechnet für eine Frau wie sie interessieren könnte, hätte sie nie im Leben für möglich gehalten. Es schien ihn durchaus nicht abzuschrecken, dass sie eine alleinerziehende Mutter von drei Kindern war. Oder interpretierte sie einfach viel zu viel in die Angelegenheit hinein? Am Ende war er dann doch nur ein höflicher Mann, der sie nicht vor den Kopf stoßen wollte, indem er ihr kleines Zeichen der Dankbarkeit ignorierte. Als sie jedoch bis heute Morgen immer noch keine negative Verlautbarung seinerseits erhalten hatte, was ihre Einladung zum Mittagessen betraf, machte sie sich, nachdem sie ihre Kinder versorgt hatte, begeistert ans Werk.

Sie hatte für die Einkäufe sogar ihre kleine Bargeldreserve bis auf den letzten Pfennig geplündert! Es sollte auch ein richtiges Festmahl werden, denn Herr Hohner hatte sie selbstlos mit Heizmaterial für den ganzen Winter versorgt, was sie sich nicht so ohne Weiteres hätte leisten können!

Es würde als Vorspeise eine Leberknödelsuppe geben. Zum Hauptgang wollte sie geschmorten Rinderbraten mit Kartoffelklößen und dazu selbst gemachtes Blaukraut servieren. Den Abschluss des Sonntagmenüs würde ihre legendäre Weinschaumcreme bilden. Eigentlich konnte nichts mehr schiefgehen, da ihre Mutter ihr sogar eine sehr gute Flasche Wein vom Julius Spital extra für diesen besonderen Anlass spendiert hatte.

Der Vormittag verging wie im Flug und kaum, dass die Kinder gewaschen, gekämmt in ihrem sauberen Sonntagsstaat steckten, hörte man auch schon die Klingel an der Wohnungstür läuten. Schnell fuhr sich die junge Frau mit der Hand durch das frisch gewaschene blonde Haar, dann, schnell noch die Kinder ermahnend, sich ja ordentlich zu benehmen, öffnete sie die Tür.

Peter Hohner stand etwas verlegen auf dem Fußabstreifer. In einer Hand hielt er einen kleinen, bunten Blumenstrauß und in der anderen eine große Tüte gefüllt mit köstlichen Süßigkeiten, die er den Kindern übergab mit der Bemerkung: »Aber erst nach dem Essen!«

Frau Koch schimpfte halbherzig mit ihrem Gast, da er sich ihretwegen schon wieder in Unkosten gestürzt hatte, was dieser jedoch schnell abtat. Kaum dass sie die Küche betreten hatten, fielen die Kinder erst über Hohner, dann über die Süßigkeiten her. So viel zu dem anständigen Benehmen, das die Mutter der drei Kinder von ihnen eingefordert hatte, und zu Hohners gutem Vorsatz ›Süßigkeiten gibt es erst nach dem Essen‹!

Der Kriminalassistent war von den Kochkünsten der Hausfrau sehr angetan. Er vertilgte bei jedem Gang noch einen ordentlichen Nachschlag, sodass ihm bald nichts anderes übrig blieb, als heimlich den obersten Knopf seiner Hose zu öffnen, um noch einigermaßen Luft zu bekommen.

Nach der delikaten Weinschaumcreme erzählte er, dass er großes Glück hatte und es einzig seinem Chef zu verdanken sei, dass er heute überhaupt eine Möglichkeit bekommen habe, um der lieben Einladung folgen zu können. Der Polizeipräsident hatte nämlich Überstunden für alle in ihrer Abteilung angeordnet.

Der Herr Hauptkommissar hätte ihn jedoch überraschenderweise für eine Wohnungsdurchsuchung abgestellt, wohl wissend, dass es da sicherlich nichts zu finden gäbe. Die Zeit, die er dafür bräuchte, wäre allerdings einzig und allein seine Angelegenheit, habe er mit einem Augenzwinkern zu ihm gesagt.

Peter Hohner, der in Anzug und dunkler Krawatte ein wenig so aussah, als hätte er gerade eben erst seine Konfirmation gefeiert, ließ es sich auf keinen Fall nehmen, der Köchin beim Abwasch zu helfen, wobei er nicht einmal eine so schlechte Figur abgab, wie Frau Koch zufrieden feststellte.

Während sie das jüngste Kind für den Mittagsschlaf vorbereitete, unterhielt er sich mit Martin, der bekanntlich gemeinsam mit anderen Jungen Adolf Fesers Leichnam gefunden hatte.

Natürlich dauerte es nicht lange und sie kamen auf den Mordfall zu sprechen. Als Hohner dem Jungen, so weit er glaubte dass der Bub es für sein Alter verkraften würde, Antworten auf seine Fragen gab, erzählte Martin erneut, dass sie, gegen alle Gewohnheit, an diesem Tag nur drei Schüler waren und nicht vier. Einer sei an diesem Tag krank gewesen und habe somit besonders großes Glück gehabt, weil er den Toten nicht sehen musste. Er selbst habe die ersten Nächte nach dem Fund äußerst schlecht geschlafen, da er das Bild des toten ›Bimberle Wichdich‹, speziell seine weit geöffneten Augen, nicht mehr aus dem Kopf bekam! Nun ginge es ihm aber schon wieder eine ganze Ecke besser.

Frau Koch war aus dem Kinderzimmer zurückgekehrt und stellte bestürzt fest, dass sie den guten Wein zum Essen vergessen hatte.

»Das macht doch nichts, Frau Koch«, beruhigte sie Hohner, der kurz vorm Platzen stand. »Ich hätte ohnehin keinen Wein trinken können, da ich mich ja immer noch im Dienst befinde. Offiziell mache ich nur meine Mittagspause hier bei Ihnen.«

»Ach, die Mittagspause bin ich für Sie, mehr also nicht? Ich hätte mir da doch ein klein bisschen mehr von Ihnen erwartet, mein lieber Herr Hohner!«, rügte sie ihn, jedoch mit einem vergnügtem Lächeln im Gesicht.

»Falls es nicht ganz zu unverschämt von mir ist, würde ich einfach nach Feierabend wiederkommen und wir könnten dann vielleicht ein Gläschen Wein zusammen trinken!«

Sauerhammer und der heftig protestierende Müller-Seefried, machten sich auf den Weg zur Füchslein Straße, um Josef Müller und seinen behandelnden Ärzten einen Besuch abzustatten. Der junge Kommissar regte sich sehr darüber auf, dass er an seinem ursprünglich freien Sonntag die Arbeit für zwei machen müsse, obwohl der feine Herr Kriminalassistent Bereitschaftsdienst habe. Der aber nirgendwo zu sehen sei! Schließlich habe er Familie und einen legitimen Anspruch auf einen erholsamen Sonntag mit Frau und Kind!

Auch nachdem ihm sein Chef mehrfach erklärt hatte, dass der Herr Assistent bereits im Einsatz sei, einer müsse sich schließlich um die Durchsuchung von Müllers Wohnung kümmern, da es exorbitant wichtig für sie sei, nun endlich die Tatwaffe zu finden. Und dieser Jemand sei nun eben mal der Kollege Hohner. Wie lange dieser dafür benötige, liege einzig und allein daran, wie schnell er fündig werden würde! Danach könne Hohner ihn dann gerne ablösen. Aber bis dahin würde der Kommissar benötigt, um letzten Endes den Mordfall Adolf Feser, wie es sich bekanntlich der Herr Polizeipräsident von ganzem Herzen wünsche, bis Montag, 9.00 Uhr, aufzuklären. Und Montag sei, wie bestimmt auch ein Herr Müller-Seefried wisse, bereits morgen!

Nachdem sie das Gebäude betreten hatten, ließ sich Sauerhammer bei dem diensthabenden Arzt melden.

Der gab vor, nicht viel Zeit zu haben, und außerdem dürfe er keine Angaben zu Patienten machen, solange keine richterliche Anordnung vorliege, die ihn von der ärztlichen Schweigepflicht entbände, trug er wie einstudiert vor.

Sauerhammers vehement vorgebrachter Protest, es handele sich bei dem, was er Josef Müller vorwerfe um nichts Geringeres als Mord und Mordversuch in je einem Fall, prallte an dem arroganten Assistenzarzt jedoch komplett ab.

Die Untersuchungen seien im Übrigen noch längst nicht abgeschlossen und obendrein sei er sowieso die falsche Adresse, um sich solch schwerwiegende Entscheidungen von ihm zu erhoffen. Sein Chef würde ihn stante pede einen Kopf kürzer machen, falls er gegen diese Anordnung verstoßen würde, brachte er ferner zu seiner Entschuldigung vor.

Der Herr Professor sei nicht zu erreichen, auch telefonisch nicht. Er sei heute den ganzen Tag außer Hause und erst morgen so gegen zehn Uhr wieder für die Herren Kommissare zu sprechen. Der Professor habe selbst die Untersuchung des Patienten Josef Müller übernommen und ihm und den Pflegern strikte Order erteilt, niemanden zu dem Patienten zu lassen, der durch ihn nicht ausdrücklich autorisiert wurde. Polizeibeamte, auch wenn es sich hierbei um einen echten Hauptkommissar handeln sollte, seien keine darunter.

Nur so viel könne er zu Herrn Josef Müllers Zustand sagen, eine Verlegung in ein Gefängnis käme zum jetzigen Zeitpunkt auf keinen Fall in Frage. Das ließe seine Psyche im Augenblick, ohne einen noch viel größeren Schaden zu nehmen nicht zu. Ohne Zustimmung des neuen Chefarztes schon zwei Mal nicht! Jetzt müssten Sie ihn indessen aber wirklich entschuldigen, denn er müsse die Morgenvisite zu Ende bringen, bevor seine Ablösung käme.

Auf Müller-Seefrieds Frage, warum sie sich nicht einfach einen richterlichen Beschluss besorgen würden, antwortete ihm sein Vorgesetzter, dass sie den nicht so einfach bekommen würden, und schon gar nicht an einem Sonntag, an dem der für diesen Fall zuständige Staatsanwalt die Hochzeit seiner einzigen Tochter in einem großen Rahmen feiern würde!

»Deshalb fahren wir jetzt eilends zur Sankt Adalbero Kirche, um über den kleinen Dienstweg an einen Beschluss zu kommen«, klärte Fritz Sauerhammer seinen jungen Kollegen über ihr weiteres gemeinsames Vorgehen auf.

»Was wollen wir denn in einer Kirche, wenn wir eine richterliche Anordnung benötigen? Habe ich da etwa irgendwas nicht ganz richtig verstanden, während meiner Ausbildung. Oder möchtest du mir den Plan genauer erörtern? So, dass es ein so kleiner

Kommissar, wie ich anscheinend noch einer bin, dann auch versteht«, forderte Erhard Klartext von seinem Chef.

»In dieser Kirche heiratet die Tochter des Staatsanwaltes und LaLü wiederum ist der Trauzeuge des Bräutigams, verstehst du? Wir haben unsern Vorgesetzten und den Staatsanwalt gleichzeitig, um sie darüber zu informieren, dass sie am Montagmorgen als aller Erstes den Richter davon überzeugen müssen, dass wir überhaupt nicht anders hätten entscheiden können, als Müller so schnell wie nur irgend möglich in die Klinik nach Lohr zu bringen, nachdem wir ganz en passant erfahren hatten, wer ihn in der Füchslein Straße untersucht und auch behandelt. Wir handeln zu Müllers persönlichem Schutz sozusagen! Hast du mich jetzt richtig verstanden, Erhard? Du siehst mich ja immer noch so irritiert an«, bemerkte Sauerhammer. »Ist alles in Ordnung?«

»Vor wem beschützen wir Josef Müller gleich noch mal?«

»Vor Professor Doktor Michelberger natürlich, dem designierten Chefarzt der psychiatrischen Abteilung der Universitätsklinik Würzburg. Vor dem Mann, der neben Müller noch in Frage käme, den Mord an Feser begangen zu haben! Ich habe manchmal so ein unbestimmtes Gefühl, dass du mir nicht richtig zuhörst. Kann das sein, Erhard?«

»Ich habe manchmal das komische Gefühl, dass du viel lieber mit anderen Personen sprichst als mit denjenigen, die an deinen Gedankengängen vielleicht sinnvoller teilhaben sollten! Oder, was auch noch in die nähere Auswahl kommen könnte, dass du dir manchmal nur denkst, dass du uns, das niedere Volk, halbwegs in deine Pläne einbezogen hättest!«

Inzwischen hatten sie die Adalbero Kirche erreicht und es tatsächlich gerade so rechtzeitig geschafft, um sich relativ unauffällig unter die geladenen Hochzeitsgäste zu mischen, die noch, verteilt auf kleinere Gruppen, vor dem Gotteshaus auf dem Kirchplatz standen und sich unterhielten.

Der Kriminalrat war außer sich, als er die beiden Kommissare auf sich zukommen sah. Noch nicht einmal in der heiligen Kirche, noch dazu zu so einem feierlichen Anlass, konnte man ihn in Ruhe lassen. Als aber Sauerhammer ihm dann mit knappen Worten erklärt hatte, um was es tatsächlich ging, war er kurz davor zu kollabieren. Er war schon einiges gewohnt von seinen Mitarbeitern und gerade auf Sauerhammer war immer absoluter Verlass gewesen, wenn es darum ging, einen, sagen wir einmal, etwas eigenwilligen Ermittlungsansatz zu bewilligen. Er hatte, im Nachhinein betrachtet, die jeweilige Situation immer richtig eingeschätzt und vorbildlich gehandelt! Da gab es aber auch nicht das Geringste zu kritisieren.

Aber was er nun von ihm und dem Staatsanwalt verlangte, schlug dem Fass eindeutig den Boden aus. Er solle faktisch, mit freundlicher Unterstützung des ehrenwerten Herrn Staatsanwaltes, der heute bestimmt andere Sachen im Kopf haben sollte, als ausgerechnet Kriminalhauptkommissar Sauerhammers edle Wünsche zu erfüllen, seine Genehmigung für das Umsetzen einer richterlichen Anordnung erteilen, die, mit sehr viel Glück, am Montag erst vom zuständigen Richter erlassen werden würde.

In der Zeit, in der der Ermittler mit Langenlüdegge diskutierte, unterhielt sich Müller-Seefried mit dem Brautpaar, das auf den Weg in die Sakristei war. Er hatte die Braut im Handumdrehen davon überzeugt, an ihrem Hochzeitstag nichts Besseres tun zu können, als einem wehrlosen und obendrein kranken Künstler beizustehen, der eventuell für eine Tat, die er gar nicht begangen hatte, für den Rest seines Lebens ins Gefängnis gesteckt werden würde. An jedem ihrer hoffentlich sehr vielen Hochzeitstage würde sie sich an diese gute Tat erinnern. Könne man sich denn ein edleres Gefühl als das der Nächstenliebe für einen so herrlichen Tag überhaupt wünschen?

Es war dann nur noch eine Frage der Zeit, bis Langenlüdegge nach heftiger Intervention seitens der aufgeregten, aber überzeugend argumentierenden Braut seinen Widerstand gegen das in seinen Augen sinnlose Unterfangen aufgab. Er versprach seinem Mitarbeiter auch noch, nach der Trauungszeremonie auf dem Weg zu dem Festakt, der alsdann oben im Steinbergpalais stattfinden würde, ein Dokument aushändigen zu wollen. Wenn man den Namen der Person, der darauf geschrieben stand, nur gut verdeckte, was für Sauerhammer wohl kein echtes Hindernis darstellen dürfte, könnte man dieses an Stelle des dringend benötigten Schriftstück verwenden.

Eine gute Stunde später befanden sich Sauerhammer, sein nicht mehr ganz so schlecht gelaunter Mitarbeiter, schließlich waren die Geschehnisse dieses Morgens eine Erfahrung fürs Leben, und ein sehr schläfriger Josef Müller auf den Weg in die psychiatrische Klinik in Lohr.

***

August 1946

Zehn Tage war es mittlerweile her, dass man ihn gemeinsam mit seinen Bruder in dieses kleine Hospital in den Schweizer Bergen gebracht hatte. Die Ärzte, die ihn operierten, hatten wirklich ihr Bestes gegeben und ihn immerhin halbwegs wieder zusammengeflickt. Da hatte er diesen verdammten Krieg, der so viel Millionen unschuldiger Menschen das Leben gekostet hatte, überlebt, war, wenn auch hauchdünn, an einer gegebenenfalls mehrjährigen Kriegsgefangenschaft vorbeigeschrammt, nur um hier in den Bergen zum Krüppel zu werden.

Musste dieser elende Erdrutsch unbedingt dann herniedergehen, als sie sich das erste Mal in der nahegelegenen Kreisstadt vergnügen wollten. Jetzt, da sich Adolf endlich wieder traute, unter andere Menschen, sogar unter wildfremde Menschen, zu gehen, hatten sie zur Kirchweih gewollt. Nur etwas Gutes essen, ein paar Bier trinken und vielleicht auch mal wieder mit einer hübschen Frau das Tanzbein schwingen. Einfach ein bisschen Spaß haben, hatten sie sich für diesen Tag vorgenommen. War das denn wirklich schon zu viel verlangt? Hatte er kein Recht mehr auf ein wenig Ausgelassenheit? Auf ein kleines Glück?

Wie glücklich war er damals gewesen, als er Adolf hier in Sicherheit bringen konnte, nachdem die Flucht aus der Kreisirrenanstalt einst mit Ach und Krach funktioniert hatte! Mit den Papieren, die ihm Michelberger hatte ausstellen müssen, auf dass dessen Ahnengalerie mit dem dunklen Fleck eines Halbjuden auch weiterhin wohlbehütet unter sicherem Verschluss bliebe, waren sie sogar ohne Schwierigkeiten über die Staatsgrenze gekommen. Als ihm nach Kriegsende dann auch noch der zweite Grenzgang ohne irgendeinen nennenswerten Zwischenfall gelang, war das Leben endlich wieder lebenswert!

Bis vor zehn Tagen dieser Berg unverhofft meinte, nun alles kaputt machen zu müssen, indem er die Landstraße auf einer Länge von zweihundert Metern und ausnahmslos alles, was sich zu diesem Zeitpunkt zufällig auf ihr befand, unter sich begrub. Bei dieser Katastrophe wurden zwei vollbesetzte Autobusse, siebzehn Personenwagen, ein Motorrad und eine Wandergruppe, bestehend aus Mitgliedern eines Wandervereins, unter den gewaltigen Erdmassen verschüttet.

Insgesamt gab es fünfzehn Tote und einunddreißig Verletzte, die meisten von ihnen, so wie er selbst, ziemlich schwer. Adolf hatte leider nicht so großes Glück, denn er erlag bereits kurz nach dem Eintreffen im Hospital den Folgen einer starken Blutung, die die Rettungsmannschaft erst viel zu spät hatte stoppen können.

Lange hatten sie nicht gemeinsam an eine neue und vor allem eine bessere Zukunft glauben dürfen. Aber immerhin war es ihnen gelungen, Adolf einen dermaßen demütigenden, scheußlichen und menschenverachtenden Tod, den er ansonsten in einer der vielen Gaskammern des dritten Reiches hätte erdulden müssen, zu ersparen.

Vor einigen Tagen hatte er nun die Idee, sich für seinen Bruder auszugeben. Das fiel ihm nicht einmal so schwer, wie er anfänglich befürchtet hatte, schließlich kannten ihn hier nur die wenigen Verwandten, die er jetzt überhaupt noch hatte. Von denen war bisher nur sein Cousin zu einem Krankenbesuch im Krankenhaus aufgetaucht. Seit seiner Ankunft vor beinahe einem Jahr waren sie, er und Adolf, so gut wie gar nicht von dem kleinen Anwesen oben auf dem Berg, in dem sie gemeinsam und aus ganzem Herzen dankbar für ihr Schicksal lebten, fortgekommen. Was ihn schon seit Längerem fürchterlich ärgerte, sich aber jetzt als absoluter Glücksfall für ihn herausstellte. Adolfs Papiere und die persönlichen Habseligkeiten hatten die Pfleger ungesehen zu seinen

Sachen in den kleinen Schrank gelegt, der direkt neben seinem Bett stand. Ein Passbild von seinem Bruder war, Gott sei Dank, auf keinem seiner Ausweispapiere zu finden. Seine eigenen Dokumente waren, wie bei den meisten der anderen bei dem Unglück Verletzten, noch nicht gefunden worden, sodass er, sobald er das Krankenhaus würde verlassen können, einen neuen beantragen müsste. Diesen würde er auf den Namen seines Bruders ausstellen lassen. Selbst ihre Vornamen waren leicht zu verwechseln! Alfons und Adolf!

Der Weg zurück in die alte Heimat war also geebnet. Nun musste er nur noch so weit wieder gesund werden, dass man seine Verletzungen genauso gut für Adolfs Behinderung halten könnte. Das dürfte doch so schwer nicht sein! Zur Not würde er auch noch ein bisschen nachhelfen.

Somit hätte Adolf nicht komplett umsonst sein Leben hier in den Schweizer Bergen gelassen!

11. Kapitel
Januar 1959, Montag

Heute lief das Ultimatum, das der Polizeipräsident Hauptkommissar Friedrich Sauerhammer und seiner Truppe gestellt hatte, ab. Bis neun Uhr so hatte der von ihm verlangt, wollte er Ergebnisse haben, die es rechtfertigen würden, seinem Freund, Herrn Professor Michelberger, so penetrant zuzusetzen und ihm unterschwellig eine Art Kumpanei mit Fesers Mörder nachzusagen.

Wenn ihm dies nicht gelingen sollte, würden sofort alle Ermittlungen in diese Richtung eingestellt werden. Außerdem würde sich der Chefermittler bei dem ehrenwerten Herrn Professor, für sein unsägliches Fehlverhalten in aller Form entschuldigen müssen.

Lange bevor der Polizeipräsident das Gebäude betreten würde, saßen Hohner, Müller-Seefried, der endlich wieder ausgeschlafene Schorsch Fischer und ihr Chef gemeinsam in dessen Büro. Gespannt warteten sie darauf, dass sich der Staatsanwalt melden würde, um ihnen Bescheid zu geben, dass er den gestern bereits benötigten Beschluss doch noch erhalten habe. Ansonsten gnade ihnen Gott. Denn der Herr Polizeipräsident würde ihnen gegenüber auf keinen Fall mehr Gnade walten lassen!

»Was der bloß solang machd? Ii verschdeh des gar ned. Wann fangn die denn uffm Gerichd offiziell des ärberdn aa? Jedzd wird's abba langsam Zeid, gell!?« Fischer sprach mehr, um etwas zu hören, als wirklich etwas sagen zu wollen. Für seine Verhältnisse war es ihm gerade viel zu ruhig im Raum. Beinahe schon gespenstisch, diese Stille!

»Jetzt sei doch bitte mal ruhig, Schorsch, man hört ja sonst das Telefon nicht, wenn es läutet«, schimpfte Hohner, der noch erheblich aufgeregter war als der gesamte Rest der Truppe zusammen.

»Nun macht euch mal nicht verrückt, es wird schon klappen. Es hat bisher noch immer alles geklappt, was wir in die Hände genommen haben«, wirkte der Chefermittler beruhigend auf seine Leute ein. »Alles halb so wild, glaubt mir!«

In diesem Moment meldete sich lautstark der schwarze Telefonapparat, der auf dem Schreibtisch stand, um den sich die Männer versammelt hatten.

Sauerhammer meldete sich und gab den neugierig wartenden Kripobeamten mit einem Kopfnicken zu verstehen, dass es sich bei dem Anrufer, tatsächlich um den Herrn Staatsanwalt handele.

Außer, dass er Doktor Arlt begrüßte und sich höflich nach dessen wehrtem Befinden erkundigte, hörte man eine Zeit lang erst einmal nichts mehr von Sauerhammer. Irgendwann stellte er dann die Frage nach dem Ergebnis seines Antrags, worauf der Herr Doktor offenbar einen sehr ausführlichen Bericht erstattete. Erst als der Ermittler ihn unsanft unterbrach und darauf hinwies, dass ihnen die Zeit davonliefe, ließ sich der Staatsanwalt zu einer Antwort hinreißen.

»Hat jemals etwas nicht funktioniert, wenn ich es Ihnen versprochen hatte?«,wollte der von seinem Gesprächspartner wissen.

In dem Augenblick betrat der höchste Würzburger Polizeibeamte den Raum. Ohne ein Wort der Begrüßung, warf er das ›Volks Journal‹ auf Sauerhammers Schreibtisch und schenkte dem Umstand keine Beachtung, dass derjenige, dem das Büro gehörte, gerade telefonierte.

»Was soll das hier?«, fragte er mit schneidender Stimme. »Wie kommt dieser Schmierfink dazu, solche Sachen zu behaupten? Haben Sie das diesem ›Möchte-gern-Reporter‹ in die Feder diktiert?«

Sauerhammer beendete, ohne die Ruhe zu verlieren, sein Telefonat. Dann wünschte er seinem Vorgesetzten einen schönen Morgen. Zuletzt fragte er ihn, wie er ihm behilflich sein könne. Dabei las er die Schlagzeile, die in großen Lettern auf der ersten Seite der Zeitung prangte: ›*Professor Otto Michelberger ein bekannter Nazi-Arzt?*‹

»Was haben Sie sich denn nur dabei gedacht, Herr Hauptkommissar? Sie sind dabei, eine große, um nicht zu sagen eine einzigartige, Karriere mutwillig zu beenden! Wissen Sie das überhaupt?«

»Wie meinen?«, erkundigte sich ein konsternierter Chefermittler.

»Ob Sie auch nur einen Hauch von Ahnung davon haben, was Sie da gerade angerichtet haben, will ich von Ihnen wissen!«

»Ich bin mir absolut keiner Schuld bewusst. Von mir hat weder dieser noch ein anderer Journalist irgendeine Auskunft erhalten. Weder über diesen Professor noch über den aktuellen Stand der Ermittlungen. Für heute am späten Nachmittag hat Herr Kriminalrat Langenlüdegge die gesamte örtliche Presse zu einer Pressekonferenz eingeladen. Zu diesem Zeitpunkt werden wir das erste Mal überhaupt zu Adolf Fesers Tod Stellung nehmen. Und das ganz offiziell.« Sauerhammer stand auf, nahm die Zeitung zur Hand und drückte diese dem erstaunt aufblickenden Präsidenten unter den Arm. »Wenn es nicht zu viel von Ihnen verlangt ist, wäre es überaus nett, wenn Sie uns jetzt bitte alleine lassen könnten, denn wir haben verständlicherweise noch jede Menge Arbeit zu erledigen!«

»Was hab ii da grad ghhörd? Ii hab für heud Nachmiddag ä Bressekonferenz eiberaumd?« LaLü der bei Sauerhammers kleiner Ansprache das Büro betreten hatte, sah fragend in die Runde. »Hamer denn scho irchndwas, was mer dene Bressefuzzies middeil könne?«

»Ham Se des am End scho vergesse, Herr Griminalrad?«, fragte ihn Fischer geistesgegenwärtig und machte wieder einmal eines seiner kuriosen Gesichter, für die er im gesamten Präsidium bekannt war und die der Hauptkommissar eigentlich nicht sonderlich mochte. Jedoch heute und genau in dieser Situation fand er es absolut amüsant. Es fiel ihm daher schwer, nicht laut zu lachen.

»Jedzd, wo Ses sache, Fischer, fälld mers nadürlich aa widder ei! Ham Se eichendlich nix zum dun, weil Se da alle so rechungslos rumhogge? Nehme Se die Kolleche glai ämal mid, Fischer, die wolle Ihne beschdimmd aa helf, bei dem, was Se jedzd alles so zu mache ham, gell?«

»Um Punkt neun Uhr, sehe ich Sie in meinem Büro!«, befahl der Präsident seinem Ermittler und entschwand.

»Na, des hamer abba grad no so hiegrichd, gell?« LaLü setzte sich, als er mit dem Hauptkommissar allein im Büro war, zu ihm an den Schreibtisch. »Jedzd erzähle Se mir doch emal, was es alles so Neus gibd in Ihrerer Abdeilung!«

Sauerhammer berichtete ihm in aller Kürze über den Ausgang der gestrigen Aktion. Außerdem habe er Professor Michelberger, für den späten Nachmittag zu einer offiziellen Vernehmung einbestellt, da dieser, wegen der Erpressungen ein nachvollziehbares Motiv hätte. Er hatte obendrein auch die Möglichkeit, die Tat auszuführen, da er sich zum Tatzeitpunkt in einer Gaststätte aufhielt, die sich in der Nähe des Tatortes befindet, und er, laut Waffenschein, im persönlichen Besitz einer Pistole Walther P.39 wäre. Michelbergers Alibi wäre auch keinen Schuss Pulver wert, da niemand mit absoluter Genauigkeit sagen konnte, ob er tatsächlich den gesamten Zeitraum über in der Gaststätte, in der er gemeinsam mit Parteifreunden feierte, anwesend war, oder ob er zwischenzeitlich einmal die Räumlichkeiten verlassen habe, was durchaus möglich gewesen wäre.

»Bei der erdrüggnden Beweislache, würd ii den noble Brofesser glai verhaffd lass, Sauerhammer! Was wolln sen no für Beweise hab?«

»Bei Josef Müller sieht es leider ganz ähnlich aus«, warf der Ermittler ein. »Auch er hat ein gutes Motiv. Auch er hatte die Möglichkeit zu dem Mord, da er sich zur Tatzeit in der Nähe des Tatortes befand, und ist im Besitz einer zur Tat passenden Waffe war. Auch sein Alibi hält nicht lange stand, wenn man ein wenig nachbohren würde.«

»Na also, uff was warde Se denn no? Los, beandrache Se en Hafdbefehl!«

»Ich habe da so meine Zweifel, Herr Kriminalrat. Ich bin einfach nicht davon überzeugt, dass der Müller tatsächlich in der Lage ist, eine solche Tat auszuführen. Ich weiß, was Sie sagen wollen«, wehrte er LaLüs Einwand schon im Vorfeld ab. »Seiner Frau gegenüber fackelt er mit brutalen Übergriffen auch nicht lange. Bei seiner letzten Aktion hat er sogar den möglichen Tod seiner Ehefrau billigend in Kauf genommen. Das ist ja auch alles richtig. Aber bei diesen Taten handelt es sich doch eindeutig um

Beziehungskonflikte, die das Paar im Laufe ihrer unheilvollen Partnerschaft eskalieren ließ.«

»Ja un jedzd? Was hamsen vor? Wie sollsn jedzd weidergeh?« Langenlüdegge sah gespannt und erwartungsvoll zu Sauerhammer.

»Ich habe da so eine Idee, die ich zuvor gerne noch überprüfen würde, bevor ich mich dann endgültig festlegen möchte. Für die Betroffenen steht schließlich einiges auf dem Spiel!«

»Dann mache Se hald emal in Goddes Name. Abba mache Se bidde schnell, Herr Sauerhammer. Weil mer unnern Herrn Bräsidend ja sonsd gar nimmer vo der Belle grieche!«

Hohner betrat leise das Krankenzimmer im Missionsärztlichen Institut am Mönchberg. Hier lag Frau Müller wegen ihrer schweren Verletzungen. Als er bemerkte, dass sie wach war, setzte er sich zu ihr ans Bett. Der Kriminalassistent begrüßte sie freundlich und bedauerte sehr, sie so kurz nach dem schrecklichen Erlebnis bereits behelligen zu müssen, aber er habe ihr eine sehr wichtige Frage zu stellen, die sie bitte nach bestem Wissen und Gewissen beantworten solle.

»Aber natürlich helfe ich Ihnen gern, wenn ich kann, Herr Kommissar!«, gab sie ihm zu verstehen. »Was wollen Sie von mir wissen?«

»Sie erinnern sich doch bestimmt noch an den Tag neulich, an dem Ihr Fred schulfrei hatte«, begann Hohner.

»War das nicht genau der Tag, an dem dieser grausame Mord bei uns hier im Viertel geschah?«

»Ganz genau, Frau Müller. Wissen Sie vielleicht auch noch, warum Ihr Sohn an diesem Tag nicht zur Schule musste? Es gab doch bestimmt einen triftigen Grund für den zusätzlichen freien Tag.«

»Ja, selbstverständlich erinnere ich mich noch sehr genau daran. Schließlich kommt das auch nicht so oft vor, dass mitten unterm Jahr eine Lehrerkonferenz stattfindet und für einige Klassen der Unterricht ausfällt. Es werden auch ohne diese neumodischen Tagungen genug Unterrichtsstunden gestrichen. Man fragt sich doch bereits, wie die Kinder bei den wenigen Schulstunden, die sie haben, überhaupt noch etwas lernen sollen!«

»Fred hatte also an jenem Tag wegen einer Lehrerkonferenz schulfrei? Sie sind sich auch hundertprozentig sicher?« Peter Hohner vergewisserte sich noch ein weiteres Mal, ob er Frau Müller richtig verstanden habe.

»Jetzt muss ich mich aber wieder ausruhen, Herr Kommissar, das Sprechen fällt mir noch unglaublich schwer.«

»Natürlich, Frau Müller«, verabschiedete sich der junge Mann. »Und weiterhin gute Besserung für Sie.«

Zur gleichen Zeit stand Müller-Seefried mit Freds Lehrer, Herrn Schmidt, vor der Tür des Klassenzimmers. Auch er fragte nach dem bestimmten Grund für den unerwartet freien Schultag, in dessen Genuss Fred neulich gekommen war.

Herr Schmidt korrigierte den Kommissar jedoch dahingehend, dass nicht Fred unerwartet einen zusätzlichen freien Tag bekommen habe, sondern Fred konnte aus schwerwiegenden gesundheitlichen Gründen schlechterdings nicht am Schulunterricht teilnehmen. Wenigstens hatte er das akkurat so in seiner Entschuldigung formuliert, die er sich im Übrigen selbst ausgestellt hatte, was jedoch unglaublich schwer festzustellen war. Eine exakte Kopie der Hand- und Unterschrift des Vaters habe er auf das Blatt gebracht. Er habe daraufhin Herrn Müller, Freds Vater, ohne große Umschweife über diesen Vorfall informiert und sie hätten gemeinsam eine pädagogisch äußerst sinnvolle Maßnahme getroffen, um zu verhindern, dass sich so etwas in der näheren Zukunft noch einmal wiederholen würde!

»Was ham Se grad gsachd, dass Se vorham? Den Bub wolle Se jedzd zu dem Mordfall Feser befrach? Wolle Se mer des nid vielleichd doch noch erschbar? Dengge Se dabei aa emal an den Bolizeischeff! Der grichd doch gladdwech en Herzkaschber, wenn ii em des sach! Un ii grich wahrscheins die vorgezochene Bensionierung! Herr Sauerhammer, muss des denn wirglich sei?«

»Falls Sie noch immer an einer schnellen Aufklärung des Mordes interessiert sind, kommen wir daran nicht vorbei, Herr Kriminalrat. Denn auch er hatte schließlich die Möglichkeit, die Tat zu begehen. Er wusste, wo sich die Waffe befand, er wusste, wo er Adolf Feser um die Uhrzeit finden würde, und auch er war letzten Endes zur fraglichen Zeit in der Nähe des Tatorts!«

»In der Nähe des Dadords! Wenn ii des scho hör! Der Bub wird, wie sichs für so en Junge in seim Alder khörd, in seim Bedd gleche un was schöns gedräumd ham! Im Idealfall vo seinerer klenne Freundin!« LaLü schüttelte verständnislos den Kopf. »Ham Se sich aa scho mal Gedange über sai möchliches Modiv gmachd?«

»Ich gebe zu, das ist im Moment noch die einzige Schwachstelle in meiner Rekonstruktion des denkbaren Tathergangs. Aber gerade aus diesem Grund, muss ich mit Fred sprechen! Was, wenn er die Tat wirklich begangen hat und wir, nur weil wir uns nicht mit unseren Vorgesetzten auseinandersetzen wollen, den Falschen hinter Gitter bringen?«

»Gehds ned no deadrahlischer?« LaLü ließ sich resignierend in seinen Sessel zurück sinken.

»Ein mögliches Tatmotiv könnte sich aus dem Umstand herleiten, dass Fred, der im Übrigen ein blitzgescheiter Junge ist, seinem Vater auf die Sprünge helfen möchte, diese Nazis endlich zu verlassen. Er spürt intuitiv, das die an Müllers Problem schuld sind. Adolf Feser ist für die Rolle des bösen Nazis wie geschaffen. Immer wenn sein alter Herr mit ihm zu tun hatte, gab es großen Ärger zu Hause! Der Grund der ewigen Beschimpfungen, die sein Vater von seinem Großvater erdulden musste, stammen ebenfalls aus der NS-Zeit. Er entschließt sich also, als er keinen anderen Ausweg mehr erkennen kann, zu handeln! Es dauert doch maximal eine Stunde, Herr Kriminalrat, und wir wüssten anschließend definitiv, ob Fred etwas mit dem Mord an Feser zu tun hat, oder nicht! Also, Herr Kriminalrat, bekomme ich jetzt Ihr Okay für diese wirklich notwendige Befragung, oder trauen Sie sich noch immer nicht nach ganz oben?«

Frau Müllers Schwester, Frieda Seibold, saß, ihren Neffen Friedrich, besser bekannt als Fred, dicht an ihrer linken Seite, den beiden Kriminalern Sauerhammer und Langenlüdegge gegenüber. Der Ermittler, der vor dem Erscheinen der beiden noch schnell eine Peter Stuyvesant geraucht hatte, stand auf und öffnete eines der beiden Fenster, um den kalten Rauch hinausziehen zu lassen.

»Sie sind sich ganz sicher, dass Sie zu diesem Termin keine mänliche Person dabei haben wollen, Frau Seibold?«, erkundigte sich Sauerhammer fürsorglich bei ihr. »Ihr Herr Vater hat sich angeboten, Freds Vater in dieser Angelegenheit zu vertreten. Er wartet draußen unmittelbar vor der Bürotür, wenn Sie ihn also vielleicht doch dabei haben wollen, wäre das also kein Problem für uns.«

»Nein, vielen Dank. Der ist im Moment wirklich der letzte Mensch, den ich hier dabei haben möchte!«

»Haben Sie denn Ihren Anwalt verständigt, Frau Seibold? Sollen wir warten, bis der kommt?«

Die Frau schüttelte nur langsam den Kopf. »Fangen Sie bitte endlich an, dann haben wir es hinter uns, Herr Hauptkommissar. Sie sagten mir, Fred solle Ihnen lediglich ein paar kleine Fragen beantworten, dafür brauchen wir keinen Anwalt.«

»Also, Frau Seibold, Fred, beginnen wir!« Dem Hauptkommissar war die Situation sichtlich unangenehm. Er fuhr sich noch einmal nervlich angespannt mit der Hand über die Haare, dann setzte er zu seiner ersten Frage an.

Bevor er jedoch die Gelegenheit dazu bekam, diese überhaupt an Fred zu stellen, begann der Junge aus freien Stücken und von sich aus zu berichten.

Er habe die Pistole aus Vaters Wäscheschrank genommen, so sagte er, und sie in seinem Bett versteckt. Wie sie zu handhaben sei, habe ihm auch der Vater erklärt, als er ihn neulich beim Reinigen seiner Waffe in der Küche überraschte. Wahrscheinlich wollte der ihm damit ja nur eine Freude bereiten, denn er hatte bemerkt, dass sich Fred große Sorgen um ihn und seinen Gesundheitszustand machte. Die Gepflogenheiten Fesers waren ihm ebenfalls geläufig, und so gab es also nicht das kleinste Hindernis mehr, die geplante und längst überfällige Tat in die Realität umzusetzen.

»Du behauptest also allen Ernstes, Herrn Adolf Feser in besagter Nacht mit der Pistole, die du deinem Vater entwendet hast, erschossen zu haben?«

»Ja, das habe ich«, erklärte der Junge mit fester Stimme. »Um meinem Vater zu helfen, endlich wieder gesund zu werden!«

»Aber warum? Warum ausgerechnet Herrn Feser? Was ließ dich nur glauben, dass es deinem Papa wirklich besser gehen würde, wenn Feser nicht mehr am Leben wäre?«

»Ich habe ihn und den Priester belauscht, bei dem er an dem Abend, an dem er sich selbst sein Leben nehmen wollte, noch seine Sünden gebeichtet hatte. Er hat dem Hochwürden gesagt, dass Feser ihn mit seiner Forderung, auf die er sich blöderweise auch schon eingelassen hätte, nämlich diesen Professor zu beseitigen, also zu erschießen, noch komplett in den Wahnsinn treiben würde! Ab da wusste ich ganz genau, was ich zu tun hätte, um meinen Vater zu retten! Nicht die Kirche hat Schuld, dass er so verwirrt ist, sondern einzig und allein diese unverbesserlichen Nazis! Von denen doch schon wieder so viele obenauf schwimmen! So, als wäre überhaupt nichts geschehen, als lebten wir nicht in einem völlig neuen Land! Weil Feser der Schlimmste von ihnen war, und weil er meinen kranken Vater ausgenutzt und zu schlimmen Handlungen angestiftet hat, die der sonst niemals unternomme hätte, deshalb musste der so schnell wie nur irgend möglich, beseitigt werden!«

Epilog

Kriminalrat Langenlüdegge saß gemütlich mit seinen Mitarbeitern, in einem für ihn noch neuem Lokal in der Würzburger Innenstadt. Ein italienischer Staatsbürger hatte im Jahr 1952 die deutschlandweit erste Pizzeria eröffnet. Und das in der Metropole Unterfrankens. In Würzburg!

»Schmeggd fei ned emal so schlechd!«, verteilte er gerade das höchste Lob an den Pizzabäcker, dessen ein echter Würzburger überhaupt fähig ist.

»Ned emale soo schleckt?«, fragte Nicolino einigermaßen enttäuscht bei dem Kriminaler nach.

»Na ja, ned gschimpfd is eichndlich scho gloobd gnuch, gell! Also für ä ›ned emal soo schlechd‹, griegsd woanners scho mindesdens drei Schdern, Nico! Da kannsd der dann scho was druff eibild, gell!«, grinste LaLü.

»Oh«, machte der Gastwirt und verdrehte verzückt die Augen. »Tre stella? Grazie mille, Dottore, das isse wahrlig eine große complimento! Grazie mille!«

Nachdem das geklärt war, wollte Langenlüdegge von Sauerhammer eine kurze, aber auch wirklich eine kurze, Zusammenfassung davon, wie sich der Sachverhalt, Fesers Verletzungen betreffend, letztendlich aufgeklärt habe.

»Ii hab khörd, dass der Feser eichndlich gar ned der Feser war, für den mir den khalde ham. Erklärn Se mer des jedzd no mal genau, Herr Sauerhammer!«, bat Langenlüdegge, zwischen zwei Bissen Pizza und einem kräftigen Schluck Valpolicella, seinen Chefermittler.

Der Hauptkommissar, dem vor lauter Erzählerei nun schon die Spaghetti kalt wurden, erklärte deswegen schlecht gelaunt seinem neugierigen Vorgesetzten, dass Adolf Feser von Geburt an eigentlich Alfons Feser hieß, der zwar, wie sein jüngerer Bruder, auch nicht besonders groß, aber ansonsten gesund war. Er habe während des Weltkrieges seinen Wehrdienst als Feldwebel der Wehrmacht abgeleistet und sei dort auf Professor Michelberger gestroffen. Der habe damals als Sturmbannführer und Obergutachter in der Irrenanstalt Werneck für die Vernichtung der durch die Aktion T4 aussortierten Patienten gesorgt. Unter anderem hatte er auch dem richtigen Adolf Feser, der unter anderem an Epilepsie und den Folgen einer Poliomyelitis litt, für den Transport in die Gaskammer aussortiert! Sein Bruder, der Soldat Alfons Feser, verhalf ihm allerdings gerade noch rechtzeitig zur Flucht.

Weiterhin habe der Wehrmachtsangehörige, wie das Leben manchmal so spielt, durch Zufall herausgefunden, dass der Sturmbannführer einen Halbjuden in seiner Ahnengalerie habe. Damit erpresste er diesen. Michelberger musste ihm dafür Papiere und eine Reisegenehmigung für die neutrale Schweiz ausstellen, wo er seinen Bruder auf einem Bergbauernhof versteckte, der noch der Familie Feser gehörte.

Nach dem Krieg starb Adolf infolge eines Unglücks, bei dem sich auch Alfons schwer verletzte. Dies machte er sich, als er sich halbwegs wieder erholt hatte, zu Nutzen und manipulierte die erlittenen Verletzungen dahingegend, dass er sich mit einer Eisenstange solange auf Bein und Arm schlug, bis kein einziger Knochen mehr heil war. Dann kehrte er, fast zwei Jahre nach dem Ende des Kriegs, mit den Papieren seines toten Bruders als Adolf Feser in seine angestammte Heimat zurück. Er beantragte später mit Hilfe der Unterlagen, die er von Michelberger erpresst hatte, eine Rente als anerkanntes Naziopfer! Die er tatsächlich, mit Hilfe seines Rechtsanwaltes, erfolgreich durch alle nur erdenklichen Instanzen eingeklagt hat. So lebte er relativ ruhig in der Nähe seiner Schwester und seiner Nichte. Dann kam allerdings Michelberger auf die dumme Idee, ausgerechnet hier in Würzburg Karriere machen zu wollen und stieß hierbei auf Feser. Zuerst erkannte der ihn wegen des falschen Vornamens nicht einmal. Dann versuchten sie sich gegenseitig aus dem Weg zu räumen. Feser heuerte aus diesem Grund Josef Müller an, von dem er wusste, dass auch der froh wäre, wenn der Herr Professor unschädlich gemacht werden würde. Diesen Plan vereitelte aber ausgerechnet Müllers Sohn Fred! Er erschoss Feser, wie er heute gestanden habe, um seinen Vater zu beschützen.

Nach einer Pause wollte LaLü wissen: »Woher ham Sen des jedzd erfahrn?«

»Sagen wir so, Herr Kriminalrat, wenn Sie mir nun eine frische und vor allem auch heiße Portion Spaghetti Bolognese bestellen, könnte ich mich vielleicht darauf einlassen, Ihnen auch dieses Geheimnis zu verraten!«

»Ach, des dud mer jedzd abba scho aich leid, Herr Sauerhammer, jedzd iss weche meiner Neugier, Ihr ganzes Esse kald worn! Nadürlich kümmer ii mi um ä frische, heiße Bortion! Endschuldiche Se fei, des wolld ii wirglich ned!«

»Gut, Herr Langenlüdegge, dann will ich Sie auch nicht mehr länger auf die Folter spannen. Die Frau Beil war heute Morgen schon sehr früh bei mir im Büro und hat mich gebeten, dass das kleine Geheimnis, das sie und ihr Chef, der Bäckermeister, haben, doch bitte auch weiterhin ein Geheimnis zwischen ihnen beiden bleiben solle. Dafür würde sie mir auch die ganze Wahrheit über ihre beiden Brüder erzählen.«

»Wisse Se, wie mer so was nennd? Erbressung is des, gell!?«

»Ich dachte da eigentlich mehr an den Spruch, den vor langer Zeit einmal ein weiser Würzburger gesagt haben soll«, erwiderte Sauerhammer.

»Was solln der gsachd hab?«

»Ich hoffe ich bekomme das jetzt auch im Originalton richtig hin«, antwortete ein zufrieden dreinschauender Hauptkommissar. »Ä Hand wäschd die annere!«

Ebenfalls bei TRIGA – Der Verlag erschienen

Uwe Reiner Röber

Tot auf dem Schlossplatz

Ein Tauberfrankenkrimi

2. Auflage

»König Ludwig« ist tot! Auf dem Schlossplatz von Tauberbischofsheim wird die kostümierte Leiche des Metzgereibesitzers Ludwig Kuhn aufgefunden.

Rudolf von Rhoden, der stets elegant gekleidete Hauptkommissar, und sein jüngerer Kollege Kommissar Schmidt nehmen mit dem Team der Sonderkommission Ermittlungen auf, die Kreise vom Weinstuben-Stammtisch und dem Würzburger Theaterfundus bis in die Rhön und nach Bad Kissingen ziehen. Dabei kommt allmählich Licht in ein kompliziertes Beziehungsgeflecht von Verdächtigen. Immobilienschwindel, eine Vergewaltigung und weitere Verbrechen werden aufgedeckt, bis endlich der Täter entlarvt ist.

Spannende Lektüre mit Lokalkolorit.

326 Seiten. Paperback. 15,80 Euro. ISBN 978-3-89774-839-2
eBook. 9,99 Euro. ISBN 978-3-89774-904-7

Uwe Reiner Röber
Mord im lieblichen Taubertal
Ein Tauberfrankenkrimi

In einem beschaulichen Städtchen an der Tauber werden zwei Morde verübt.

Die Ermittler der Sonderkommission »Liebliches Taubertal« finden in den Biografien der beiden Opfer Verbindungen, die weit zurück in der Vergangenheit in Afrika ihren Anfang nehmen.

Da geschieht ein dritter Mord ...

Ein Regional-Krimi.
Spannend von der ersten bis zur letzten Seite

288 Seiten. Paperback. 15,80 Euro. ISBN 978-3-89774-873-6

TRIGA – Der Verlag
Leipziger Straße 2 · 63571 Gelnhausen-Roth · Tel.: 06051/53000 · Fax: 06051/53037
E-Mail: triga@triga-der-verlag.de · www.triga-der-verlag.de